大迷走

逢坂　剛

JN210569

集英社文庫

大迷走

1

「ちょっと、そこのお二人」

梢田威《こずえだたけし》が、斉木斉《さいきひとし》のあとについて署を出ようとしたとき、後ろから呼び止められた。

振り向くと、警視庁生活安全部生活安全総務課の管理官、牛袋《うしぶくろ》サト警視が臼《うす》のような腰に両手を当て、梢田をぐいと睨《にら》んだ。

午前中御茶ノ水《おちゃのみず》署にやって来たサトは、副署長や生活安全課長と会議室にこもり、何やら話し込んでいた。

その会議が終わらぬうちに、斉木と早めの昼飯に出ようとしていた梢田は、内心舌打ちした。

意外に早く、終わったらしい。

「これはどうも、管理官」

とりあえず挨拶して、斉木の方を振り向く。

斉木は、サトの声が聞こえなかったかのごとく、さっさとガラスドアの外へ出てしまった。

聞こえていたに違いないのに、危険を察知して逃亡を図ったのだ。

梢田はやむなく、サトの方に向き直った。

サトは、梢田を頭のてっぺんから足の先まで、じっくりと眺めた。

「どこへ行くの」

「どこへ、といいますと」

とりあえず時間を稼ぐつもりで、意味もなく聞き返す。

サトはぐい、と二重顎《にじゅうあご》を三重顎にした。

「まさか、お昼ご飯じゃないでしょうね。まだ十一時二十分よ」

そう言って、腕時計を指先で叩《たた》く。

梢田は、おおげさに手を振った。

「もちろんですよ、管理官。まさか、こんな早い時間に昼飯なんて、それはないです」

実のところは、十一時三十分の開店時間に合わせて、斉木と二人で駿河台下《するがだいした》の天ぷら屋〈魚ふじ〉へ、かき揚げ丼を食べに行くところだった。

何年ぶりかで、珍しく斉木がおごると言い出したものだから、一も二もなくお供をすることにしたのだ。

「でしょうね。ところで、五本松《ごほんまつ》巡査部長は」

五本松小百合《さゆり》は、サトが昼飯の相手を探したときのために、わざと残して来た。

「巡査部長はですね、その、席で調べものをしています」

サトは、あらためて腕時計に目をやった。

「巡査部長を誘って、一緒にお昼ご飯でも食べに行きましょうか」

しれっとした口調で言われ、梢田は耳の後ろを掻《か》いた。

「少し早すぎる、とおっしゃいませんでしたか」

「いいじゃないの、たまには」

「ええと、自分は斉木係長と一緒にですね、管内のビルの保安状況を点検しに、出かけるとこなんですが」

ちらりと振り返ると、斉木がガラスドアの外の植え込みの陰から、早く来いというように顎をしゃくる。

サトは、斉木の存在など目にはいらぬ様子で、親指を立てた。

「そんなのは、ご飯のあとにすればいいことよ。部屋にもどって、巡査部長を呼んでいらっしゃいな」

梢田は、気をつけをした。サトに逆らうことはできない。

「分かりました」

だいぶ前のことだが、小百合はサトの思惑で本部（警視庁）から、御茶ノ水署へ送り込まれて来た、といういきさつがある。

階段を駆けのぼって、生活安全課のフロアにもどると、小百合は席でただ一人パソコンに向かい、報告書らしきものを打っていた。

見習いの立花信之介《たちばなしんのすけ》は、キャリアの研修で警察大学校に行っており、しばらく不在のままだ。

「巡査部長。牛袋管理官が、一緒に昼飯でも食わないか、とさ」

ただの巡査長にすぎない梢田は、年下ながら階級が上の小百合を呼ぶとき、いつも苦労する。

「はい」

小百合は、すぐにパソコンを終了して電源を切り、立ち上がった。

小柄な体を、ベージュの麻のスーツに包んでいる。

淡いグリーンのブラウスに、ほとんど平底に近い白のパンプス。化粧気はないが、きりっとした顔立ちの持ち主だ。

一緒に、玄関ホールにおりる。

サトは、グレイのジャケットの裾を引き下ろしながら、きょろきょろして言った。

「斉木係長は、どうしたの。玄関の外で、待っていたように思ったけれど」

植え込みの方を見ると、斉木の姿は消えていた。

どうやらしびれを切らし、一人で〈魚ふじ〉へ行ってしまったらしい。

斉木におごられるなど、千載一遇のチャンスだったのに、まったく惜しいことをした。

「係長は、一人で保安点検に回ったようですから、ほうっておきましょう」

梢田はやけくそで言い、先に立って玄関を出た。

背後でサトが言う。

「何を食べましょうかねえ」

梢田はふと、このまま三人で〈魚ふじ〉へ繰り出したらどうか、と考えた。

斉木もきっと、一人でかき揚げ丼を食べているところを急襲されたら、ばつの悪い思いをするに違いない。

「〈魚ふじ〉で、かき揚げ丼というのはどうですか」

梢田が言うと、サトは顔の前で指を振り立てた。

「だめだめ。天ぷらはゆうべ、食べたばかりだから。今日のお昼は、洋食がいいわ」

サトの返事に、梢田はがっかりした。

サトが続ける。

「そうね、ステーキなんか、どうかしら。昨日、全国警察友好協会の講演で、思わぬ臨時収入があったから、なんでもごちそうするわよ」

すかさず小百合が、口を出す。

「でしたら、山の上ホテルの鉄板焼ガーデンはいかがですか。あそこのステーキは、なかなかのものですよ。ねえ、梢田さん」

同意を求められて、梢田は首をひねった。

「ああ、うまいことはうまいが、昼はちょいと重すぎるんじゃないか」

その反応に、小百合は意外なことを聞くというように、ぽかんとした。

実際、ステーキにありつくチャンスを回避するなど、ふだんの梢田なら考えられないことだ。

しかし、それにはわけがある。

サトはほとんど、舌なめずりをした。

「いいじゃないの。おいしいステーキには、わたし目がないんだから。そこにしましょうよ。文句ないわよね、巡査長」

そう言って、梢田を見据える。

「ええと、はい。もちろん、異存はありません」

そう答えたものの、大いに異存があった。

実は昨日の昼、先週競馬で当てた金を有意義に使おうと、山の上ホテルの鉄板焼ガーデンに行き、ステーキを奮発したばかりなのだ。

話すとたかられると思い、斉木に言わずに一人で行った。

二百グラムも食ってしまったので、さすがに二日続けてはきつい気がする。

しかし、そうした事情を知らぬ小百合は先頭に立ち、さっさと本郷《ほんごう》通りの坂を御茶ノ水駅の方へ、のぼり始めた。

梢田はめったに贅沢《ぜいたく》をしないが、競馬で大穴を当てたときは山の上ホテルへ行って、一人でこっそりてんぷらかステーキを食べ、祝杯を上げることにしている。

贅沢をした翌日は、おおむね安いラーメンで出費を調整するのだが、今日は今日で図らずも斉木におごると言われ、めったにないツキにほくそ笑んだばかりだった。

二日続けてステーキはきついが、いずれにしても今日の昼飯代は浮くことになるから、文句を言う筋合いはない。

聖橋《ひじりばし》の手前の交差点を渡り、御茶ノ水駅の改札口の前に差しかかったとき、急にだれかのわめき声が聞こえた。

「あんなものはやめちまえ、と言っとるんだ。くその役にも立たんものを、なぜ放置しておくのかね」

サトが足を止め、改札口の方を見る。

梢田も小百合も、同じように目を向けた。

改札口のすぐ内側で、麻の白いスーツにパナマ帽をかぶった男が、若い駅員を相手に両腕を振り回し、小競り合いを演じている。

駅員が大柄なせいで、男は大木に留まって羽ばたきする、小鳥のように見えた。

駅員が困惑顔で、なだめるのが聞こえる。

「そう言われてもですね、あれはお年を召されたお客さまとか、体の不自由なお客さまとか、妊婦のかたたちのために作られたものですから、急になくすわけには」

「優先席に、老人や体の不自由な人や妊婦がすわっているのを、きみは見たことがあるのかね。ふんぞり返ってるのは、若者ばかりではないか。あんな、くその役にも立たんものは、即刻廃止すべきだ」

「だからといって、お客さん。あんなに、窓をがんがん叩かなくても」

パナマ帽の男は、肩口まで伸ばした白髪を振り乱して、手にした折り畳み傘を振り上げる。

「口で言っても分からんから、実力行使に訴えたんだ」

殴られると思ったのか、駅員は肘《ひじ》で顔をかばうしぐさをした。

「怪我でもしたら、どうするんですか、お客さん」

「わたしは、怪我なんかせんぞ。傘の柄《え》で叩いたからな」

「あなたじゃなくて、乗ってるお客さんが怪我をしたら、と言ってるんですよ」

「そんなこと、知るか」

パナマ帽の男は、また駅員につかみかかろうとした。

だんだん、人だかりがしてくる。

それを見たサトは、窓口にいた別の駅員に警察手帳を示し、改札口の内側にはいった。

梢田と小百合も、あとに続く。

「どうしたんですか」

サトが、警察手帳を掲げたまま聞くと、駅員はほっとしたように頬を緩めた。

「こちらのお客さんが、ホームに停《と》まった電車の窓を、折り畳み傘の柄で力任せに、がんがん叩いたんです。乗っていたお客さんたちが、びっくりして飛び上がったくらい、すごい力でですね」

「ガラスが割れたんですか」

サトの問いに、駅員が首を振る。

「ええと、今にも割れそうな勢いで叩いたんですが、割れはしませんでした」

「つまり、なんの被害もなかったわけだ」

パナマ帽の男は、そう言って一人うなずいた。

小百合が口を挟む。

「でも、公共の乗り物で乗客に迷惑をかけた場合、軽犯罪法に引っかかりますよ」

男は鼻で笑った。

「軽犯罪法第一条の五が定めておる該当者は、公共の乗り物の中で乗客に迷惑をかけた者だ。わたしは、電車に乗っておらなかった。ホームから、窓を叩いただけだぞ」

妙な理屈だ。

小百合が言い返す。

「同じく第一条の十三に、公共の場所で多数の人に迷惑をかけた者、という規定があります。駅のホームは、公共の場所に当たりますよ」

梢田はたまらず、口を出した。

「ちょっと、ちょっと。こんなとこで、軽犯罪法の講釈をしても始まらん。御茶ノ水橋口の交番まで、ご足労願いましょうか」

駅員が、救われたように敬礼する。

「当駅としては、特に被害が出ておりませんので、そちらにお任せします」

パナマ帽の男も、胸を張った。

「よかろう、出るとこへ出ようじゃないか」

先に立って、改札口を出る。

男がいきなり足を止めたので、あとに続こうとした梢田は背中にぶつかった。

同時に、サトの巨体に後ろから押しつぶされ、つんのめる。

男が、すばやく身をかわしたので、梢田は危うく転ぶところだった。

男は向き直り、パナマ帽をあみだにずらして言った。

「あんたたちが本物の警察官なら、とりあえず名前と所属を聞いておこうか」

じっくり見ると、すでに七十歳をいくつも超えていそうな、けっこうな年だ。

梢田が口を開こうとするのを、サトが押しのけて応じた。

「わたしは、警視庁生活安全部の牛袋サトといいます。こちらの二人は、御茶ノ水警察署生活安全課の五本松小百合巡査部長と、同じく梢田威巡査長」

男は、サトがあまりにてきぱきと答えたので、驚いたように目をぱちぱちさせた。

「よろしい。わたしは明央《めいおう》大学文学部、駿河台研究室のスルガヒロシ、という者です」

梢田は、顎を引いた。

明央大学といえば、地元の大学だ。この男は、どうやらそこの教授か何からしい。

「スルガヒロシね。どんな字を書くんですか」

男が、心外だと言わぬばかりに、唇を引き結ぶ。

「むろんスルガは、駿河台の駿河だ。ヒロシは、ハカセと書いて、ヒロシと読む」

梢田は顎をなで、駿河博士という字面を、頭に思い浮かべた。

「なんだか、聞いたことのある名前ですね。どこかにいませんでしたか、スルガダイハカセとかいう人が」

男が、いかにも不快げに目を三角にして、梢田を睨む。

「きみが言いたいのは、手塚治虫の漫画に出てくる科学省の長官、オチャノミズハカセだろう。同じギャグを言う輩《やから》が多いので、聞きあきてしまったがね」

「そうそう、それですよ。駿河台とお茶の水はほぼ地域が重なるし、ヒロシとハカセで読み方は違いますが、字に書けば一緒だ」

　梢田は、その思いつきにわれながら感心して、同意を求めようとサトを見た。

　しかし、サトがあきれ顔で睨み返してきたので、すぐに目をそらす。

　そのあいだに、駿河博士と名乗ったパナマ帽の男は、マジシャンがカードを扱うような手つきで、三人にすばやく名刺を配った。

　しかたなく、梢田たちも名刺を渡す。

　相手の名刺に目を通すと、明央大学文学部、駿河台研究室名誉室長、駿河博士とある。大学の住所に、携帯電話の番号とメールアドレスだけしか、印刷されていない。

　名誉室長がどんな役職か知らないが、現役の教授にしては年をとりすぎているから、定年後の名誉職のようなものだろう。

　駿河は、受け取った名刺をポケットにしまって、三人を順繰りに見回した。

「さて、駅前の交番でも警視庁でも、どこへでも行こうじゃないか」

　言い出しっぺの梢田は、ちょっと困ってサトと小百合の顔を見た。

　サトが、咳払《せきばら》いをして言う。

「駿河さんはもう、お昼ご飯を召し上がりましたか」

駿河は一瞬きょとんとしてから、不機嫌そうに口をとがらせた。

「まだ昼にもならんのに、昼飯を食っとるわけがないだろう」

「それじゃ、わたしたちと一緒に山の上ホテルで、お昼を食べませんか。食べながら、弁解を聞かせていただきます」

梢田は驚いて、小百合と顔を見合わせた。

駿河も、とまどったように鼻の頭を掻く。

「昼飯かね。弁解する気はないが、まあ、昼飯を付き合うのはかまわんよ」

梢田は、なぜ急にサトが駿河を昼飯に誘ったのか、見当がつかなかった。

それに、誘った以上は駿河の分まで払う気に違いないから、けっこうな散財になる。

いったいどういうつもりだろう、と梢田はいぶかった。

小百合が、ふと思いついたように言う。

「駿河さんはサム・エリオットに似ている、と言われたことはありませんか」

駿河がきょとんとして、小百合を見返す。

「だれだね、そりゃ。ジョージ・エリオットか、T・S・エリオットなら、知っとるが」

梢田は、三人とも知らない。

サトが、なぜか目をきらきらさせながら、割り込む。

「そうそう。だれかに似ていると思ったら、サム・エリオットだわ。ハリウッドの、渋い性格俳優の」

駿河は、興味なさそうに首を振った。

「知らんな。映画は見ないんでね。それより、早く飯を食いに行こうじゃないか」

梢田はしかたなく、先頭に立って歩き出した。

山の上ホテルは、駅の御茶ノ水橋口から明大《めいだい》通りを少しくだり、右手の坂をのぼったところにある。山の上というより、猿楽町《さるがくちょう》に向かって切り立った崖《がけ》の上に、位置している。

本館にはいり、階段を地下におりた。

「このホテルも、久しぶりだな。大学からはシコノカンにあるが、めったに来たことがない」

駿河が言うのを聞いて、梢田は小百合にささやいた。

「シコノカンて、どういう意味だ」

小百合もささやき返す。

「呼べばすぐに答えられるくらい、距離が近いことをいうんです」

「だろうと思った」

梢田は、訳知り顔にうなずいた。

実際は、四股《しこ》を踏む両足くらいの短い距離だと思ったのだが、当たらずといえども遠からずだろう。

地下の廊下をぐるりと回り、鉄板焼ガーデンに向かう。

2

店にはいったとたん、黒い服を着たボーイが梢田威に目を留め、にっと笑った。

「いらっしゃいませ」

昨日の今日なので、意外に思ったらしい。

梢田は、知らぬ顔をしてそっぽを向き、さっさと奥へ進んだ。

そのとき、背後にいた五本松小百合が、頓狂《とんきょう》な声を上げた。

「あら、係長。こちらだったんですか」

梢田も、あっけにとられる。

斉木斉が、屋外のベンチに面した窓際の席で、ただ一人生ビールを飲みながら、ステーキを食べているではないか。

はいって来た四人を見ると、斉木は驚いたように上体を起こし、それからいかにもばつが悪そうに、ナイフとフォークを置いた。

ぶざまに半分腰を上げ、牛袋サトに挨拶する。

「ええと、これは、牛袋管理官。おそろいで、お見えになるとは」

そこで言葉を途切らせた斉木を、サトはじろりとねめつけた。

「ずいぶん早いお昼ねえ、斉木係長」

斉木は手を振った。

「いや、たぶん管理官がお見えになるんじゃないかと、先に来て席を確保したんです。どうぞどうぞ、すぐに席を作らせますから」

「まあ、それは手回しのいいこと」

サトは、斉木の弁解をまったく信用しない風情《ふぜい》で、ぐいと顎を引いた。

駿河博士が、おもしろい展開になったというように、みなの顔を見回す。

斉木は急いでボーイを呼び、五人すわれるようにテーブルをセットさせた。

梢田は、笑いを嚙《か》み殺した。

そもそも、〈魚ふじ〉のかき揚げ丼に誘われたときから、おかしいと思っていたのだ。たぶん、斉木もここ二、三日のあいだに、競馬か競輪で当てたのだろう。それも、人におごるなどと言い出すくらいだから、梢田と同じく大穴を当てたとみてよい。

ところが、ついさっき署の玄関で梢田がサトにつかまるのを見て、飯をおごるという奇特な発意が急速にしぼみ、一人でステーキを食べる方向に転じたに違いない。

サトを挟んで、梢田と斉木が両脇の席に着き、その向かいに小百合と駿河が、並んですわる。

サトは駿河を見て、斉木を引き合わせた。

「こちらは、五本松巡査部長と梢田巡査長の上司の、斉木警部補。このかたは、明央大学文学部の名誉教授、駿河博士さん」

駿河が、パナマ帽を軽く持ち上げて、挨拶する。

「よろしく。名誉教授じゃなく、名誉室長ですが」

「はあ」

斉木は生返事をして、いったいどうなってるんだというように、サトの肩越しに梢田を見た。

梢田は、しかたなく説明した。

「少し前に、駿河さんが御茶ノ水駅の駅員ともめていたので、事情を聞くためにご足労願ったわけです」

たとえ小学校の同級生でも、人前では上司の斉木に敬意を払わなければならず、それが死ぬほどつらかった。

斉木が、目をぱちぱちとさせる。

「事情聴取するのに、山の上ホテルで食事か」

「牛袋管理官が、お誘いになったんです」

小百合が説明すると、サトはあまり白くない顔をほんのりと染め、こほんと小さく咳をした。

「たいしたトラブルでもないし、ちょうどわたしたちもお昼に出たところでしたから、ついでにと思いましてね」

柄にもなく、弁解がましい口調だった。

そのとき、ボーイが注文を聞きに来たので、話が途切れる。

サトも小百合も駿河も、百五十グラムのステーキを頼んだ。

梢田は、前日と同じものを食べる気がせず、刻み肉のステーキというのを注文した。

ほかの者は、そろってミディアムレアにしたが、梢田はウエルダンを指定した。子供のころから、生焼けの肉が苦手なのだ。

斉木が、飲み残した生ビールをそれとなく、片付けさせる。

梢田は、思わず生唾《なまつば》をのんだ。

あれをきゅっとやったら、さぞかしうまかろうに、と思う。

しかし、妙なこともあるものだ。

勤務中に、アルコールを飲むのはご法度《はっと》にもかかわらず、サトはなぜかとがめ立てをしなかった。

いつものサトなら、絶対に見逃すはずがない。

どうも、今日はおかしい。

アミューズが来たところで、小百合が駿河を見て口火を切る。

「ではそろそろ、お話をうかがいましょうか」

サトが、思い出したというようにうなずいて、あとを続けた。

「ええと、そうね。それでは、駿河先生。電車の窓をお叩きになったのは、どういう理由からですか」

梢田は首をひねった。

サトは、駿河を〈先生〉と尊称つきで呼んだばかりか、〈お叩きになる〉などと敬語まで遣っている。

駿河は、パナマ帽を脱いでボーイに預け、オールバックの白髪をなでつけた。

「わたしは、電車の車両に設けられておる優先席、例のシルバーシートというやつが、気に入らんのです。そもそも、あの優先席なるものはお年寄りや妊婦、体の不自由な人のためにあるものだ。にもかかわらず、さっきも駅員に言ってやったのだが、そういう本来すわってしかるべき人たちが、すわっているのを見たためしがない。そこにふんぞり返ってるのは、決まって若いサラリーマンやＯＬ、あるいは学生だ。すわったまま、手にはピコピコ、耳にはシャカシャカとくる。中には、寝たふりをするやつもいれば、臆面もなく化粧をするばか女もいる。文庫本を読むやつなどは、まだましな方だ」

サトと小百合が、もっともな意見だというように、大きくうなずく。

電車に乗るが早いか、真っ先に優先席に突進するのが得意の梢田は、何も言わずにアミューズを食べた。

斉木も同様のはずだと思い、そっと横目で様子をうかがう。

案の定、斉木はてんとして恥じる様子もなく、ステーキに専念している。

駿河は続けた。

「しかも、若い連中は目の前にお年寄りや妊婦が立っても、まったく席を譲ろうとせん。後ろの窓ガラスに、そういう人たちに席をお譲りくださいと、大書してあるにもかかわらず、だ。わたしは別に、席を譲ってもらいたいわけではない。しかし、そういう優先席に若いやつらが、のうのうとふんぞり返っているのを見ると、がまんできなくなるのさ。だから、いっそ優先席などというものは廃止して、全部普通の座席にすればいい。そうすれば、たとえ席を譲ってくれなくても、腹が立たんだろう。なまじ、優先席などと表示してあるから、頭にくるんだよ」

サトが、そのとおりだと言わぬばかりに、二度三度とうなずく。

「そう、先生のおっしゃるとおりです」

駿河は勝ち誇ったように、指を振り立てた。

「でしょうが。だからわたしは、あんなものはやめちまえとアピールしたくて、電車の優先席の窓を叩いたんだ。そうしたら、すわっていた若造どもが尻に火でもついたように、飛び上がりおったわ」

そう言って、からからと笑う。

小百合が、思慮深い口調で言った。

「優先席の表示は、前に立っている人たちにはよく見えるのに、意識せずにすわってしまった人には、見えないんですね。背中に、目がないから。もちろんシートの色は、一般の座席と変えてありますけど、いちいち見比べてすわる人はいません。いっそ、真っ赤なシートに〈ここは優先席です〉と、大きな文字で縫い取りをしたら、どうかしら。それだけ目立たせれば、若い人たちはきっとすわるのを、躊躇《ちゆうちよ》するでしょう」

斉木が口を出す。

「それだって、すわっちまったら見えなくなるから、なんの効果もないだろう。六十歳未満の人間がすわると、自動的にブザーが鳴るような装置をつけたら、効き目があるかもしれんが」

梢田は斉木を見た。

「シートに、どうやって六十歳以上と未満を、判別させるんだ。戸籍抄本の挿入口をつけて、いちいち読み取らせるのか」

駿河が、ちっちっと舌を鳴らす。

「だめだめ。そんなことをしても、今の若い連中には蛙《かえる》の面にしょんべんで、なんの役にも立たんさ。要するにシルバーシート、つまり優先席のたぐいを廃止するのが、いちばんだ。そうすれば、若い連中がどれだけふんぞり返っていようと、あきらめがつくというものさ」

梢田は、ふだんから優先席を占拠する身として、少々居心地が悪くなった。

斉木が、そんなことを気にする風もなく、皮肉な口調で言う。

「あるいは優先席の表示を、〈ここは早い者勝ちですわった人の優先席です〉とでもすれば、いっそすっきりするんじゃないか」

あたりがしんとした。

そうこうするうちに、料理が運ばれて来る。

梢田は、自分の前に置かれた皿を見て、ちょっと鼻白んだ。

ボーイに苦情を言う。

「刻み肉のステーキを、頼んだんだけどな。これは、ハンバーグじゃないか」

ボーイは、困ったような顔をした。

「あの、こちらが刻み肉のステーキでございますが」

「いや、これはどこからどう見たって、ただのハンバーグだ」

小百合が体を乗り出し、たしなめるように言う。

「形はハンバーグと似ていますけど、ハンバーグじゃないんです。玉ねぎも、つなぎの小麦粉も入れずに、ステーキ用のお肉を細かく刻んで成形した、純粋の刻み肉のステーキです」

そう言われてみれば、どうもハンバーグとは違うようだ。

梢田は、ボーイを見上げた。

「悪かったな。ちょっと、冗談を言っただけだ」

「恐れ入ります」

ボーイは、笑うのを必死にこらえるような表情で、そばを離れて行った。

梢田は、恐るおそる刻み肉のステーキを、口に運んだ。

思わず、くるりと瞳を回してしまう。

確かにこれは、ハンバーグではない。

小百合が、顔をのぞき込んでくる。

「いかがですか」

「うん、うまい。キッチンジローのハンバーグに、負けてないぞ」

小百合は、首を振った。

「ハンバーグじゃありません、てば。それに、キッチンジローと比べたら、ここのお店に失礼ですよ」

「どうしてだ。神保町《じんぼうちょう》のキッチンジローは、いつだか分からんほど昔に開店して、今じゃあちこちに支店がある。開店以来、いつ、どこの支店で食っても、味が変わらん。しかも安い。これは、たいへんなことだぞ」

梢田が断言すると、斉木がサトの背中越しに手を伸ばし、肩をこづいてきた。

「黙れ、貧乏人め。山の上ホテルに来たら、それらしく上品にしろ」

「おれは、この刻み肉ステーキもうまいが、キッチンジローのハンバーグもうまい、と言っただけだ」

サトが、二人の顔を交互に見る。

「およしなさいな、二人とも。お客さまが、ご一緒なんですから」

梢田は、口をつぐんだ。

駿河は、確か軽犯罪法違反の容疑者だったはずだが、いつの間にお客さまになったのだろう。

小百合が、取ってつけたように言う。

「どちらにしても、電車の窓ガラスを叩くのは、穏やかでないと思います。優先席に関するご意見は、JR東日本や私鉄、地下鉄等の広報室に、直接寄せられたらいかがでしょうか」

駿河は、いかにも不愉快そうな表情をこしらえ、フォークで宙に円を描いた。

「そんなことは、とうにやっとるよ。しかし、なしのつぶてだ。かくなる上は、実力行使しかないと思って、やったまでのことさ」

「でも、間違って窓ガラスが割れたりしたら、軽犯罪法どころか器物損壊罪で、刑事罰を受けますよ」

小百合が決めつけると、サトはとりなすように体を乗り出し、猫なで声で言った。

「駿河先生も、名誉教授という肩書がおありになる以上、そのような無分別なことはなさらないでしょう」

駿河が、またフォークを動かす。

「名誉教授ではない。名誉室長です」

梢田は、首をひねった。

「学校の先生だからって、分別があるとはかぎりませんよ、管理官。鏡を使って、女の子のスカートの中をのぞいたり、トイレで盗み撮りしたりするような先生が、最近多いですからね」

「それは、警察官も同じだ」

駿河に言い返されて、梢田はぐっと言葉に詰まった。

斉木が、助け舟を出すように、駿河に聞く。

「ところで、名誉室長を務めておられる駿河台研究室は、何の研究をしてらっしゃるんですか」

「国文学と国語学です。昨今の、日本人の国語力の低下は、目をおおうものがある。なんとしても、食い止めねばならん。一国の首相にして、中学生レベルの漢字もろくに読めないという、容易ならざる事態に直面したこともあります。漢字を書く方にいたっては、それどころではない。まさに壊滅的状況、といってよい。それもこれも、パソコンや携帯電話のせいだ。自分の手で書く、という行為をおろそかにしたツケが、回ってきたのです」

力説するにしたがって、駿河がナイフとフォークを振り回すので、小百合が体をずらして、それを避《よ》ける。

斉木が駿河に、フォークの先を突きつけた。

「しかし、今さらパソコンやケータイを使うな、とは言えんでしょう。人間は、一度便利なものを手に入れたら、もうあともどりはできないんです」

そう言って、またステーキに取りかかる。

駿河はうなずいた。

「そう、そうやって人間はどんどんばかになっていく、というわけだ。電卓もしかり、電子辞書もしかり。人が自分の頭で考えずに、全部器械にやらせることに慣れてしまうと、使われなくなった脳細胞は日ごとに退化し、死滅していく。それを防ぐには、どうしたらよいか。足の弱った人が、エレベーターを使わずに階段を歩いて鍛えるように、頭の弱った者も脳の力を取りもどすべく、訓練を始めなければならん」

ほとんど、口から唾を飛ばす勢いだ。

サトが、感に堪えぬように言う。

「先生のおっしゃるとおりですわ。わたしたちの世代はともかく、若者は体も頭も鍛えなくてはいけません」

梢田は、もう少しで笑うところだった。

原節子でもあるまいし、おっしゃるとおりですわ、もないものだ。

駿河が首を振る。

「いや、若者だけの問題ではない。斉木君や梢田君の世代も、今の悪《あ》しき風潮に染まっているはずだ。きみたちも、だいぶ脳細胞が衰えているに違いない、と見たはひが目か」

なれなれしく君づけで呼ばれ、梢田は少し鼻白んだ。

斉木が、顔を上げて言う。

「梢田の場合は、衰えていないと思います。脳細胞など、はなからありませんから」

小百合が、ぷっと吹き出しそうになったのを、ナプキンを口に当ててごまかす。

梢田は気を悪くして、負けずに言い返した。

「斉木係長も、だいじょうぶです。一日中競輪、競馬と競艇の予想で、脳みそをフルに使ってますから」

駿河が、のけぞるようにして笑い出したので、斉木はいやな顔をして梢田を睨んだ。

食事が一段落して、デザートとコーヒーが運ばれて来る。

コーヒーを掻きまぜながら、サトがもっともらしく眉根を寄せて、駿河に言った。

「今、むずかしい漢字を集めて読み方のテストをする、一種のクイズ本がはやっていますね。あんなものでも、少しは勉強になるのかしら」

駿河はコーヒーを飲み、もっともらしくうなずいた。

「まあ、屁《へ》のつっかい棒にもならん、といいたいところですが、いくらかは足しになるでしょうな。現に、駿河台研究室も出版社の依頼で、何冊かその種の漢字訓練テキストを、監修しています」

小百合が口を出す。

「でも、その種の本に取り上げられる漢字は、だれが考えたか分からない当て字の類《たぐい》が、ほとんどじゃありませんか。あまり実用にならないし、頭の訓練になるとも思えませんけど」

駿河が、そのとおりだというようにうなずき、小百合を見る。

「もっともな意見だ。確かに、そういう当て字を集めたものが、多すぎる。わが研究室では、そういうものを全部排除するわけではないが、少し方針を異にしている。たとえば、間違った読み方がいつの間にか慣用になり、正しい読み方が行なわれなくなった熟語を、集めたりとかね」

そう言ってボールペンを取り出し、コースターの裏にいくつか漢字を、書き連ねた。

それを、梢田に向けてすいと滑らせ、偉そうな口調で言う。

「そいつを読んでみたまえ」

見ると、漢字の熟語が六つほど、並んでいる。


〈紊乱、洗滌、病膏肓、独擅場、消耗、攪乱〉


一つか二つ、心当たりのある言葉も混じっているが、確信がない。

梢田はわざと眉根を寄せて、コースターから目を遠ざけた。

「いかん、いかん。最近老眼がきたらしくて、眼鏡《めがね》なしではよく見えないな」

独り言めかしてぼやくと、斉木がせせら笑った。

「子供のころから、目のいいのが唯一の自慢じゃなかったのか」

そう言って、サトの向こうから猿臂《えんぴ》を伸ばし、コースターをさらっていく。

梢田は、ほっとした。

斉木がざっと漢字を眺め、こともなげに読み上げる。

「びんらん、せんじょう、やまいこうこう、どくせんじょう、しょうもう、かくらん」

それを聞いて、駿河は人差し指を振り立てた。

「まだまだ。正解は六つのうち、二つだけだ。まあ、人並みの成績ですな」

斉木は、まさかといった表情で眉根を寄せ、口をへの字に曲げた。

小百合が、斉木に手を差し出す。

「五本松にも、見せてください」

斉木は、いかにもしぶしぶという感じで、コースターを小百合に回した。

小百合は漢字を眺め、少し考えてから言った。

「びんらん、せんでき、やまいこうこう、どくせんじょう、しょうこう、かくらん」

駿河が、感心したように小百合を見る。

「ほう、なかなかいいぞ。四つ正解なら、たいしたものだ」

サトは、小百合の手からコースターを抜き取り、赤い縁の眼鏡をかけた。

「ええと。ふむ、なるほど」

そう言いながら、ざっと目を通して読み上げる。

「ぶんらん、せんでき、やまいこうこう、どくせんじょう、しょうこう、こうらん」

駿河は目を丸くして、サトを見返した。

「これは驚いた。全部正解した人は、あなたが初めてです」

3

三日後。

梢田威と斉木斉が昼飯からもどると、デスクで新聞を読んでいた五本松小百合が、立ち上がった。

「係長。これから、ちょっと明央大学まで行ってきても、よろしいでしょうか」

「何しに行くんだ」

斉木の問いに、小百合は困った顔をした。

「本部の牛袋管理官から電話があって、大学で落ち合いたいと言われたんです」

「牛袋管理官だと。いったい、何の用があるんだ」

「はっきりしないんですが、例の駿河さんに何か相談されたとかで、手を貸してほしいとおっしゃるんです」

斉木の目が光る。

「あのじじいが、管理官に相談だと。なんの相談だ」

「それはまだ、聞いていません。管理官とは、メインタワーのロビーで午後一時半に、待ち合わせをしています。駿河先生も、いらっしゃるらしいです」

斉木は、いやみたらしく言った。

「本部が所轄署の人間を使うときは、一応署長の許可をとるのが筋だがな。少なくとも、上司のおれに一言断りがあって、しかるべきだろう」

小百合は、いっこうに動じない。

「牛袋管理官としては、係長と親しいあいだ柄だと思っておられるので、断るまでもないとお考えになったのでしょう」

斉木が、ぞっとしない顔をする。

「親しいあいだ柄ねえ」

「それに先日、山の上ホテルの鉄板焼ガーデンに行ったとき、たまたま先に来ておられた係長の分まで、お勘定をお支払いになりましたし」

斉木は、痛いところをつかれたという顔で、ちょっとたじろいだ。

「おれは別に、払ってもらうつもりはなかったんだ。ただ、別会計にするのも失礼か、と思ってね」

それから、じろりと梢田を見る。

「おい。五本松と明央大学へ行って、一緒に話を聞いてこい」

梢田は抗議しようとしたが、そのときには斉木はデスクにでんと足を載せ、競馬新聞を読み始めていた。

小百合が、しかたないと言わぬばかりに、肩をすくめてみせる。

二人は、出先表に〈明央大学〉と書き込んで、署を出た。

「もしかすると管理官の用は、公務じゃないんじゃないか。公務なら、係長が言うとおり上の方へ話を通すのが、筋ってもんだからな」

「公務とも私用とも、なんとも言えないですね」

その口ぶりに、ちょっと引っかかる。

「それは、どういう意味だ」

小百合は、肩を並べて歩きながら少し考え、重い口調で言った。

「係長には黙っていましたけど、管理官が駿河さんから持ちかけられた相談というのは、かなりやばい話なんです。大学の構内で、大麻だか覚醒剤だかの取引が、行なわれている疑いがある。事実かどうか確かめてほしい、と頼まれたんですって」

梢田は驚き、一瞬足を止めた。

「おいおい、それは穏やかじゃないな。大麻や覚醒剤の違法取引は、おれたちの扱う刑事犯だ。こいつは私用どころか、りっぱな公務になるぞ」

「もし、ほんとうに取引が行なわれているとしたら、そうなるでしょうね。でも、まだ確証がないらしくて。それで、とりあえず話を聞きましょう、ということになったんです」

梢田は、また小百合と並んで歩き出した。

「なるほど、それであのじいさんは牛袋管理官に、相談したわけだな」

「管理官一人では動きが取れないので、管内のわたしたちにも話を聞かせるつもりなんでしょう」

「おれが一緒だと、まずいんじゃないか」

「でも、係長の命令ですから。きっと、あとで復命するように、言われますよ」

言い訳を考えるのは得意だが、今度ばかりはにわかに思いつかない。

とにかく、話を聞いてみなければ、なんともいえない。

明大通りを渡り、山の上ホテルにつながる胸突坂《むなつきざか》に面した、明央大学のメインタワーの敷地にはいる。

二十階を超える高さの、円柱状のエレベーターが両サイドについた、巨大な建物だ。

グラウンドフロアの三分の一ほどは、テラコッタ貼りの広い吹き抜けになっており、その奥にロビーの入り口がある。

回転ドアに近づいたとき、中からパナマ帽をかぶった駿河博士が出て来て、梢田たちに手を上げた。

「どうも。牛袋管理官はまだかね」

「一時半には、まだ五分ほどあります」

小百合が応じると、駿河はふんふんとうなずいて、二人を見比べた。

「五本松君が来ることは、さっき管理官から電話で聞いた。しかし、梢田君が一緒だという話は、聞いてないぞ」

まるで、教え子にものを言うような、なれなれしい口調だ。

梢田は、耳の後ろを掻いた。

「万が一、捕り物にでもなったときは、男手が必要だと思いましてね」

駿河は、なんとなく不満そうに唇を引き結んだが、すぐにうなずいて言った。

「まあ、いいだろう。枯れ木も山のにぎわい、というからな」

おれは枯れ木か、と文句を言おうとしたとき、小百合が手を上げた。

「管理官が見えました」

梢田が振り向くと、建物の前の車道でタクシーをおりた牛袋サトが、ハンカチで汗をふきながら、吹き抜けをやって来た。

「お忙しいところを、すみませんな、管理官。しかも部下を、二人も動員していただいて」

駿河の言に、梢田は急いで口を挟んだ。

「われわれは別に、牛袋管理官の」

部下ではないと否定する前に、駿河はまるで梢田の話を聞いていないらしく、続けてサトに言う。

「立ち話もなんですから、山の上ホテルのロビーにでも行きましょう」

サトがうなずく。

「ええ、そうですわね」

それから、自動販売機でも眺めるような目で、梢田を見た。

「あなたはここで、何をしているの」

「ええと、自分は五本松巡査部長の」

最後まで言い終わらぬうちに、小百合が横から口を出す。

「斉木係長が、五本松一人では何かのときに危ないとおっしゃって、梢田さんをつけてくださったんです」

サトは、さっきの駿河と同じように唇を引き結んだが、あっさりとうなずいた。

「まあ、いいでしょう。ともかく、邪魔にならないようにね」

そう言い残すと、早くも山の上ホテルへ向かう駿河の背中を追って、歩き出す。

梢田はくさった。

しかし、小百合に目つきと身ぶりでなだめられて、しかたなくあとに続く。

ホテルの本館にはいり、左手の広い方のロビーに腰を落ち着ける。

客はほかに、男が二人コーヒーを飲みながら、話をしているだけだ。

サトはコーヒーを四つ頼み、さっそく低い声で話を始めた。

「それでは駿河先生、お話をうかがいましょうか。明央大学の構内で、大麻ないし覚醒剤の取引が行なわれている、とのことですね。どういう状況から、そのようにご判断なさったのですか」

駿河はむずかしい顔をして、上体をテーブルに乗り出した。

「この件は、わが大学の名誉のためにも、公にしたくない。そのあたりについても、配慮してもらえませんか」

梢田は、さっそくくちばしを入れた。

「それは無理ですね、先生。折り畳み傘で、電車の窓ガラスを叩くのとは、わけが違います。麻薬の取引は、れっきとした刑事事件なんです。もみ消すわけにはいきませんよ」

駿河が、じろりと梢田を見る。

「何も、もみ消してくれなどとは、言っとらん。せめて、大学の名前を出さないとか、構内での逮捕は避けるとか、配慮をお願いしたいと言っとるだけだ」

小百合が口を開く。

「取引しているのが、大学の関係者や在学生でなければ、多少の配慮は可能かもしれません。とりあえず、お話を聞かせていただけませんか」

そこへコーヒーが来たので、それぞれ一息入れた。

あらためて、サトが言う。

「五本松巡査部長の言うとおりですよ、先生。まず、お話をうかがってからでなければ、配慮のしようがありませんからね」

ふだんからは想像もできない、猫なで声だった。

駿河はコーヒーを飲み、おもむろに話し始めた。

「明央大学のメインタワーには、大小取りまぜておよそ百近い教室、研究室、会議室がある。それに、学食や展望レストランが、はいっています。ちなみに、駿河台研究室は十二階です。さて、このタワーにはフロアごとに、コインロッカーが設置してある。二十四時間三百円で、最長は一週間まで。一週間を過ぎると、管理室の管理人が親鍵でロッカーをあけ、収納物を取り出して別途保管する、ということになる」

梢田はいらいらして、テーブルを指先で叩いた。ロッカーの説明など、聞きたくない。

それを察したように、駿河が急いで話を続ける。

「ここからが、本題です。三週間前の金曜日、わたしは午後一時ごろ十一階にある休憩室に、お茶を飲みにおりた。そこには自動販売機があって、ペットボトルのお茶を売っている。飲んだあと、部屋にもどろうと腰を上げたとき、休憩室の向かいにあるロッカーの前に立つ、ヤマモトアンナの姿が見えた。廊下に面して、ガラス窓がついているのでね」

「ヤマモトアンナ」

梢田がおうむ返しに言うと、駿河は手をひらひらさせて説明した。

「そう、本学の文学部三年の女子学生、ヤマモトアンナだ。ヤマモトは山本山の山本、アンナは片仮名でそのまま、アンナと書く。ハーフにも見える、日本人離れした顔立ちだ。すらりとした長い脚の、なかなかのかわいこちゃんでね」

かわいこちゃんは、たぶん駿河が若いころにはやった言い方だが、梢田は急に興味がわいた。

「そのかわいこちゃんが、どうしたんですか」

話を合わせると、駿河はちょっといやな顔をしたものの、話を続けた。

「アンナは、ロッカーに金茶色のビニール袋を入れ、扉を閉じて鍵をかけた。間違いのないように、扉には大きなナンバープレートが、貼りつけてある。そのとき、アンナの使ったロッカーの番号は、１１３０だった。なぜ覚えているかというと、わたしの誕生日と同じ数字だからだ」

サトが、鼻を突き出す。

「十一月三十日が、お誕生日なのですか」

声が妙にはずんでいた。

「そうです」

駿河がうなずくと、サトはうれしそうに言った。

「偶然ですね。わたしも、十一月三十日なんですよ」

「あ、そう」

駿河は、ラジオの時報が鳴ったほどにも興味を示さず、そっけなく応じた。

サトは顔を赤らめ、小さく咳払いをした。

小百合が、取り繕うように質問する。

「それから、どうなさったんですか」

「研究室へもどって、仕事を続けた。それから、今度は三時半ごろにたばこを吸いたくなって、もう一度休憩室におりた」

「たばこをお吸いになるんですか」

サトが、とがめるような口調で言う。

駿河は、パナマ帽をあみだにずらすと、親指の爪で白髪の生え際を掻いた。

「日に三本、と決めてるんです。そのうちの、二本目でした」

どうにも話がまだるこしく、梢田はつい口を差し挟んだ。

「ええと、たばこを吸いに行って、どうしました」

「休憩室にはいって、たばこに火をつけたとき、ガラス越しに向かいのロッカーの前に、ウツミキイチロウが立っているのが、見えたんだ。わたしの研究室に出入りする、アンナと同じ文学部の三年生でね。ウツミは、瀬戸内海の内海。キイチロウは、二十世紀の紀に一郎、と書く」

いちいち説明するところが、国語学者らしい。

小百合が、辛抱強く促す。

「その内海さんが、どうしたんですか」

「キーを出して、なんとアンナのロッカー、つまり1130の扉をあけたんだよ」

梢田は面食らい、駿河の顔を見直した。

「それはつまり、すでにアンナが自分の荷物を取り出したあとで、そこが空きロッカーになっていた、ということですか」

駿河は指を振り立てた。

「そうじゃない。内海は、アンナが入れた例のビニール袋を取り出して、自分のバッグにしまったんだ。あれは確か、すずらん通りの東京堂書店の、ビニール袋だった」

小百合が横から言う。

「すると、アンナさんが内海さんにキーを渡して、そのビニール袋を取りに行ってもらった、ということでしょうか」

「そのようにも見えるが、どうもおかしいんだ。ビニール袋は、まるでからっぽのように平べったくて、わざわざ預けるほどのものではない。丸めるか畳むかすれば、アンナの持っていたバックパックに、楽にはいったはずだ。少なくとも、ロッカーを使う必要はなかった」

沈黙が流れる。

梢田は言った。

「つまり、アンナはビニール袋にはいった何かを渡すために、内海に自分のロッカーのキーを預けた、と」

小百合が、あとを引き取る。

「そしてそれが、大麻あるいは覚醒剤だったのではないか、というわけですね」

駿河は腕を組み、大きくうなずいた。

「そういうことだ」

「なぜ、そう思われたんですか。若い男女ともなれば、CDとかDVDとかをプレゼント交換する、ということもあるでしょう。東京堂のビニール袋なら、本かもしれませんし」

小百合が疑義を差し挟むと、駿河はむずかしい顔で続けた。

「かもしれん。しかし、それが三週連続して同じ時間に起こった、となると疑わしいと思わんかね」

「三週連続」

梢田が聞き返すと、駿河は得意げに胸をそらした。

「そうとも。アンナは、それから一週間後の金曜日の午後にも、同じ時間に同じロッカーの1130番に、ビニール袋を入れた。わたしも、たまたま同じ時間に同じように休憩室へ行って、ふたたびその現場を目撃したのだ。となれば、どうしても三時半ごろもう一度出直して、何が起こるか確かめたくなるのが、人情だろう」

「すると、その時間にまたもや内海が現れて、同じロッカーからビニール袋を回収した、というんですか」

「そのとおり。そして、つい一週間前にもまったく同じことが、繰り返されたのだ。つまり三週連続、ということになる。これを偶然と思うかね、きみたち」

駿河はそう言って、梢田と小百合の顔を見比べた。

梢田は上着の袖をずらし、腕時計をそっと盗み見た。

二時半になるところだった。

駿河が、見透かしたように言う。

「そう。今日は、またその一週間後の、金曜日だ。念のために言っておくが、アンナは例によって午後一時過ぎに、いつものロッカーの１１３０番に、おなじみのビニール袋を入れた。さて、どうするかね、諸君」

4

幸いなことに、十一階の休憩室には、だれもいなかった。

梢田威は、休憩室の自動販売機に小銭を投入し、冷たいお茶を二本買った。

一本を五本松小百合に渡し、自分のお茶を一息に半分飲む。

「大学の警備は、甘すぎるな。警備員はいるが、おれたちを見ても声をかけるわけじゃなし、これじゃあだれでも素通りだ」

「あまり厳重に警戒したら、学生たちが反発するでしょう」

小百合は応じて、お茶を一口飲んだ。

「それにしても、牛袋管理官は調子いいじゃないか。おれたちに仕事を押しつけて、さっさと引き上げちまうとは」

「引き上げてはいない、と思います。駿河さんから、もう少し事情を詳しく聞く、とおっしゃっていました。河岸《かし》を変えて、またお話をしてるんじゃないでしょうか」

梢田は、備えつけのパイプ椅子にどしん、と腰を下ろした。

「こないだっから、管理官は駿河のじじいと話を始めるやいなや、目の色が変わる。いったい、どういうわけだ」

そう言ってから、ふと思いついて小百合を見る。

「もしかして管理官は、駿河のじじいに惚《ほ》れたんじゃないのか」

すると、小百合はまるで自分のことを言われたように、うろたえた。

「そんな。いくらなんでも、年が違いすぎますよ。駿河さんは、もう七十過ぎでしょう。もしかすると、半ばかもしれないわ」

「管理官はいくつだ」

「正確には知りませんけど、まだ五十歳にはなっておられない、と思います」

「あの世代で二十五歳程度の差なら、年が違いすぎるとはいえんぞ。いや、どう見てもあれは、管理官が駿河に惚れたとしか、思えないな。駿河を見る目が、ハートマークになってるからな」

「それは、考えすぎだと思います。単なる親切心で、相談に乗ってあげただけですよ」

「単なる親切心のおかげで、おれたちが駆り出されるのは、納得できんな。だいたい、この程度のことで乗り出すこと自体、おかしいと思わないか。大学は、ある意味では治外法権だ。なんの根拠もなく、警察官が無断で構内をうろつき回ったら、トラブルの種になるだけだぞ」

「根拠はあるじゃありませんか」

「あんなのは、根拠のうちにはいらん。おおかた、ビニール袋の中身はチョコレートか何かで、おれたちが恥をかくだけさ。今日だって、その内海紀一郎という学生が姿を現すかどうか、怪しいものだ」

そのとき、廊下を話しながらやって来た学生が五、六人、休憩室にはいって来た。

二人に気がつき、おしゃべりをやめる。

「どうも」

梢田が気軽に声をかけると、学生たちはいっせいに挨拶を返してから、いったい何者だろうという顔で、二人をちらちら見た。

結局、悩むほどのことでもないと考えたのか、てんでにお茶や缶コーヒーを買って、飲み始める。

休憩室は、廊下に面した側の上半分がガラス張りになっており、向かいに並んだロッカーが見える。

駿河が言ったとおり、どの扉にも一目で分かる大きなナンバープレートが、貼りつけてある。

１１３０のロッカーも、よく見える。

学生たちは、梢田が聞いたこともない人名を次つぎに挙げ、いいの悪いのと論評した。今どきの若い映画俳優や、アイドルタレントの話らしい。

ぽかんとして聞いていると、小百合が肘をつついた。

「来たみたいですよ」

梢田は、さりげなく立ち上がった。

壁に貼られた、催し物のポスターを眺めるふりをしながら、ガラス越しにロッカーの方を見る。

ピンクのTシャツを着て、キャップを後ろ前にかぶった若者が、足を止めた。

ジーンズのポケットから、キーを取り出す。

そのキーが差し込まれたのは、まさしく1130番のロッカーだった。

若者は扉をあけ、金茶色のビニール袋を取り出して、ショルダーバッグに無造作に突っ込んだ。

駿河博士によれば、内海紀一郎はいつも派手なTシャツを身につけ、キャップをかぶっている、という。

だとすれば、若者は内海に間違いあるまい。

駿河が言ったとおり、内海はこの日も山本アンナのビニール袋を、回収しに来たのだ。

これが四週続いたとなると、確かに何か裏がありそうに思える。

梢田は、小百合と目でうなずき交わし、学生たちに声をかけた。

「そいじゃな」

学生たちは、まだ二人がそこにいたのかという感じで、おざなりに手を上げた。

休憩室を出て、廊下の端にあるエレベーターホールに向かう、若者のあとを追う。

若者は、身長が百六十ないし百六十五センチほどで、今どきとしては小柄な部類に属するだろう。

その体つきも、駿河の言った内海と合致する。

ちょうど、下へ行くエレベーターが来たらしく、若者が小走りに乗り込んだ。

「すみません。待ってください」

小百合が声をかけ、パンプスの音を派手に響かせながら、廊下を走る。

若者は開扉ボタンを押し、待っていてくれた。

梢田も息をはずませ、小百合のあとからエレベーターに乗り込む。

「どうもありがとう」

小百合が愛想よく礼を言うと、若者は人なつっこい笑みを浮かべ、いいえ、と応じた。

梢田が見るかぎり、若者は黒目がちの整った顔立ちをしており、まつげがやけに長い。

武術、スポーツとは縁のなさそうな、華奢《きゃしゃ》な手足の持ち主だ。今どきの、草食系というやつだろう。

ロビーにおり、エレベーターを出る。

出口へ向かう若者を追いながら、梢田は小百合にささやいた。

「どうする」

「外に出てからにしましょう。構内では、騒ぎが大きくなるわ」

梢田は、黙ってうなずいた。

回転ドアを抜けると、若者は足早に吹き抜けを横切って、明大通りに出た。

梢田は、小百合と一緒に足を速めて追いつき、声をかけた。

「ちょっと、きみ」

若者は歩調を緩め、自分のことかどうか確かめるように、ゆっくりと振り向いた。

「明央大学の、内海紀一郎さんですね」

小百合に質問されて、若者は足を止めた。

「そうですけど」

梢田は正面に立ち、小百合が背後に回る。

「すまないけど、ショルダーバッグの中を、見せてくれないかな」

梢田が言ったとたん、内海紀一郎の頬がさっとこわばった。

「えっと、なぜですか。どういうことですか」

にわかに、声が上ずる。

梢田は警察手帳を取り出し、ぱらりと開いて見せた。

「御茶ノ水警察署の梢田に、そちらが五本松だ。きみはさっき、大学の十一階のロッカーから、東京堂のビニール袋を取り出したね。それが、そのショルダーバッグの中にはいっているはずだ。中身を見せてもらいたいんだがね」

内海は、ショルダーバッグのベルトを、ぎゅっと握り締めた。

「あの、どうしてですか。これは、ええと、職務質問ですか」

内海の背後から、小百合が言う。

「ええ、職務質問よ。あなたが、ビニール袋の中身さえ見せてくれたら、話は簡単に終わるわ。それとも何か、見せられない事情でもあるかしら」

「いえ、別にありません」

内海はそう答えたものの、ほとんど消え入りそうな声だった。

「それじゃ、出して見せてちょうだい」

小百合に促されて、内海はショルダーバッグのファスナーをあけ、ビニール袋を引き出した。

梢田が受け取ろうとすると、内海はいきなりそれを車道に向かって、ほうり投げた。

梢田も小百合も、反射的にビニール袋をつかもうとして、体の向きを変えた。

その隙《すき》に、内海は驚くほどのすばやさで身をひるがえすと、御茶ノ水駅の方に走り出した。

　小百合が叫ぶ。

「袋は任せて。内海をお願いします」

「分かった」

　梢田は言い捨て、脱兎《だっと》のごとく内海を追った。

　内海は、機敏な動きで通行人のあいだをすり抜け、一目散に逃げて行く。

　小柄なわりに足が速く、たちまち差が開いた。

「どろぼう、どろぼう」

　梢田は、ためしにどなった。

　しかし、かえって通行人を脅《おび》えさせたものか、みんな左右に身をかわすだけで、だれも内海を止めようとしない。

　なだらかなのぼり坂だが、たちまち息が切れ始める。

　梢田が、このままでは逃げられると思ったとき、いきなり前を走る内海が声を上げて、つんのめった。

　そのまま勢いよく、歩道に倒れ込む。

　梢田が駆けつけると、いつの間に現れたのか斉木斉が身をかがめ、内海の襟首をつかんで、引き起こすところだった。

どうやら、横合いから足をかけるか何かして、逃走をはばんだらしい。

梢田は息を切らしながら、斉木に声をかけた。

「おい、こんなとこで、何してるんだ」

斉木が、不機嫌そうに睨み返す。

「それは、こっちのせりふだ。午後一番で出たきり、なしのつぶてとはどういうことだ。何をしてやがったんだ、いったい」

「これには、いろいろとわけがある」

はあはあいう梢田に、斉木は冷たく応じた。

「ああ、そうだろうとも」

「駅前の交番で、こいつの事情聴取をしようぜ。大麻か覚醒剤を取引した疑いがある」

内海は、肩を上下させて息をつきながら、しょぼんとうつむいた。

斉木が、目をむいて言う。

「大麻か覚醒剤だと。駿河ハカセの相談と、何か関係があるのか」

「そうだ」

梢田が返事をしたとき、例のビニール袋を回収した小百合が、追いついて来た。

駅前交番に向かいながら、小百合が斉木に事のいきさつを大急ぎで、説明する。

そのあいだ、梢田は内海に逃げられないように、ベルトの後ろをつかんでいた。

内海は観念したらしく、もう逃げようとはしなかった。

立ち番の巡査に事情を話し、小百合と内海が向かい合わせにすわった。

小さなデスクを挟んで、小百合と内海が向かい合わせにすわった。


椅子が二つしかなく、梢田と斉木はデスクの脇に、立つはめになった。

小百合は、内海に学生証を提示させ、型通りの質問をいくつかした。

それから、おもむろに始める。

「ビニール袋の中身を、ここに出していいわね」

「はい」

内海は、蚊の鳴くような声で、返事をした。

小百合が袋を逆さにすると、CDやDVDのディスクを収納する、不織布製のソフトケースが現れた。

裏表に二枚収納できるタイプで、片側に挿入されたDVDが見える。

DVDには、若い娘が男の一物をくわえ込んだ、わいせつな写真が印刷されている。

『あなたも好きねエ』というタイトルで、どうやら無修正DVDと思われた。

小百合がケースの裏を返すと、そこにはDVDならぬ小さなセロファンの包みが、収まっていた。

中に、粉末らしきものがはいっているのが、透けて見える。

小百合は、とりあえずDVDを引っ張り出し、内海に示した。

「これは、いかがわしいDVDよね」

内海はそれを、不思議な生き物でも見るように、しげしげと眺めた。

「そうみたいです」

頼りない声だ。

次に小百合は、セロファンの包みをつまみ出して、慎重に広げた。

かすかに色のついた、細かい粉末が出てくる。

それを見て、梢田はちょっといやな予感がした。

「これは、なんですか」

そう質問した小百合の声も、急に不安げになっている。

内海は、デスクに置かれた粉末に目を近づけ、自信なさそうに答えた。

「よく分かりません。ダイエットシュガーみたいですけど」

だれも、何も言わない。

重苦しい沈黙が、休憩室に流れる。

表から聞こえてくる、雑踏や車の走る音が急にうるさく耳について、梢田は口元をぬぐった。

斉木が、硬い声で言う。

「なめてみろ、五本松」

「はい」

小百合は、いかにも気が進まない様子で、小指の先を粉末につけた。

舌先で味わい、小さく肩をすくめる。

「ダイエットシュガーですね」

梢田は、親指と人差し指で粉末をつまみ、舌の上に載せた。

間違いなく、ただのダイエットシュガーだった。

内海の様子が、目に見えて変わる。

それまで、死にかけた猫のようにげんなりしていたのが、急に背筋が伸びて元気になった。

息をはずませて言う。

「ですよね」

まるで、鼻歌でも歌い出しそうな勢いだ。

斉木が、いらいらした声で聞く。

「職務質問されて、なぜ逃げ出したんだ。後ろ暗いことがあるんだろう」

内海は、わざとらしく首をすくめた。

「あの、いかがわしいＤＶＤを持っていたので、見つかったらまずいと思ったんです。

お手数かけて、すみませんでした」

いかにも、いそいそという感じの謝り方で、ほっとした様子が露骨に出ている。

梢田は、向かっ腹を立てて言った。

「きみは、今日も含めて毎週金曜日の午後、山本アンナがロッカーに入れたこの袋を、受け取っていたな。中身は毎回、これか」

内海は顔を起こし、こびるような笑みを浮かべた。

「いつもは、ＤＶＤだけなんです。今回なぜ一緒に、ダイエットシュガーがはいっていたのか、ぼくにも分かりません」

「きみはアンナに金を払って、こういうＤＶＤを買っていたのか」

もし販売していたのなら、刑法一七五条の〈わいせつ物頒布等〉の罪で、山本アンナを逮捕することができる。

内海は首を振った。

「お金は払ってません。アンナが、海外からオークションで手に入れたのを、ダビングしてくれるだけです」

すらすらと供述するようになったのは、どうやら危ないところを逃れたかららしい。

いずれにせよ、これでは内海を大麻や覚醒剤の不法所持で、罪に問うことはできない。

アンナにしても、同様だろう。クスリがらみの事件は、取引や所持の現場を押さえなければ、意味がないのだ。

内海が、恐るおそるという口調で、小百合に尋ねた。

「あの、職務質問にもすなおに応じたわけですし、これで失礼していいでしょうか」

だれも何も言わなかった。

内海が、ショルダーバッグを持ち上げて、おずおずと口を開く。

「もし必要でしたら、こちらの方の中身も調べていただいて、かまいませんけど」

どうせ、何もはいっていないだろう。

梢田は言った。

「ＯＫ、ＯＫ。もう行っていいよ。それから、大学で二度と紛らわしいまねをしないように、忠告しておく」

「分かりました。失礼します」

内海はうれしそうに立ち上がり、出て行こうとして振り向いた。

デスクの上の、ＤＶＤを指して言う。

「あの、それ、任意提出しますから」

内海が出て行ったあと、梢田は思い切りデスクの脚を蹴飛ばした。

5

一週間後の朝。

梢田威が署に出ると、斉木斉と五本松小百合が額を寄せ合い、ひそひそ話をしていた。

「内緒話はよくないぞ。おれにも、聞かせてくれ」

梢田の苦情に、小百合が体を起こす。

「ゆうべ、牛袋管理官と二人でお酒を飲んだんですけど、どうやら例の件で駿河博士にまんまと一杯、食わされたらしいんです」

「それは、分かってるよ。名誉室長が笑わせるぜ」

一週間前。

梢田は、駅前交番で内海紀一郎を無罪放免にしたあと、斉木、小百合とともに明央大学にもどり、十二階の駿河台研究室に上がった。

駿河博士に、事の次第を報告しようと思ったのだ。

ところが、事務員の女性の話を聞いて三人とも、びっくり仰天するはめになった。

何よりもまず、研究室に名誉室長などという肩書の者は、一人もいない。

そもそも、駿河博士は大学の教職員でもなんでもなく、単なる文学部の一聴講生にすぎない。

ただ勝手に研究室に出入りしては、漢字に関する蘊蓄《うんちく》を傾けるだけの存在だ、というのだ。

内海紀一郎は、確かに研究室に所属する学生アシスタントで、駿河と一応は面識があるらしい。

女性事務員によれば、内海は新宿のホストクラブでアルバイトをしており、それは研究室でも公然の秘密だった、という。

小百合が、ため息をつく。

「駿河がしでかしたのは、名誉室長の詐称だけじゃないんです」

梢田は、顎を引いた。

「じゃあ、どんなことだ」

「ここでは、ちょっと」

小百合が言いよどむと、斉木は上着を取り上げた。

「だったら、お茶を飲みながら、聞こうじゃないか」

三人そろって、出先表に〈管内保安巡回〉と書き込み、署を出る。

淡路町《あわじちょう》におりて、早朝からやっている喫茶店にはいった。

朝飯を食いそこなった梢田は、最近ではめずらしくなったモーニングサービスを、二人前頼んだ。メインは、ミックスサンドだ。

あの日、がっくりして明央大学から署へもどると、一足先に帰った牛袋サトが今や遅しと、待ちかまえていた。

サトは、山の上ホテルで話を聞いたあと、駿河と神保町へおりて〈さぼうる〉に行き、またお茶を飲んだという。

しきりに、明央大学での首尾を聞きたがるサトに、斉木がいきさつを話した。

内海紀一郎が回収したビニール袋から、ダイエットシュガーが出てきたというくだりでは、サトにもまだ笑う余裕があった。

しかし、駿河が名誉教授どころか名誉室長でもなく、一介の聴講生にすぎないと聞かされると、さすがに顔色が変わった。

梢田が睨んだとおり、どうやらサトは駿河に一目惚れしていたらしく、ほとんどショック状態に陥った。

かわいさ余って憎さ百倍か、それからサトはすぐにあちこちの人脈を駆使して、駿河や内海、山本アンナの背後関係を、調査させたらしい。

小百合は前夜、サトと酒を飲みながらその調査結果を、綿々と聞かされたという。

駿河は、三鷹《みたか》に親代々の不動産をいくつか持ち、独身だがアパート経営で金がはいるため、生活には困っていない。

国立大学の文学部を中退したものの、国文学や国語学が好きなこともあって、漢字検定の常連になる。

逮捕歴はないが、これまで経歴や肩書を偽って人をだまし、説諭を受けたことが何回かある。

ただし金品の被害がないため、事件にはならなかったようだ。

一方、内海は山形県から上京して明央大学に入学し、高田馬場《たかだのばば》のアパートで一人暮らしをしている。

昼は大学にかよい、夜は新宿のホストクラブ〈アドニス〉でアルバイト、という生活だそうだ。

さらにアンナは、芸能プロダクションの社長を父親に持ち、わがまま放題に育ったらしい。

若く見えるらしいが、すでに五年も留年を繰り返しており、内海より五つ年長だった。

これまで、父親のプロダクションに所属する、複数のタレントの大麻や覚醒剤事件にからんで、何度か警察の事情聴取を受けた前歴がある。

ただしアンナ本人は、不法所持の現場を押さえられたことがなく、いつも証拠不十分で釈放されている。

とはいえ、アンナが大麻や覚醒剤に手を出していることは、ほぼ確実とみられた。

内海は、大学にはいってほどなくアンナと知り合い、深い関係になったようだ。

内海の友人たちは、内海が半年ほど前からアンナを通じて、大麻や覚醒剤を入手していたらしい、と証言した。

もっとも、その現場を見た者はだれもおらず、内海自身がそれをほのめかすのを、聞いただけだった。

「内海の自宅にガサ入れをかければ、大麻か覚醒剤が出てくるかもしれん。そうしたら、引っ張れるぞ」

梢田が言うと、小百合は首を振った。

「もうだめでしょう。少なくとも、当分は自粛するはずです」

斉木が、梢田の頼んだモーニングサービスから、サンドイッチを一つ失敬する。

梢田は文句を言おうとしたが、あまりにけちくさいのでやめた。

気を取り直して言う。

「それにしても、駿河のじじいはずいぶんおせっかいなことを、したもんだな。アンナと内海が、いかがわしいＤＶＤをやりとりしていたにせよ、ほっとけばいいことだろう」

斉木が、サンドイッチをコーヒーで流し込み、げっぷをして言った。

「あのやりとりの対象は、本来はＤＶＤじゃない。袋の中から、あのＤＶＤが出て来たとき、内海が妙な顔をしたのを覚えてるだろう。あんなものがはいってるとは、当人も思ってなかった証拠だ」

「それじゃ、何がはいってると思ったんだ」

「大麻か覚醒剤に、決まってるだろうが。それなのに、包みの中身がダイエットシュガーに化けたおかげで、命拾いをしたのさ」

「化けた、とはどういう意味だ」

「実際には、あそこにクスリがはいっていたことは、間違いない。それをダイエットシュガーに、すり替えたやつがいる」

「だれだ、そいつは」

梢田が急《せ》き込んで聞くと、斉木はもう一つサンドイッチをつまんだ。

話の先が聞きたくて、梢田はまた文句を言いそびれた。

「もちろん、駿河のじじいさ。おまえたちの話を聞くと、それ以外には考えられないね」

「駿河のじじいが」

梢田は絶句して、小百合の顔を見た。

小百合は、それほどびっくりした様子を見せず、黙って斉木を見返す。

梢田は斉木に視線をもどし、いらだちを抑えて言った。

「そりゃ、どういうことだ」

「あのじいは、うさんくさいやつには違いないが、妙に人と親しくなる才能がある。あの、牛袋管理官まで取り込んだくらいだから、ほとんど天性のものだろう。したがって、駿河が大学の管理室の管理人と仲良くなっても、不思議はないわけだ。とすれば、隙を見てロッカーのキーの親鍵を持ち出し、合鍵を作ってもどすくらいは朝飯前だろう。ロッカーの親鍵は、一つで事足りるようにできていて、どの番号の扉にも通用する。あの日、駿河はアンナが例のビニール袋を、1130のロッカーに入れるのを確認したあと、おまえたちと牛袋管理官がやって来る前に、中身をすり替えたに違いない」

「どうすり替えたんだ」

「アンナはビニール袋に、本物の大麻か覚醒剤を入れたはずだ。それを、ダイエットシュガーにすり替え、ついでにいかがわしいDVDを、入れておいた。つまり内海が、おまえたちにとがめられて逃げ出したとき、その理由を説明できるようにな」

「駿河はなんだって、そんなことをしたんだ」

梢田が聞き返すと、横で小百合が口を開いた。

「その理由は、たぶん五本松から説明できます。牛袋管理官から聞いた話と、ぴったり理屈が合うんです」

「どんな話だ」

梢田は、斉木が最後のサンドイッチを盗むのにもかまわず、小百合を促した。

小百合は言った。

「おとといの夜、管理官は内海がアルバイトをしているホストクラブへ、ご自身で聞き込みに行ったそうなんです。従業員控室のマジックミラーから、内海の働きぶりを観察しようとしたんですね。すると、そこに内海を大のひいきにしている、という客が現れました」

「分かったぞ、山本アンナだな」

梢田が勢い込んで言うと、小百合はあいまいにうなずいた。

「そうです。でも、彼女だけじゃありません。彼女が帰ったあとで、もう一人現れたんです。駿河博士が」

梢田は、飲もうとしたコーヒーにむせ、あわててカップを置いた。

「す、駿河だと」

「はい。お店のマネージャーによると、駿河は三日にあげずかよって来て、内海と飲んだり話したりする、ということだったらしいです。牛袋管理官がのぞき見たかぎりでは、飲んだり話したりどころか、手を握ったり太ももをさすったりと、目のやり場に困る振る舞いだったとか」

梢田は言葉を失い、小百合を見つめた。

小百合は、しかたないというように、肩をすくめた。

「つまり二人の関係は、そういうことだったわけです。あの、牛袋管理官の落ち込みぶりからも、それははっきりしています」

駿河に、その種の趣味があったとは、意外だった。

あの手のしゃれ者なら、むしろ山本アンナのような女に、色目を遣うのが普通だ。それが、よりによって美少年といえなくもない、内海だったとは。

斉木が口元に、皮肉な笑みを浮かべる。

「なるほど、読めたぞ。内海は駿河にかわいがられる一方で、大麻や覚醒剤を供給してくれるアンナにも、手なずけられていた。駿河は、そのことにうすうす気づいていたのだろうが、たまたまロッカーを利用した受け渡しを目撃して、間違いないと確信したんだ。それで、内海を薬づけにしたくないと考えたのか、それとも単に独り占めしたかっただけなのかは知らんが、アンナから引き離さなけりゃいかん、と決心したわけだ。いちばんいいのは、アンナを大麻や覚醒剤の不法所持で逮捕させることだが、その場合は内海までつかまる恐れがある。そうならないようにするために、牛袋管理官やおまえたちをうまく利用して、内海を引っかける一幕を思いついたんだろう。あとで内海にそれを明かして、恩を売ることもできるしな」

小百合がうなずく。

「そのとおりですね。駿河はたぶん、警察に締め上げられる恐怖感を内海に味わわせて、大麻や覚醒剤はもうこりごりだと思い知るように、仕向けたんだわ。現に内海は、その後アンナを避けているという報告が、牛袋管理官のもとにはいったそうです」

梢田は、コーヒーを飲み干し、毒づいた。

「あの、くそじじいめ。役職名詐称で、ぶち込んでやろうか」

「それは、無理ですね。だれにも、具体的な被害を与えていませんから、大学も訴えようがないわ」

小百合が言ったが、梢田は納得できない。

「警察官をだますのは、りっぱな犯罪だ。ブ告罪で引っ張れるだろう」

「駿河は別に、内海に刑事罰を受けさせようとしたんじゃなく、逆に受けさせまいとしたわけですから、ブ告罪には当たりませんね。むしろ、証拠隠滅罪の方がふさわしい、と思います。でも、それもわたしたちの推測だけで、証拠がありません。それから、念のためですけど、〈ブ告〉という言い方はだいぶ前の刑法改正で、廃止されています。今は〈虚偽告訴〉に、変わりました」

「ブ告罪は、ブ告罪だ」

梢田が頑固に言い張ると、斉木が思い出したように言う。

「おまえ、ブ告罪のブという字が、書けるか。もし書けたら、おまえと一緒に明央大学まで出向いて、駿河ハカセを引っ張るのを手伝ってやる」

梢田は、白目をむいて考えた。

「あれは確か、言偏《ごんべん》だった」

「つくりは」

斉木に突っ込まれて、梢田はため息をついた。

「そいつは、駿河のじじいを取っつかまえたときに、聞こうじゃないか」

6

梢田威と斉木斉は、〈カギロイ〉を出た。

この和食屋は、かつて酒屋だったという古い日本家屋を、そのまま生かしたレトロな店だ。

明央大学の、メインタワーの南側にあたる路地に面しており、ちょっと分かりにくい。

教えてくれたのは、同じ御茶ノ水署で机を並べる五本松小百合で、質屋巡りの途中たまたま見つけた、という。

夜は、居酒屋風に酒を飲ませる店だが、昼のランチメニューもなかなかよい。

この日、梢田は霧島豚の鉄板焼きを、斉木はサワラの西京焼きを食べた。

神保町方面へ坂をくだりながら、斉木がげっぷをして言う。

「あの店のいいところは、どの料理にも味噌《みそ》をうまい具合に、あしらっている点だ。おれは味噌には、少々うるさいたちだからな。ことに、八丁味噌と西京味噌がうまい」

「そこが、あの店のミソってわけだ」

梢田が応じると、斉木はしんから軽蔑《けいべつ》したという顔で、一瞥《いちべつ》をくれた。

「おまえの駄じゃれのレベルは、まったく小学生以下だな。ほかで、そんなくだらん駄じゃれを言ったら、絞め殺すぞ。上司のおれに、恥をかかせるんじゃない」

「あんたの駄じゃれだって、たいしたことないじゃないか。だいたい、おれの駄じゃれはあんた譲りだと、だれかがそう言ってたぞ」

斉木の目が、ぎろりと光った。

「だれが、そう言ったんだ」

しまったと思い、とっさにとぼける。

「だれがって、何が」

「だれが、おまえの駄じゃれはおれ譲りだ、と言ったんだ」

梢田は、答えあぐねた。

「ええと、だれだったかな」

「とぼけるな。さっさと吐いちまえ」

「ええと、たぶん、五本松だったような、気がするが」

しぶしぶ答えて、梢田はすぐに後悔した。

斉木が、目を怒らせる。

「嘘《うそ》をつけ。五本松は、おれが駄じゃれを言うたびに、笑い転げるじゃないか。あいつは頭がいいから、おれの駄じゃれを聞けば、打てば響くように反応するんだよ」

「そうだろうとも。うん、そうだ。五本松じゃなかった。もしかすると、副署長だったかもな」

さりげなく、副署長の久保芳久《くぼよしひさ》警視に、罪をなすりつける。

さすがの斉木も、副署長には苦情を言わないだろう。

斉木は渋い顔をして、急に話を変えた。

「久しぶりに、〈ティシャーニ〉へ行こう」

「ちょっと遠すぎないか。せめて、〈さぼうる〉あたりにしようぜ」

カフェ〈さぼうる〉なら、すずらん通りの並びの路地にあるが、〈ティシャーニ〉となると白山《はくさん》通りを渡り、さらに足を延ばさなければならない。

「おれは、行くと決めたらたとえ高尾山《たかおさん》でも、歩いて行くぞ」

斉木がきっぱりと言い、梢田は口をつぐんだ。

小学生のころから、斉木は一度言い出したら、聞かないたちの男だ。

靖国《やすくに》通りを歩き、神保町の交差点を越えて少し行ったところを、左に折れる。

この界隈《かいわい》では、電柱をなくして電線を空中から一掃するために、長期にわたる地中ケーブル埋設工事が、行なわれている。

完工したら、さぞかし頭の上がすっきりするだろう。

「待て」

斉木が、急に足を止めたので、梢田は背中にぶつかった。

「おい。急に止まるのは、やめてくれ」

苦情を言う梢田に、斉木は顎をしゃくった。

「見てみろ。あのじじいに、見覚えはないか」

梢田が目を向けると、少し先の十字路を越えたあたりの路上に、白いスーツ姿の男が見えた。

白地に、黒の細い縞《しま》のはいったハンチングをかぶり、肩先まで白髪を伸ばした男だ。

「おい。あれは、ええと、お茶の水博士じゃないか」

「駿河台ハカセだ。いや、駿河ヒロシだ」

斉木が訂正し、梢田も思い出した。

「そうだ、駿河博士だ。名誉教授だ。じゃなくて、名誉室長だったか。いや、それも違うな」

駿河博士の、明央大学文学部駿河台研究室名誉室長という肩書は、まったくの嘘っぱちだ。単に研究室に出入りする、文学部の一聴講生にすぎない。

駿河は、肩からショルダーバッグをさげた、中年の小太りの男の前に立ちはだかり、身ぶり手ぶりもにぎやかに、何かまくし立てている。

中年男は、左手の指に挟んだ短いたばこを、さりげなくアスファルトに落として、靴で踏みにじった。

髪の薄い、黒縁の眼鏡をかけた、冴《さ》えない男だ。

斉木が、駐車しているバンの後ろに身を隠したので、梢田もそれにならう。

「何してるんだろうな」

ささやくと、斉木は肘で梢田をこづいた。

「黙ってろ。あいつ、また何かたくらんでるに、違いないぞ」

バンの陰から、のぞいて見る。

中年男は、ジャケットの内ポケットから財布を出し、札を抜き取った。

遠目には二、三枚の一万円札に見えた。

それを、駿河に差し出す。

駿河は札を受け取り、折り畳んで手に握り込んだ。

梢田は、ささやいた。

「二万か三万、渡したぞ。なんかの、取引かな」

斉木はそれに答えず、急にすたすたと二人の方へ、歩き出した。

あわてて、あとを追う。

斉木は十字路を越え、黄土色のタイルが少しはげた古いビルに、近づいた。

その建物は、もとどこかの地方銀行の支店だったが、今は別のビルになっている。

駿河と中年男は、通りに沿ったガードレールの内側に立ち、そろってこちらに目を向けた。

斉木が、警察手帳を右手に掲げ、二人に声をかける。

「御茶ノ水警察署の者だ。二人とも、動くんじゃない」

中年男は、とっさに逃げようとする気配を見せた。

しかし、梢田が反対側に回るのを見てあきらめ、その場に立ちすくんだ。

駿河は、器用なマジシャンそこのけのすばやさで、手に握り込んだ札をズボンのポケットに、突っ込んだ。

満面に笑みを浮かべて言う。

「おう、これはこれは。斉木君に、梢田君じゃないか」

例によって君づけで呼ばれ、梢田はずっこけそうになった。

さすがの斉木も、露骨にいやな顔をする。

「駿河さん。あんたはこの前、明央大学文学部駿河台研究室名誉室長、駿河博士と名乗ったな。しかし、あんたが文学部の単なる一聴講生にすぎないことは、とうに分かってるんだ」

斉木が決めつけると、駿河はおおげさに顎を引いた。

「わざわざ、それを言うためにこんなところまで、出張《でば》って来たのかね」

「肩書を偽れば、罪になることもある。知らなかった、とは言わせんぞ」

斉木が、のしかかるようにして言ったが、駿河は少しもひるまない。

「別に、公名を詐称したわけではない。それに、名刺の肩書を多少脚色したにしても、私文書偽造には当たらぬだろう。それとも、研究室から被害届でも出た、というのかね」

斉木はぐっと詰まり、助けを求めるように梢田を見た。

確かに駿河は、どこにも実害を与えていない。

研究室長を務める文学部の教授は、その偽名刺を見て苦笑しながら、名誉室長ならいいんじゃないですか、と度量の広いところを見せた。

勝ち目はないとみて、梢田は話を変えた。

「名刺のことは、大目にみよう。今あんたは、この人から二万だか三万だか巻き上げて、ポケットにしまったな。それは、どういう金だ」

中年男が、あわてて眼鏡を押し上げ、割り込む。

「ええと、それは、わたしが悪いんです。この近辺が、路上禁煙地区だということをうっかり忘れて、たばこを吸ってしまいましてね。その罰金を、支払っただけなんです。お巡《まわ》りさんに見つかると、正規の罰金五万円を払わされるところを、このかたは二万円で収めてやるとおっしゃいまして」

あっけにとられて、梢田はそのまま絶句した。

確かに、御茶ノ水署を擁するこの区は都内でもっとも早く、路上禁煙に取り組んだ実績を持つ。

今や、規制地区は区内全域にわたり、ほかの区にも及んでいるはずだ。

もっとも、単独の禁煙条例があるわけではない。

ただ、〈安全で快適な千代田区の生活環境の整備に関する条例〉なる、長ったらしい名称の区条例の中に、禁止条項があるだけだ。

つまり、第九条に含まれる、「区民等は、公共の場所において歩行中（自転車乗車中を含む。）に喫煙をしないように努めなければならない」という一項が、それだった。

その条例は、ほかに吸い殻や空き缶を捨てたり、看板等を放置したりする場合についても、同様の規制を定めている。

この場合、改善命令を受けて従わなかったときは、五万円以下の罰金に処せられる。

しかし、路上で喫煙した場合は、二万円以下の過料に処せられるだけで、実勢としては二千円にとどまっている。

五万円などという数字は、どこを探しても出てこない。

まして、警察官にそんな罰金や過料を徴収する権限など、与えられていない。

梢田が、そのあたりの事情を説明しようと、頭の中をあれこれ整理しているうちに、いち早く斉木が言う。

「そのとおりですよ。警察官に見とがめられると、五万円払うはめになります」

梢田は驚き、斉木の顔を見た。

何を言い出すのだ。

中年男は、がっくりしたように肩を落とし、また内ポケットを探った。

「それじゃ、払わないといけませんか」

斉木が、しかつめらしい表情で、先を続ける。

「いや。見たところ、足元にあなたが捨てたらしい吸い殻が、落ちています。しかし、吸い口に付着した唾液《だえき》を調べて、あなたとDNAが一致するかどうか、わざわざ確認するほどの重大犯罪とは、思えませんな。われわれとしては、あなたが吸っているところを現認しないかぎり、罰金を取るわけにいかんのです。今回は、見逃してあげましょう」

梢田は、あきれ果てた。

いったい斉木は、何をたくらんでいるのだろう。

中年男が、うれしそうに頭を下げる。

「ありがとうございます。二度と、このあたりでは、吸いませんから」

斉木は、ことさらむずかしい顔をして、手を差し出した。

「念のため、名刺をいただきましょう。今後のことも、ありますからね」

「は」

中年男は目をぱちぱちとさせ、ショルダーバッグのベルトをぎゅっと握り締めた。

「名刺ですよ、名刺」

斉木に言われて、中年男はいかにもしぶしぶという感じで、名刺入れを取り出した。

斉木は渡された名刺を、ためつすがめつした。

梢田も駿河も、そばからのぞき込む。

島森《しまもり》ペット・クリニック院長島森誠三《せいぞう》、とある。

住所は、千代田区三崎町《みさきちょう》三丁目。JR水道橋《すいどうばし》駅の近くだ。

梢田は、ふとアロマ系のにおいをかいだような気がして、鼻をうごめかした。

どうやら、駿河が安いオーデコロンか何かを、服に振りかけてきたらしい。

斉木は、顔を上げて島森誠三なる男を見やり、駿河に顎をしゃくって言った。

「島森さん。この人は、駿河博士という名前ですが、ちゃんと名乗りましたかね」

「え。いえ、お名前は聞いていません。ただ、どちらのかたですかとお聞きしたら、千代田区役所から来た、とおっしゃいました」

斉木は鼻で笑い、島森にうなずいてみせた。

「けっこう。あなたは、もう行ってもかまいません。何かあったら、こちらからご連絡します」

島森は頭を下げさげ、あたふたとさくら通りの角を曲がって、姿を消した。

梢田は、どうにも釈然としない気分で、その後ろ姿を見送った。

駿河は、ガードレールに尻を乗せ、憮然《ぶぜん》としている。

斉木は言った。

「さて、お茶でも飲みながら、あんたの話を聞こうじゃないか」

駿河は、猜疑心《さいぎしん》のこもった目で、斉木を見た。

「おごってくれるのかね」

「冗談じゃない。あんたの不労所得から、払ってもらうのさ。文句あるか」

斉木に詰め寄られて、駿河はしぶしぶ腰を上げた。

靖国通りの方に引き返し、中《あたり》質店の二階にある喫茶店〈ティシャーニ〉にはいる。

7

斉木斉と駿河博士は、半円形のすわり心地のよいソファに、さっさと腰を落ち着けた。

梢田威はしかたなく、その向かいに置かれた一人がけの椅子に、腰を下ろす。

梢田と駿河は、普通のブレンドのコーヒーを頼んだ。

斉木がウエートレスに、短くアイリッシュ・コーヒー、とだけ言う。

「おい、なんだ、それは」

梢田の問いに、斉木はすまし顔で答えた。

「コーヒーに、アイリッシュ・ウイスキーを混ぜたやつさ」

「ウイスキーだと。勤務中のアルコールは、ご法度だぞ」

梢田がとがめると、斉木はせせら笑った。

「アルコールじゃない。コーヒーの一種だ。ビールと似たようなものさ」

梢田は首を振り、追及するのをあきらめた。

どう責め立てても、この男には言い負かされる。

しかたなく、駿河に矛先を変えた。

「さてと、今度こそ逃げられませんよ、先生」

つい、先生と呼んだことに気づき、ばつの悪い思いをする。いかがわしい人物、と知りながらなんとなく敬意を払ってしまう、そんな自分が情けない。

駿河は、きざな格好で肩をすくめた。

「別に、逃げる気はないよ、梢田君」

「千代田区の職員でもないのに、官名を詐称したでしょう。例の、駿河台研究室の名誉室長とは、わけが違いますよ」

「詐称した覚えはない。あの、島森とかいう男が、どちらのかたですかと聞くから、千代田区役所から来た、と答えただけだ。午前中、ずっと区役所の中の図書館に、いたものだからね。嘘にはならんだろう」

梢田は苦笑した。

消火器の販売詐欺で、〈消防署の方から来ました〉と言うのと、同じ手口ではないか。

斉木が、口を開いた。

「それにしても、なんの資格もないあんたが罰金を徴収する、というのは違法だぞ。だいいち、お巡りに見つかったら五万円取られる、というのからして嘘っぱちだ」

今度は一転して、まっとうなことを言う。

梢田はうなずいた。

「そのとおり。警察官には、路上喫煙の罰金を取る権限は、与えられていない。まして、五万円などという金額は、おおぼらもいいところだ。確か、罰金を徴収できるのは区役所の、生活環境指導員だけのはずだぞ」

斉木が、指を立てる。

「路上喫煙の罰則は、罰金じゃなくて過料だ。建前は二万円までだが、当面は十分の一の二千円ということで、相場が決まっている」

よく分かっているではないか。

駿河は、屁とも思っていない様子で、胸を張った。

「そんなことは知らん。要するに、区役所が十分目を光らせていないから、違反者が出るんだ。だから、わたしは区役所のために、徴収係を買って出たんだ。文句はなかろう」

「なんの権限もないのに、善良な市民から二万円をだまし取るのは、りっぱな犯罪だぞ」

コーヒーが運ばれて来る。

駿河はそれを、一口飲んで言った。

「路上禁煙条例を破ったんだから、善良な市民とはいえんだろう。それに、わたしは警察官に罰金徴収の権限がない、とは知らなかった。お巡りに見つかったら、おそらく五万円はとられるだろうと、推測で言ったのだ。そうしたら、さっきの男は二万でなんとかならんか、と聞いてきた。だから、なんとかしてやったわけだ。わたしは、何も要求しなかった。あの男が、勝手に払ったのさ」

相変わらず、口の減らないやつだ。

話が中断したすきに、梢田は斉木の前に置かれた、アイリッシュ・コーヒーとやらを、じっくりと眺めた。

生クリームが、カップの縁まで盛り上がっていて、中身が見えない。二本束ねた、シナモンの棒が添えてある。

斉木は目を細め、カップにそっと口をつけた。

唇についた生クリームを、さもうまそうになめる。

梢田は思わず唾をのみ、メニューを確かめた。

アイリッシュ・コーヒーは、どこにも見当たらない。

「アイリッシュ・コーヒーなんて、どこにも載ってないぞ。どうして、そんなものが注文できるんだ」

斉木は、シナモンの棒に生クリームをたっぷりとつけ、うまそうになめた。

「こないだ来たとき、おれがアイリッシュ・コーヒーを始めろ、とアドバイスしたのさ。言ってみれば、裏メニューだな」

おもしろくない。

「一杯いくらだ」

「八百五十円だ」

かくん、となる。

「八百五十円。そのあたりのカフェなら、普通のコーヒーが二杯か三杯、飲めるぞ」

「だったら貧乏人は、そっちへ行って飲め」

そのときドアがあき、客がはいって来る気配がした。

斉木がすわったまま、急に背筋を伸ばす。

梢田が振り向くと、警視庁生活安全部の管理官牛袋サト警視の巨体が、戸口をふさいでいた。

梢田は、あわてて立ち上がった。

サトの後ろから、五本松小百合が顔をのぞかせる。

サトは腰に手を当て、顎を二重にして言った。

「やっぱり、こんなところで油を売っていたのね」

サトの視線が、梢田の背後に移る。

その目が、にわかに輝いた。

ひやりとする。駿河に、気がついたらしい。

どうなることやら、と梢田はかたずをのんだ。

そばに来たサトが、目をきらきらさせながら、駿河に声をかける。

「これはこれは、駿河先生。まさか、こんなところでお目にかかれるとは、考えてもおりませんでしたわ」

先ごろの、ショッキングないきさつを忘れたような、猫なで声だった。

しかもまたまた、考えてもおりませんでしたわ、と原節子のせりふ回しだ。

駿河が、おざなりにハンチングを持ち上げて、うなずき返す。

「その節はどうも」

サトは、突進する犀《さい》そこのけの迫力で、駿河の隣に腰から倒れ込んだ。

ソファががくんとへこみ、駿河はあわてて体をずらした。

小百合は小百合で、斉木の隣にさっさと腰を下ろす。

それで、半円形のソファは、いっぱいになった。

しかたなく、またぞろ梢田は一人がけの椅子に、すわり直した。

「今日はまた、なんの打ち合わせですの、駿河先生」

サトが言い、梢田は咳払いをした。

「ええと、駿河さんは別に先生じゃないんですがね、管理官。ご存じでしょう」

サトが、きっと梢田を睨む。

「こういうところで、肩書を口にするのはやめてちょうだい。名字で呼ぶように」

梢田は目の隅で、小百合が笑いをこらえるのを見た。

まったく、このサトと小百合はいつも間の悪いところに、姿を現す癖がある。せっかく遠出をしたのに、このざまだ。

梢田は、テーブルの上を見て、ぎくりとした。

いつの間にか、自分のブレンド・コーヒーのカップが、斉木の前に移動している。

そして、なぜか斉木のアイリッシュ・コーヒーが、シナモンの棒とともに目の前に、置いてあるのだった。

サトが、めざとくそれに目をつける。

「ちょっと、梢田さん。あなた、何を飲んでいらっしゃるの」

「ええと、これは係長が」

言いかけると、斉木が割り込んだ。

「アイリッシュ・コーヒーです。コーヒーに、高級なアイリッシュ・ウイスキーを、混ぜたものでしてね。れっきとした、アルコール飲料です」

「まあ」

サトの目が、三角になる。

梢田が抗議しようとすると、小百合がそばから口を出した。

「あら、いいですね。ぜひ、飲んでみたいわ。みなさんでもう一度、それをいただきませんか。珍しいコーヒーですし」

すると、サトは目をぱちぱちとさせたものの、すぐに表情を柔らかくした。

駿河にすり寄って言う。

「そうね。たまにはいいわね。駿河先生も、いかがですか」

駿河が、いかにもありがた迷惑という顔をして、うなずく。

「ええ、まあ、そうおっしゃるなら、ごちそうになりましょう」

斉木が、くやしまぎれという感じで、駿河の膝《ひざ》をつつく。

「先生。今日は先生のおごりだと、そう言ったじゃありませんか。何か、臨時収入があった、とかで。わたしも、お相伴にあずかりますよ」

サトの手前があるのか、急に先生などと呼んだりして、言葉遣いがていねいになった。

駿河は渋い顔をしたが、しかたなさそうに額を掻いて言った。

「勝手にしたまえ。まったく、遠慮ということを知らぬ輩は、困ったものだ」

小百合が、アイリッシュ・コーヒーを注文する。

梢田は、そっと額の汗をふいた。

小百合が、とっさに助け舟を出してくれたおかげで、危うく失点を免れた。

それにしても、斉木の悪巧みにはいつもながら、あきれてしまう。

それはともかく、サトはいったい何を考えているのだろう。

駿河が、とんでもない食わせ者だということは、とうに分かっているはずではないか。

そもそも斉木が、だまされた島森誠三をそのまま放免し、だました駿河をお茶に誘ったこと自体が、どうにも腑《ふ》に落ちない。

ほどなく、アイリッシュ・コーヒーが四つ、運ばれて来た。

梢田は、斉木のカップを押しもどそうとした。

しかし、斉木はさっさと新しい方を、飲んでしまった。

まったく、ちゃっかりした男だ。

しかたなく、斉木の飲み残しに、口をつけた。

生クリームの下に、ウイスキーを含んだコーヒーが隠れており、それはそれでうまい。

ただ、斉木がなめたシナモンの棒を、しゃぶれないのが残念だった。

一口飲んだサトが、きゅっと太い眉を寄せる。

「けっこう、ウイスキーが強いわね。おいしいけれど」

それから、じろりと梢田を見た。

「こんなもの、昼間から飲んではだめよ。今日は、見逃してあげますが」

「あの、ですね。これは」

梢田が言いかけると、斉木が割り込んできた。

「駿河先生は今日、千代田区のために一肌脱いでくれましてね。島森、と名乗る不届きな路上喫煙者に、教育的指導を施してくれたんです」

強引に、話を変えてしまう。

サトが、また顎を二重にして、駿河を見た。

「それは、それは。区長に代わって、お礼を言わなくてはいけませんね」

駿河は、芝居がかったしぐさで、肩をすくめた。

なぜか斉木は、駿河が島森から二万円巻き上げたことを、サトに言う気がないらしい。

黙っていられず、梢田は口を開いた。

「区には、生活環境指導員という、正式の担当がいましてね。区の職員と、警察官のOBが二人コンビを組んで、常時巡回してるんです。別に、一般市民に手伝ってもらわなくても、十分間に合ってるはずなんですが」

小百合が、口を挟む。

「でも、区の安全生活課の生活環境係には、電話やメールで取り締まりが手ぬるい、という苦情がかなりくるそうです。喫煙者には厳しい話ですけど、違反者はまだ多いみたいですね」

それを聞いて、斉木は人差し指を立てた。

「その中には、誤解もある。路上で吸っているように見えても、そこが個人ないし法人の敷地内なら、条例違反にはならん。だから、三省堂書店の前の広場や裏口で、堂々とたばこを吸っている連中は、取り締まれないわけだ。灰皿も置いてあるしな」

「あれは三省堂の、顧客サービスの一つかな」

梢田が聞くと、斉木は下唇を突き出した。

「さあな。区の要請で、開放してるのかもしれん」

言われてみれば、そういう場所が御茶ノ水署管内にも、何カ所かある。喫煙者の要請にも、ある程度応える必要があるのだろう。

何年も前に、たばこをやめておいてよかった、と梢田は思った。

そのころ、もらいたばこ専門だった斉木も、梢田が禁煙してからはそれもできず、しかたなくやめたらしい。

サトが言う。

「ところであなたたち、区が路上禁煙を打ち出して以来、過料が年間どれくらいに達するか、知っていますか」

梢田は、天井を睨んだ。

「そうですね。過料は二千円だし、中には払わないやつもいるだろうから、せいぜい月に違反者百五十人として、三十万。年にして、三百六十万円というところですかね」

われながら、暗算が速かったと思う。

サトは、首を振った。

「とんでもない。過料の年間平均額は、なんと一千二百万円。あなたの計算の、三倍以上よ」

梢田は、目をむいた。

「一千二百万円。月に、百万ですか」

斉木と小百合を見ると、二人ともさすがに驚いたらしく、ぽかんとしている。

駿河が、咳払いをして言った。

「それはまた、とんでもない金額だ。区はそれを、どういう名目で処理しているのかね。その用途も、聞きたいものだ」

梢田も、同感だった。

サトは、手を振った。

「雑収入で処理していますけど、別に変なことに使ってないから、心配しなくていいわ。人件費も含めて、取り締まりのための経費が、ばかにならないの。月間百万では、赤字になるくらい。それにこの雑収入は、予算化できる性質のものじゃありませんしね」

そう言って、アイリッシュ・コーヒーをぐびぐび、と飲み干す。

「さてと、これで昼休みはおしまい。斉木さんと梢田さんは、わたしと一緒に署へもどるように」

斉木は、こめかみを掻いた。

「ええと、われわれは管内を一回り視察してこよう、と思いますが」

梢田も、そのとおりだという意味を込め、うなずいてみせる。

サトが、大きな手を軍配のように、打ち振った。

「だめだめ。管内の視察は、小百合さんに任せなさい。わたしは今日、人事異動やら配置転換の打ち合わせで、御茶ノ水署に来たのよ。あなたたちに、関係あることかもしれないし、そばにいた方がいい、と思います」

梢田は、背筋を伸ばした。

人事異動。配置転換。

もしかして、とうとう斉木の軛《くびき》から逃れるチャンスが、巡ってきたのだろうか。

斉木が眉をひそめて、梢田をちらりと見る。

斉木は斉木で、使い勝手のいい梢田を手放したくない、と考えているはずだ。

しぶしぶ、という感じで言う。

「分かりました。それじゃ、まあ、署へもどりましょうか」

駿河が、うれしそうにうなずいた。

「そうしたまえ、そうしたまえ。わたしもこれで、忙しい体だからな」

8

御茶ノ水署は、静まり返っていた。

牛袋サトは、署長室へ向かう。

斉木斉と梢田威は、生活安全課のフロアに上がって、保安二係の自席にもどった。

梢田は、さっそく斉木に聞いた。

「おい。さっき管理官が言った、おれたちに関係のある人事異動、配置転換というのはなんだろうな」

「関係あることかもしれない、と言っただけだ。関係ある、と断定してはいない」

「関係ないなら、あんな言い方はしないだろう」

斉木が、じろりと梢田を見る。

「おまえ、どういう人事異動や配置転換を、期待してるんだ」

梢田は、体を引いた。

「いや、別に何も、期待してない。あんたが、本部へ引き上げられでもすることになったら、めでたいなと思っただけだ」

「嘘をつけ。おまえが、おれの下から脱走したがってることは、とうにお見通しだ。しかし、そうは問屋がおろさんぞ。鎖で縛ってでも、脱走を阻止するからな」

「脱走だなんて、滅相もない。おれはあんたの下で、まっとうに職務を果たせるなら、それで十分満足なんだ」

心にもないことを言い、自分でも冷や汗が出る。

斉木は、疑わしげな目で少しのあいだ、梢田を見つめた。

それから、ふと口調を変えて言う。

「あるいは、五本松を本部へもどす、という話かもしれんな」

梢田は、予想もしなかったことを聞いて、ちょっと驚いた。

あの、五本松小百合が配置転換になるなどとは、考えたこともない。

「そ、それはほんとか。五本松が、いなくなるってか」

急に胸を締めつけられる。

斉木は、薄笑いを浮かべた。

「五本松がいなくなったら、寂しいか」

梢田は下を向き、ジャケットの塵《ちり》を払うふりをした。

「いや、そういうわけじゃないが、せっかく女の刑事にも慣れてきたのに、ちょっと拍子抜けがするような、そんな気がしただけさ」

斉木が何も言わないので、梢田は顔を上げて聞いた。

「ほんとに、いなくなるのか」

斉木は、にやりと笑った。

「おまえ、五本松に惚れてるな」

梢田はうろたえ、顎を突き出した。

「ばか言え。向こうは、おれより上の巡査部長だぞ。女で刑事で位が上ときたら、おれのもっとも苦手とするタイプだ。からかうのはやめろ」

斉木は、くすくすと笑った。

「むきになるところをみると、まんざらでもなさそうだな」

梢田は、くさった。

「いいかげんにしてくれ」

斉木が、真顔にもどる。

「もう一つ考えられるのは、立花のおぼっちゃまがおれたちの係に、正式配属されるかもしれない、という流れだ」

梢田は、腕を組んだ。

立花信之介は、先ごろ御茶ノ水署へ研修でやって来た、新米のキャリア警察官だ。

警務課長付とされた立花は、課長の安東甚助《あんどうじんすけ》警部の思いつきにより、保安二係の斉木の下で、刑事見習いを務めた。

もっとも、今はまた新たな研修で警察大学校へ行っており、御茶ノ水署へもどって来るのか、それともそのまま警察庁へ上がるのか、はっきりしたことは分からない。

梢田は、なんとなく肩をすくめた。

「まあ、おぼっちゃまくんなら、来てもかまわんけどな」

しかし、立花にはすでに係長の斉木と同じ、警部補の肩書がついている。

ということは、自分や小百合よりも階級が上だ。

そんなキャリアが、正式に保安二係に配属されてきたら、さぞかし斉木もやりにくいだろう。

いや、新米とはいえキャリアの警察官がヒラの刑事、ということはあるまい。

もしかすると、立花が新たに保安二係長に就任し、斉木は三多摩《さんたま》とか伊豆七島《いずしちとう》とか、遠くへ飛ばされるのかもしれない。

だとすれば、ようやく斉木の軛から逃れられる次第となり、それはそれで歓迎すべきことだ。

「おい、何を考えてるんだ」

急に突っ込まれて、ぎくりとする。

「いや、たいしたことじゃない。かりに、おぼっちゃまくんが配属されてきたら、あんたもやりにくいだろうなあと、そう思っただけだ」

斉木は、首を振った。

「キャリアが、こんなとこへ配属されるわけがあるか。見習いに来たことだって、不思議なくらいだ」

「しかし、たった今あんたが正式配属うんぬんと、そう言ったんじゃないか」

「冗談だよ、冗談。まったく、おまえは長生きするぞ」

そう言いながら、斉木は席を立った。

「さあ、行こうか」

梢田は、面食らった。

「行くって、どこへ。昼飯はさっき、食ったばかりだぞ」

「島森のところだ。あいつめ、何か隠してるに違いない。駿河のじいさんに、おとなしく二万も払ったことからして、納得できんものがある」

斉木は言い捨てて、フロアの出口に向かった。

梢田も、あわててあとを追う。

「だったら、なんだってあのときに事情を聞きもせずに、無罪放免にしたんだ。路上喫煙の前科があったら、あと四万くらい巻き上げられたかもしれんぞ」

斉木は、斜めに梢田を見返り、また首を振った。

「前科だと。ばかを言え。現行犯以外に、罰金を取れるわけがないだろう」

「罰金じゃない。過料だ」

署を出た二人は、御茶ノ水駅から中央線に沿って、皀角坂《さいかちざか》をくだった。

白山通りを越え、ＪＲ水道橋駅の南側を抜けて、さらに水道橋西通りを渡る。

島森誠三がくれた名刺の地番は、首都高速道路５号池袋線に沿った通りの、高速道路のそばだった。

その通りを南へ少しくだると、高速道路の下を流れる川にかかった小さな橋があり、すぐ脇に〈島森ビル〉と袖看板が出た、古いビルが建っていた。

梢田は、口笛を吹いた。

「おい、〈島森ビル〉だと。自社ビルらしいぞ。ビル持ちとは、ごたいそうな身分だな」

斉木が、むずかしい顔をこしらえて、ビルを見上げる。

梢田も、それにならった。

百円ライターのような、縦に細長いビルだ。数えると七階建てだが、隣のビルが極端に低い二階建てのせいか、けっこう高いビルに見える。

かなり年季のはいった建物で、築三十年は軽くたっていそうだ。

さりげなく、あたりを見回す。

車がたまに行き過ぎるだけで、人通りはほとんどない。

背後の、通りの反対側に白いポロシャツ姿の男が立ち、所在なげにたばこをふかしている。

そばに備えつけの灰皿があり、位置が通りから少し引っ込んでいるので、公共の路上喫煙には当たらないようだ。

横手の、高速道路の下の川にかかる橋のたもとで、ハンチングをかぶった男が地図を広げ、縦にしたり横にしたりしている。

さらに、渡り口の向こう側にある自動販売機の前で、紺の制服を着たOLらしい痩《や》せた女が、何を買うのか立ったりすわったりする姿が、目にはいる。

近くにいるのは、それくらいだった。

斉木が顎をしゃくり、中にはいれと合図する。

梢田は狭いホールにはいり、メールボックスのネームプレートを、チェックした。

ワンフロアに一社ずつ、入居しているのが分かる。

ネームプレートによれば、一階から和田製本、北山製函《せいかん》、小祝釣具、灘行政書士事務所と上がっていき、五階と六階が島森ペット・クリニックだった。

七階のネームプレートは、空白になっている。

斉木は、メールボックスの蓋《ふた》を一つずつ押しあけ、中をのぞいた。

首をかしげて言う。

「おかしいな。島森のところも含めて、どこにも郵便物がはいってない。しかも、底にほこりがたまっている感じだ。最近、使われた形跡がないぞ」

梢田は、恐ろしく小さいエレベーターの前を抜け、ガラスに〈和田製本〉と書かれたドアに、近づいた。

中のフロアは、明かりがついておらず、真っ暗だった。

ノブを回してみたが、鍵がかかっている。

ウイークデーに休みとも思えず、はなから無人のオフィスのようだ。

「空き室らしい。二階へ行こう」

梢田はエレベーターに乗り、斉木があとに続くのを待って、ボタンを押した。

二階の北山製函も、同じようにドアに鍵がかかっており、人の気配はなかった。

梢田が、首をひねった。

「おかしいな。ここも、空き室だ。この上も全部、確かめてみようぜ」

フロアごとにおりて、入居者を確認してみたが、三階も四階も空き室になっている。

梢田は少し、気味が悪くなった。

「まるで、幽霊ビルだな。島森は、ほんとにここにいるのか。島森ビルの袖看板は出ていたが、ペット・クリニックの方は出ていなかったぞ」

斉木が、親指で上を示す。

「五階に上がって、確かめようじゃないか。島森ビルというからには、やつが大家に違いない。だれかいるだろう」

梢田は、横手の階段に首を突っ込み、鼻をひくつかせた。

「おい。何か、妙なにおいがしないか」

消臭剤か、芳香剤の香りが混じっている気もするが、どことなく不快なにおいだ。

斉木が、背中を押す。

「ペット・クリニックだから、におうのは当たり前だ。ここから上がろう」

二人は、ひどく狭い階段を伝って、五階に上がった。においが強くなる。

ドアのガラスに、〈島森ペット・クリニック〉と書いてあり、中から明かりが漏れていた。

狭いホールに、消臭剤や芳香剤が置き散らしてある。

梢田はまた、鼻をひくつかせた。

あたりに漂うアロマ系のにおいに、思い当たるものがある。

ノックもせず、ドアを押しあけた。

予想したより広いフロアに、応接セットと時代がかった大きな木のデスクがでんと据えられ、その向こうに白衣を着込んだ島森誠三が、ちょこんとすわっていた。

島森は、二人を見てぴょんと椅子から飛んで立ち、眼鏡を押し上げた。

「あ、あの、なんでしょうか」

梢田は、部屋のあちこちに置かれた大型の消臭剤、芳香剤や空気清浄機を、順に見回した。

先刻、駿河博士が島森の路上喫煙をとがめたとき、そばに行った梢田はアロマ系の香りをかいだ。

どうやらあれは、駿河がつけた安物のオーデコロンではなく、島森の服からにおってきたものらしい。

窓際に、カーテンで仕切られた一角があり、梢田がそこへ行って隙間からのぞいた。

中は、診察台になっていた。

部屋には、島森のほかに看護師らしき者はもちろん、それこそ猫の子一匹いない。

「あの、先ほどは失礼しました」

島森が、取ってつけたように言ったが、斉木も梢田も無視した。

書棚には、動物関係の参考書とおぼしき書籍がずらりと並び、それがぐるりと部屋を囲んでいる。

クリニックというよりも、学者の研究室といった趣だ。

斉木が、デスクの前にずい、と進み出た。

切り口上で言う。

「入院患者はどこにいますか」

島森は、そこに突っ立ったまま、きょとんとした。

「は。入院患者といいますと」

「死にかけた犬や猫に、決まっている。入院施設がない、とは言わせませんよ」

島森は、時間稼ぎをするように眼鏡をはずし、レンズに息を吐きかけた。

白衣の裾で、丹念に磨き立てる。

「ええ、ありますよ。この上の六階が、入院加療室になっています」

「そこへ、案内してもらいましょうか」

島森は眼鏡をかけ直し、一転して落ち着いた声で応じた。

「そこに、逃亡中の殺人ドッグが隠れている、とでもおっしゃるんですか。病気のペットしか、いませんよ」

斉木は、妙にやさしい口調で、続けた。

「わたしの飼い猫が、体調を崩しましてね。入院させたいと思うので、ちょっと様子を見たいわけです」

斉木が、猫を飼っているはずはなく、真っ赤な嘘と分かる。

梢田は笑いを嚙み殺し、島森の顔を見守った。

島森は、ことさら渋い表情をこしらえたが、あいまいにうなずいた。

「まあ、いいでしょう。ご案内しますよ。ただし、においがきついから、驚かないでください」

デスクを回り、戸口へ向かう。

梢田と斉木も、島森について部屋を出た。

島森は、エレベーターに見向きもせず、階段をのぼり始めた。

あとに続くと、しだいに悪臭が強まる。

六階のドアの前には、消臭剤も芳香剤も置かれていなかった。

ガラスには、五階と同じく〈島森ペット・クリニック〉と書いてある。

島森は、白衣のポケットから鍵束を取り出し、ドアをあけた。

とたんに、むわっという感じの悪臭に押しもどされ、斉木も梢田もたじたじとなった。

同時に、わんわんぎゃあぎゃあ、にゃあにゃあきゃんきゃんといった、犬や猫の鳴き声があたりに充満する。

それが外に漏れてこなかったのは、部屋全体に防音装置か何かが、施されているからだろう。

斉木に押されて、梢田はしぶしぶ先頭に立ち、部屋に踏み込んだ。

大小さまざまな檻《おり》に、いろいろな種類の犬や猫が閉じ込められ、三人を見て吠《ほ》えたり鳴いたりする。

犬猫のほかにも、ウサギやリス、小鳥、トカゲらしきものもいた。

梢田は吐き気を催し、ほとんどあえいだ。

斉木が、眉根を寄せながら、島森に言う。

「この部屋には、なぜ消臭剤や芳香剤を置かないんですか。下の部屋には、たくさん置いてあったのに」

「ああ、あれは動物たちの体に、よくないからです。人間の都合で、ペットに苦痛を与えることは、できませんからね」

梢田には初耳だったが、専門家が言うのだから、そうなのだろう。

斉木は、さすがに辟易《へきえき》したようにハンカチを取り出し、口のあたりをおおった。

こもった声で言う。

「これをあなた一人で、世話しているわけですか。看護師とか、お手伝いはいないんですか」

「いません。わたし一人で、切り回しています」

「ところで、このビルは島森さんのものですか」

「そうです。わたしのおやじが、三十五年ほど前に建てたものでしてね」

「お見かけしたところ、下の方の部屋にはテナントらしきものが、はいっていないようですな。メールボックスに、名前だけは残っていますが」

斉木の指摘に、島森は肩をすくめた。

「まあ、このにおいがにおいですから、新しい入居者がいないんですよ」

斉木が、また親指を立てる。

「この上の七階だけは、ネームプレートに何も書いてなかったですが、やはり空き部屋ですか」

島森の視線が、心なしか泳いだような気がして、梢田は緊張した。

「ええ、そう、今のところは、空き部屋です。いずれは、当院の受け入れ態勢を充実させるために、入院加療室として使うつもりですが」

「見せていただけませんか」

斉木が言い、梢田はその意図を量りかねて、顔を盗み見た。

斉木は、まるで不動産屋へ貸室を探しに来たように、落ち着き払っている。

島森は喉を動かし、ためらいの色を見せた。

「とおっしゃられても、がらんとして何もない部屋ですが。この部屋から、檻を取っ払ったと思っていただいたら、同じことですよ」

「まあ、そうおっしゃらずに、後学のために見せてもらえませんか」

斉木がもう一押しすると、島森はのろのろした動きで、戸口へ向かった。

「それじゃ、まあ、お見せしましょうかね」

斉木は、油断するなというように梢田にうなずき、島森のあとに従った。

9

戸口を出たとき、突然階段を上がって来た男が二人、前に立ち塞《ふさ》がった。

それは、さっき下で見かけたポロシャツの男と、ハンチングの男だった。二人とも、四十代にはいったばかり、という年格好だ。

小太りのポロシャツの男が、島森誠三に声をかける。

「どうかしたんですか」

「いや、別に。この人たちが、上の部屋を見たい、と言うものですから」

背の高いハンチングの男が、口を開く。

「島森ビルの、大家さんですね」

島森が、とまどったようにうなずく。

「ええ、そうです、島森です。あなたたちは」

「三崎町町会の自警団の者で、わたしは鈴木、こちらは田中といいます」

「自警団」

斉木斉が声を発し、島森を押しのけて前に出た。

「三崎町の町会に、自警団ができたなどという話は、聞いたことがありませんな」

　梢田威も、うなずいてみせる。

　鈴木、と名乗ったハンチングの男が、斉木を見下ろした。

「最近、警察の取り締まりが緩くなったせいか、ビル荒らしや泥棒が増えてるんです。だから、自警団を組織して町内のビルを中心に、昼間から巡回してるわけですよ」

　田中、と呼ばれたポロシャツの男が、うさんくさげに斉木と梢田を見比べる。

「あなたたちは、さっきこのビルの下できょろきょろと、あたりの様子をうかがってましたね。どちらのかたですか」

　まるで、空き巣ねらいではないかと、疑っているようだ。

　梢田は、とっさに斉木を指で示しながら、割り込んだ。

「こいつの飼い猫が、急に熱を出しましてね。どこか、いいペット・クリニックはないかと、探してるとこなんですよ」

「このかたたちは、御茶ノ水署の刑事さんなんです」

　島森が、断固とした口調で言う。

　鈴木は頰を引き締め、斉木に目を向けた。

「ほんとうですか」

　斉木は、人差し指の先で頰を搔き、しかたなさそうにうなずいた。

「そう。最近、取り締まり態勢が緩くなった、御茶ノ水署の生活安全課の者ですよ。わたしが斉木、こっちが梢田です」

鈴木と田中は、顔を見合わせた。

鈴木が、島森に目を移す。

「この刑事さんは、なんの用で見えたんですか。飼い猫の話は、嘘でしょう」

島森は、また肩をすくめた。

「よく分かりません。わたしは、何かの聞き込みじゃないか、と思ったんですが」

斉木がため息をつき、説明を始めた。

「いや、別に聞き込みじゃない。正直に言いましょう。島森さんは今日の昼過ぎに、神保町の交差点付近で路上喫煙をして、過料取り立ての権利のない一般市民に、二万円を支払った。警察官に見つかると、五万円取られる、と脅かされてね。普通なら、おかしいと思うでしょう。ところが、島森さんは警察官に通報されると、何かまずいことになる事情でもあったのか、おとなしく過料を払った。わたしらは、その事情に興味を抱《いだ》いたものだから、あらためて話を聞きに来たんです」

梢田は、一人で納得した。

言われてみれば、もっともなような気がする。

初めて、斉木が何を考えていたか分かり、ふんふんとうなずいた。

田中が、島森に確認する。

「何か、そういう事情が、あったんですか」

「いえ、別に。わたしはただ、おおごとにしたくなくて金を払っただけで、何も事情なんかありません。それなのに、こちらの刑事さんが七階の空き部屋を、見せろとおっしゃるんです。しかたがないので、これからご案内するところでした。なんにもない、ただの空き部屋なんですが」

田中は、斉木に目をもどした。

「捜索令状を、お持ちですか」

斉木は顎を引き、耳たぶを引っ張った。

「いや、持ってませんよ」

「捜索令状なしに、個人の所有する建造物に立ち入ることは、できないはずですがね」

田中の指摘に、梢田は口を開いた。

「そんなことは、百も承知してますよ。自分たちは別に、七階を捜索しようとしたわけじゃないんです。ちょっと見せてもらいたい、と思っただけでね」

「警察官がそういう要求をするときは、プライベートじゃなく公務だからでしょう。でしたら、捜索令状なしに立ち入ることは、できませんよ」

悔しいが、そのとおりだ。

梢田は、両手を広げた。

「分かった、分かりました。自分たちは、引き上げます。病気の猫は、別のペット・クリニックに、連れて行きますから」

鈴木と田中のあいだに割り込み、エレベーターの呼びボタンを押す。

斉木も、しぶしぶついて来た。

島森が、鈴木たちに頭を下げる。

「ありがとうございました。別に、見られて困るわけじゃないですが、やはり手続きはきちんとしてもらわないと」

「そうですとも。警察のやり方は、ちょっとおかしいですよね、ここんとこ」

鈴木が言って、斉木と梢田を睨む。

「自警団ができて、こんなに心強いことはありません。今後とも一つ、よろしくお願いします」

島森は、すっかり元気が出たようだった。

エレベーターが来て、斉木と梢田は乗り込んだ。

くだり始めるのを待って、斉木が吐きすてるように言う。

「自警団を作るときは、所轄署に届け出るのが筋だろう」

「自警団には、警察官のＯＢが加わることが多い。今の二人のフルネームと住所、電話番号くらい、聞いておけばよかったかもな」

梢田が応じると、斉木はうなずいた。

「下で待ち伏せして、聞き直すか」

「悪くない考えだ」

一階に着き、島森ビルを出た。

どこで待ち伏せしようかと、梢田があたりに目を配っていると、白山通りにつながる細い通りの角から、女が二人姿を現した。

梢田は驚いて、斉木の肘をつついた。

「おい。牛袋管理官と、五本松だぞ」

斉木もびっくりした顔で、近づいて来る二人を見つめる。

牛袋サトは、厳しい表情で斉木と梢田に顎をしゃくり、ぶっきらぼうに言った。

「二人とも、ついていらっしゃい」

そのまま、高速道路の下の橋の方へ、のしのしと歩いて行く。

五本松小百合は、まるでひとごとのように表情を変えず、地味な紺のスーツの裾を引っ張りながら、二人に先を譲った。

梢田は振り向き、小百合にささやいた。

「どういうことだ、これは」

「すぐに、牛袋管理官から、説明があります」

サトは橋を渡り切り、高速道路沿いの道を北へ向かって、しばらく歩いた。

高いビルの角を左に折れ、ホテルメトロポリタン・エドモントの裏手にある、ダイニング・カフェにはいる。

窓際の席に腰を落ち着けると、サトは低い声で斉木に言った。

「さて、あなたたちがあのビルに行ったのは、島森とかいう男に会うためですよね」

斉木は、さすがに否定のしようがないとみえて、おとなしくうなずいた。

「そうです。島森が、駿河先生におとなしく二万円払ったことに、疑問を覚えましてね。きっと裏に、警察官と関わりたくない理由があるはずだ、と睨んだんです」

「どういうこと、それって」

サトに聞き返され、斉木はその間の事情をかいつまんで、説明した。

「ただ、それだけのことですか」

「いや。一つには、あの男の服からにおっていた、アロマ系の香りに疑問を抱いたわけです。獣医だから、動物のにおいを消すための芳香剤、という見方もできます。しかし、わたしの勘では、どうもそれだけではない、という気がしましてね」

「たとえば」

斉木が珍しく、まじめな顔になる。

「近ごろ、鼻炎薬などに使われているエフェドリンから、アンフェタミンを抽出して別の薬品を加え、覚醒剤を作る連中が増えてきました。主に、医学知識のあるイラン人などに多いですが、日本人にも作ることができます。島森は獣医なので、その可能性があると思ったのです。ご存じのように、覚醒剤は製造過程で猛烈な悪臭を発しますが、ペット・クリニックの犬猫のにおいによって、カモフラージュすることができる。現に島森は、自分の部屋に消臭剤や芳香剤を置いているのに、預かったペットの病室にはその種のものを、いっさい置いていません。つまり、そこだけ悪臭が発生するままに、放置しているわけです。それで、もしかするとその上の七階の空き部屋が、覚醒剤の秘密製造工場になっているのではないか、と睨んだ次第です」

梢田は、その説明にほとほと感心して、斉木に声をかけた。

「なるほど、それは鋭い推理だ。だから七階を調べよう、と思ったわけだな」

「そうだ」

斉木がうなずいたので、梢田はサトに目を移した。

「そこで、一緒に七階へ上がろうとしたときに、三崎町町会の自警団の男が二人現れて、捜索令状がどうのこうのと、こむずかしいことを言い出したんです。それさえなければ、製造工場を摘発できたかもしれないのに、惜しいことをしました。こうなったら、ほんとうに捜索令状を取って、調べてみようじゃないですか」

サトが、きっぱりと言う。

「製造工場は、まだできていません」

「できていようといまいと」

言いかけて、梢田は途中でやめた。

「今、なんとおっしゃいましたか。まだできていない、とはどういう意味ですか」

「言葉どおりの意味よ。製造工場ができるのは、もう少し先になるはずです」

わけが分からず、梢田は斉木に目で助けを求めた。

斉木はコーヒーを飲み、少し考えてから口を開いた。

「あの、鈴木に田中と名乗った男たちは、自警団なんかじゃありませんね。もちろん、名前も偽名だ」

サトがうなずく。

「そのとおり。あの二人は、警視庁生活安全部のマカク特捜隊の、秘密捜査官なの」

梢田は、のけぞった。

「あいつらも、刑事だとおっしゃるんですか」

「そうです」

「マカクというと、麻薬覚醒剤特捜隊ですか」

「ええ。あなたたち、もう少しでわたしたちの計画を、ぶち壊すところだったのよ。いいえ、もしかすると、もう壊しちゃったかも」

「そ、それは、どういう意味ですか」

梢田が聞き返すと、サトはそれに答えずに、斉木を見た。

「あなたなら、分かるでしょう」

梢田も、斉木を見る。

斉木は腕を組み、しばらく憮然としていたが、やがてあまり気の進まぬ様子で、口を開いた。

「つまり、わたしたちは先走りしすぎた、ということでしょう」

サトは、大きくうなずいた。

「そういうこと。あなたが言ったとおり、覚醒剤の製造はひどい悪臭を伴うから、建物が密集した都心でやるのは、ほとんど不可能に思えます。でも、たとえばペット・ショップとかペット・クリニックなら、獣のにおいである程度カバーすることができる、と気がついたのよ。それで、都内のショップやクリニックを、片端から洗ってみました。そうしたら、鈴木と田中の二人が監視していた別の捜査対象に、島森のクリニックが関わっていることが、分かったわけ。島森は、自社ビルの上にオフィスを構え、下の方はいっさいテナントを入れずに、放置したまま。最上階の七階は、なぜか空き部屋になっている。ビルの中は、いつもペットの悪臭に満ちあふれて、めったに人が寄りつかない。

高速道路の脇で、においもあまり滞留しない」

斉木がうなずく。

「なるほど、条件がそろってますね」

サトは続けた。

「わたしたちは、島森がいずれ七階にしかるべき装置を導入して、覚醒剤製造工場にするつもりではないか、と読んだの。それで、一カ月ほど前からあのビルと島森の動きを、見張り始めたわけです」

そう言って、サトがコーヒーを飲んだすきに、梢田は割り込んだ。

「すると、今日の昼に管理官が〈ティシャーニ〉へ現れたのも、島森を見張っていた結果ですか」

「ええ。あのとき、あなたたちが島森をそのまま放免したので、ほっとしたわ。島森が覚醒剤の製造を始めて、それをどこかへ納めるのを追跡すれば、覚醒剤の取引ルートまで明らかになる。もしかすると、駿河先生も生活環境指導員のふりをしたのではなくて、取引に関わっているんじゃないか、という気もしたくらい」

梢田は、斉木と顔を見合わせた。

先日も駿河は、間接的にしろ覚醒剤がらみと思われる事件に、からんでいたのだ。

斉木が、小百合に目を向ける。

「五本松も、それを承知で管理官に、協力してたのか」

　小百合は、もじもじした。

「すみません。敵をだますにはまず味方から、と管理官に言われまして」

　斉木は、サトに目をもどした。

　すかさず、サトが言う。

「ともかく、あなたが島森に目をつけたことは、評価します。先を読まなかったのが、惜しかったけれど。あのいざこざで、島森が当初の計画を放棄しないように、願うしかないわ。せっかくの、チャンスなのだから」

　斉木は咳払いをして、もっともらしく言った。

「それにしても、直属の上司たるわたしの了解なしに、部下の五本松を勝手に使われるのは、いかがなものかと思いますが」

　サトは両手をそろえ、膝の上に置いて姿勢を正した。

「今度御茶ノ水署に来る、新任の生活安全課長の許可をいただいたから、問題ないわ」

　梢田は、眉をひそめた。

　今の生活安全課長は、松平政直《まつだいらまさなお》警部だ。

　しかし、松平が交替するという話は、聞いていない。

「初耳ですね。松平警部のかわりに、だれが来るんですか」

そう聞き返した梢田は、急にいやな予感がした。

サトが、にっと笑う。

「あなたたちも、よく知っている人。立花信之介警部補、いえ、赴任すれば立花警部ですよ」

斉木の顔が、真っ青になった。

10

御茶ノ水警察署の署長、三上俊一《みかみしゅんいち》警視正は丸めた手を口に当てて、こほんと一つ咳をした。

「さようなわけで、当御茶ノ水署の生活安全課の新任課長として、立花信之介警部を迎える運びとなったことは、本職のもっとも欣快《きんかい》とするところであります。生活安全課の諸君はもちろん、御茶ノ水署員全員が立花新任課長を温かく迎え、積極的にサポートして差し上げるよう、本職からも特にお願いする次第であります。それでは、立花警部。一言、ご挨拶をよろしく」

三上と入れ替わりに、立花信之介が登壇する。

「先ごろの研修で、諸先輩とはすでに面識をいただいておりますが、あらためて自己紹介させていただきます。このたび当御茶ノ水署の、生活安全課長として着任いたしました、立花信之介であります。お見かけどおりの若輩者ですが、今後も諸先輩の薫陶《くんとう》よろしきを得て、御茶ノ水署のさらなる発展のために、微力を尽くす所存であります。ご指導とご鞭撻《べんたつ》のほど、よろしくお願いします」

そう言って、制服を着た長身を九〇度に折り曲げ、ぺこりと頭を下げた。

署の道場に集まった、総員百五十名を超える署員たちが、盛大な拍手を送る。

前の方に固まった、二十名足らずの生活安全課の刑事も、ここぞとばかり手を叩いた。

梢田威も、右隣の五本松小百合にならって、指もちぎれよと拍手する。

左隣に立つ斉木斉は、これ以上ないほどむすっとした表情で、おざなりに手を叩いた。

梢田は体をよじり、斉木にささやきかけた。

「おい、もっと熱心に手を叩け。ちんたら叩いてると、署長に見とがめられるぞ」

「おまえこそ、心にもない拍手はみっともないぞ。この、ごますり野郎め」

斉木の返事に、むっとする。

「しかたがないだろう。相手は今日から、おれたちの上司なんだから」

斉木は憮然とした顔で、おおげさにため息をついた。

「まったく、とんでもないことになったもんだ。よりによって、おぼっちゃまくんがおれたちの上司として、もどって来るとはな」

梢田もうなずき、同じようにため息をついた。

一年ほど前、現場研修で御茶ノ水署に配属されて来た立花が、警察大学校での二度目の研修を終えたあと、またぞろ同じ署へ舞いもどって来るとは、だれも予想しなかった。

しかも、キャリア警察官の慣例に従って、警部補から警部に昇進したばかりか、生活安全課の新任課長、という肩書がついている。

前任課長の松平政直警部は、入れ替わりに本部の生活安全部に、異動になった。

研修期間中、立花の身柄は生活安全課保安二係の、斉木の手元に預けられた。保安二係は、係長を務める警部補の斉木、巡査部長の小百合、それに巡査長の梢田の、合わせて三人だけの小所帯だ。

そこへ、キャリアの見習いを押しつけられるとは、迷惑千万な措置だった。

キャリア警察官は、当然のことながらノンキャリアに比べて、昇進スピードが速い。斉木でなくても、立花の存在を煙たいと思うのが、当然だろう。

最初から、フランクな態度で立花に接したのは小百合だけで、斉木も梢田も敬して遠ざける感じの、当たらず障らずの態度であしらった。

そんな二人に対して、当の立花は怒るでもなく落ち込むでもなく、いっこうへこたれずに応じてきた。

そのせいか、しばらくすると梢田は立花のことを、なんとなく憎めない身近な存在として、認識し始めた。

斉木も口にこそ出さないが、飄々《ひょうひょう》とした立花の立ち居振る舞いに接して、しだいに親しみを見せるようになった。

そんなこともあって、立花が再度の研修を受けに警察大学校へ去ったとき、梢田はほっとしたようなさびしいような、複雑な感情にとらわれたものだ。

斉木も小百合も、同じ思いだったのではないか。

その立花が、こともあろうに今度は三人の直属の上司として、しかも警部に昇進してもどったのだから、始末が悪い。

梢田と小百合は、もともと階級が下ということもあり、さしてこだわりはなかった。しかし、つい先日まで同じ警部補だった斉木にとっては、悪夢のような出来事に違いない。

拍手がやみ、立花が壇上からおりた。

進行役を務めていた、副署長の久保芳久警視が手を振り上げ、大声で言った。

「それでは解散して、仕事にもどるように」

署員たちが、ぞろぞろと道場の出口へ向かう。

そのとき、立花が人の波を掻き分けながら、斉木たちのそばにやって来た。

「すみません。保安二係のみなさんは、A会議室に来ていただけませんか」

すばやい動きで、署員たちにまぎれようとした斉木が、しぶしぶ足を止める。

その顔色を見て、梢田は先に口を開いた。

「ええと、何かご用ですか」

立花は、斉木と梢田を見比べて、両手を広げた。

「たいしたことじゃありませんが、ちょっとご相談したいことがありましてね。お時間はとらせません」

梢田は、斉木を盗み見た。

斉木はこめかみを搔き、それから梢田と小百合に顎をしゃくった。

「それじゃ、行こうか」

そう言って、出口へ向かう。

梢田も小百合も、急いであとを追った。

立花も、それに続く。

階段をおり、A会議室にはいった斉木と梢田は、小百合をあいだに挟むかたちで、長いテーブルの手前の椅子に、腰を落ち着けた。

立花は、その向かいの椅子に回り込んで、勢いよくすわった。

おもむろに、手を組み合わせて言う。

「ぼくとしても、というか、わたしとしても、御茶ノ水署へ配属されることになるとは、予想していませんでした。いずれにせよ、こういう巡り合わせになったのは、やはり斉木係長以下先輩お三かたと、何かのご縁があったからだと思います。一つ、よろしくお願いします」

格式ばった口調でそう言い、あらためて頭を下げた。

「こちらこそ、よろしくお願いします」

小百合が、しおらしく応じる。

斉木も梢田も、挨拶を返した。

「どうも」

「いや、こちらこそ」

そう言って、首だけこくんと動かす。

小百合がテーブルの下で、梢田の膝をこづいた。

梢田は咳払いをして、しかたなく口を開いた。

「ええと、研修期間中自分は何かと課長に対して、失礼な振る舞いをしたかもしれませんが、それも課長の将来のためを思えばこそ、であります。つまり、かわいい子には足《た》袋《び》をはかせろというか、そう解釈していただければ助かります」

隣で小百合が、くすりと笑う。

梢田は、何か言い間違いをしたような気がして、ちょっとたじろいだ。

立花が、まじめくさった顔で応じる。

「もちろんです。係長と巡査部長、それに梢田先輩の厳しい指導があったればこそ、今日のぼくがある、というか、わたしがあると思っています」

一瞬、会議室に沈黙が流れた。

梢田は、自分だけ名前で呼ばれたことで少し救われ、小さく咳払いをした。

梢田の肩書の巡査長は、正式の階級名ではない。平《ひら》の巡査より、いくらか年数を食っているといった程度の、便宜的な呼称にすぎない。そのため巡査長と呼ばれると、いいかげん巡査部長の試験に受かったらどうだ、とせっつかれるような気がするのだ。

斉木が言う。

「それで、課長。わたしたちに、何か特別なお話でもおありでしょうか」

梢田は驚いて、斉木の横顔を見た。

立花の研修期間中、斉木がこんなていねいな口をきいたことは、一度もない。面と向かって、立花を〈おぼっちゃまくん〉と呼んだことさえある。

それを、梢田にならっていきなり〈課長〉とは、恐れ入った。

しかも、すでに十年も立花の下で働いてきたような、こなれた呼びかけだ。

梢田は、手の裏を返したような斉木の豹変《ひょうへん》ぶりに、おかしくなった。

立花も、一瞬とまどったように顎を引き、ことさらまじめな口調で応じた。

「いや、特別というほどじゃありません、一つは、ぼくに対して先ごろの研修中と同様、フランクに接していただきたいのです。ぼくとしても、というか、わたしとしても同じように、接するつもりですので」

梢田は、笑いをこらえた。

従来立花は、自分のことを主として〈ぼく〉と呼び、あらたまったときは〈わたし〉と、呼び分けていた。

どうやら、御茶ノ水署に正式赴任したのを機会に、自分の呼称を〈わたし〉に統一しよう、という肚《はら》らしい。

それがまだ、板についていないのだ。

斉木が、人差し指を立てる。

「それは無理でしょう。ご存じのように、警察の組織はきっちりした上下関係によって、秩序が保たれています。たとえ、相手が右も左も分からぬ駆け出しの新米刑事でも、階級が上ならばそれなりの接し方をするのが、警察というものです。わたしたちは慣れているので、お気になさらなくてもけっこうです」

あまりはっきり言うので、梢田ははらはらした。

立花も、出端《でばな》をくじかれたように瞬《まばた》きしたが、すぐに大きくうなずく。

「そのあたりの呼吸は、みなさんにお任せします」

それから、口調を変えて続けた。

「さて、これからはわたしからのご相談、というか、お願いになります。従来、御茶ノ水署では麻薬や覚醒剤の取り締まり、摘発を主に保安一係が担当し、二係の方は風俗関係を仕事の中心にしていた、と理解しています」

すかさず、斉木が反論する。

「お言葉ですが、わが二係も麻薬覚醒剤の取り締まり、摘発については何度となく、成果を挙げています。件数は、いささか一係に劣るかもしれませんが、質的には負けていないつもりです」

梢田も小百合も、そうだとばかりうなずいてみせる。

立花は、なだめるように両手を立て、うなずき返した。

「それはぼくも、というか、わたしもよく承知しています。ですが、本部の牛袋管理官のお話にもあるように、近年は御茶ノ水署の管内でも麻薬覚醒剤事犯が増えており、どの係はどの犯罪と決めずに、臨機応変に対応する必要があります。釈迦《しやか》に説法とは思いますが、さっそくにも成果を挙げて、一係の鼻を明かそうじゃありませんか」

保安一係の係長、大西哲也《おおにしてつや》は斉木と長いあいだ犬猿の仲で、めったに口もきかない。

立花も、研修中にその雰囲気を察したに違いないが、二人の共通の上司となった今は、どちらかの肩を持つというわけには、いかないはずだ。

とはいえ、やはりなじんだ仲の斉木たちの二係に、なんらかの思い入れを持つのは、当然かもしれない。

梢田は、口を開いた。

「いや、まったく、課長のおっしゃるとおりです。これまで自分たち二係は、たまたま麻薬覚醒剤事犯に関わることもあった、というだけにすぎません。つまり、積極的に犯罪の発見、摘発に努めたとまでは、いえないわけですね。今後は、おっしゃるとおり前向きになり、一係に負けないよう当該事犯の発見、摘発に全力を尽くします」

あまりに、いい子ぶった発言になったことに気づき、ちらりと斉木を見る。

斉木は、さも軽蔑したような目つきで、梢田を見返した。

梢田は咳払いをして、斉木に言った。

「ですね、係長」

「ああ」

斉木はぶっきらぼうに応じ、腕を組んで椅子にふんぞり返った。

立花が続ける。

「本部の生活安全部の、マカク特捜隊と牛袋管理官が、二係のみなさんに非公式ながら、協力を求めています。ぼく、というか、わたしとしても、特に拒否する理由はありませんので、協力する旨回答しておきました。そのことも、心に留めておいてください」

梢田は、うなずいた。

保安二係の協力に関して、立花の了解を得たという話は、先日牛袋サト本人の口から、聞かされている。

斉木が、薄笑いを浮かべて言う。

「ご着任早々、わたしたちが覚醒剤事犯を摘発したら、新任課長へのご祝儀になりますかね」

からかうようなその口調に、梢田は少しあわてた。

「係長。それはちょっと、言いすぎじゃ」

そう言いかけると、立花が割ってはいる。

「おっしゃるとおりです。ここで、みなさんに手柄を立てていただくと、それがそのまま新任課長たるぼくの、というか、わたしの点数にもなるわけですね」

しれっとしたその口調に、梢田はあっけにとられた。

立花は身を乗り出し、声をひそめて続けた。

「まあ、えこひいきするわけじゃありませんが、わたしの点数が上がれば、みなさんのプラスにもなります。それから、みなさんが管内の飲食店等で、酒食の提供を受けることについては、それがあまり過大なものでない限り、見なかったことにします。場合によっては、お付き合いしてもいいです」

そう言って、にっと笑う。

11

ＪＲ水道橋駅に近い三崎町の、首都高速道路５号線に沿った街路は、人通りが少なかった。

島森ビルの周辺も、ひっそりとしている。

先日、三崎町町会の自警団員と偽った、警視庁麻薬覚醒剤特捜隊の二人の刑事の姿も、見当たらない。

斉木斉と梢田威、それに五本松小百合もトレーナーに着替え、サングラスとキャップで人相を隠して、御茶ノ水署から走って来た。ジョガーになりすましたつもりだ。

斉木も梢田もすぐに息が上がり、途中何度か走るのをやめて休んだ。

小百合だけが元気いっぱいで、二人が路上にすわり込んでいるあいだも、足踏みを欠かさなかった。

三人は、通りの向かい側に立って、島森ビルを見上げた。

ビルの五階と六階が、島森誠三の経営する〈島森ペット・クリニック〉で、最上階の七階と四階より下は、すべて空き室になっている。

ペットが発生する悪臭のせいか、テナントがはいらないらしいのだ。島森は、いずれクリニックの施設を拡充して、七階を入院加療室として使うつもりだ、と言った。

しかし斉木は、そこが覚醒剤の密造工場なのではないか、と疑っている。

つまり、製造過程で発生する悪臭を、動物のにおいでカモフラージュしている、というわけだ。

先日、それを確かめようと乗り込んだとき、自警団を装った特捜隊に邪魔をされ、目的を果たせなかった。

牛袋サトの説明によれば、その密造工場はまだできていない、という。

特捜隊は、工場が完成するのを待って一挙に手入れをしようと、ひそかに見張っているところだったらしい。

そこへ、斉木と梢田がよけいな手出しをしたものだから、島森は警戒して工場開設を延期するか、中止する恐れが出てきた。

サトは、特捜隊のもくろみがはずれるのを、心配していた。

あたりに目を配りながら、三人は道端の自動販売機のそばに行って、冷たいお茶を買った。

「考えてみりゃ、別に署から走って来ることも、なかったよな。この通りに着いてから、走り出してもよかったわけだ」

梢田がぼやくと、小百合は首を振った。

「それじゃ、ひとの目はごまかせませんよ。ジョガーならジョガーらしく、汗の一つもかいていないと」

「しかし、見たところマカクの連中もいないようだし、もう用心しなくてもいいだろう」

それを聞いて、斉木が口を開く。

「島森のやつ、このあいだおれたちが押しかけたので、怖《お》じけづいて密造工場の開設を、あきらめたんじゃないか。それでマカクも、見張るのをやめたんだろう」

小百合はお茶を飲み、しかつめらしく言った。

「そうとは限りませんよ。島森を油断させるために、一時引き上げただけかも。容疑が晴れないうちに、マカクが手を引くことはない、と思います」

梢田は、島森ビルを振り仰いだ。

「もう一度、ガサ入れをかけてみるか」

小百合が、声をとがらせる。

「捜索令状もないのに、ガサ入れはできませんよ。このあいだで、こりたでしょう」

「そんなことは、分かってる。きみと係長が、島森の相手をしているあいだに、おれがビルの中を見て回るのさ。ことに、いちばん怪しい七階の空き部屋を、な」

　梢田が目をもどすと、斉木はもっともらしくうなずいた。

「それも、悪くない考えだな」

「どの部屋にも、鍵がかかってますよね」

　小百合の指摘に、梢田は腕を組んだ。

「かかってたら、しょうがないからあきらめるさ」

　前回来たとき、四階から下の空き部屋はすべて、施錠されていた。

　五階の診療室はオープンだったが、六階の入院加療室は鍵がかかっていた。

　七階もおそらく、同じだろう。中を見るためには、島森自身に解錠してもらわなければならない。

　斉木が、梢田の肘をつつく。

「おい、見ろよ」

　梢田は、斉木の視線を追って、通りを見渡した。

　水道橋駅の方から歩いて来る、背の高い女が目にはいる。

　緑と白の横縞のシャツに、クリーム色の薄手のブルゾンを着込み、ぴったりしたジーンズをはいた、若い女だった。

　脚が、小憎らしいほどすらりと長く、顔立ちも妙にバタくさい。

年のころは、二十代の前半から半ば、という見当だ。

女は、島森ビルの前で足を止め、三人の方を見た。

むろん、梢田たちもその気配を察して、あらぬ方向に視線をそらす。

梢田がちらりと見たかぎりでは、女はプラスチック製らしい白と青の、ツートンカラーのケースを、右手に持っていた。

小百合にささやく。

「あのケースは、あれじゃないか」

小百合も、そっぽを向いたまま応じた。

「ええ、あれですね。ペットを入れて持ち運ぶ、移動用ケージ」

目の隅で確かめると、女はさりげない足取りで島森ビルに、はいって行った。

三人はそろって、ビルの方に向き直った。

「どうやら、島森のクライアントらしいな」

斉木が言い、梢田はうなずいた。

「あんなとこでも、客がいるんだなあ」

「あの大きさなら、猫だろうな。白い毛が、ちらっと見えた」

斉木の言葉に、小百合が口を開く。

「犬でも、チワワみたいに小さいのが、何種類かいますよ」

斉木はお茶を飲み干し、屑籠《くずかご》の穴に空になったペットボトルを、落とし込んだ。

「クライアントがいるときに、踏み込むのはまずいだろう。あの女が出て来るまで、待とう」

「どれくらい、かかるかな。手術なんかだと、かなり手間取るぞ」

「せいぜい、三十分がいいとこだろう。まず、おまえが見張っていろ。おれと五本松は、あそこの喫茶店で待機する。女が出て来たら、ケータイで知らせるんだ」

斉木はそう言って、小百合に顎をしゃくった。

梢田はあわてた。

「おい、勝手に決めるなよ。せめて、ジャンケンにしようじゃないか」

「そういうせりふは、巡査部長になってから言え」

さっさと歩き出す。

小百合も、申し訳なさそうなそぶりを見せながら、いそいそと斉木のあとを追った。

「くそ」

梢田はぼやき、少し離れた〈ドリーズ〉という喫茶店へ向かう、二人の後ろ姿を見送った。

ウエストポーチから、携帯電話を取り出す。

あの女が、早く出て来るように、と祈った。そうすれば、二人がコーヒーを飲み終わらないうちに、呼びもどすことができる。

携帯電話を開こうとしたとき、また水道橋駅の方から歩いて来る男の姿が、目にはいった。

白っぽいスーツに、同じような色のソフト帽をかぶった、痩せ形の男だ。

帽子の下から、長い白髪がはみ出しているのに気づき、梢田はあわてて自動販売機の方に、向きを変えた。

何を買おうか迷っている、という思い入れで飲み物のボタンをなぞりながら、背後に神経を集中する。

「張り込み、ご苦労さん」

いきなり声をかけられ、梢田は目の前が暗くなった。

いかにも、おれのことかという感じで、ゆっくりと向き直る。

それから、わざと驚いたふりをした。

「なんだ、駿河先生じゃないか。何してるんだ、こんなとこで」

駿河博士は、人差し指の先でソフト帽のつばを押し上げ、両手を腰に当てた。

「しらじらしいぞ、梢田君。きみたちが、あそこの島森ビルを見張ってるのは、見えみえだからな。いくらそんな格好をして、サングラスをかけたところで、わたしの目はごまかせんよ」

また君づけで呼ばれて、梢田は気分を害した。

「ごまかすつもりなんか、ないよ」

そう言ったものの、少し不安になって聞き返す。

「そんなに、ばればれか」

「ばればれも、いいところだ。言ってみれば、真っ白なテーブルクロスの上に落ちた、トマトケチャップのように目立ってるぞ」

梢田はくさり、サングラスをはずした。

「ほっといてくれ。しかし偶然とはいえ、あんたとはよく出会うな」

「いや、偶然ではない」

駿河の返事に、きょとんとする。

「偶然じゃないとすると、どういうことだ」

駿河は親指を立て、肩越しに島森ビルを示した。

「ついさっき、ペットケージを持った若い女が、あそこにはいるのを見たかね」

「ああ。島森のとこにも、たまにはクライアントとやらが来る、というわけさ」

どうも、この男と話しているとなんとなくけおされ、受け身になってしまう。

駿河は、人差し指を立てた。

「ただのクライアントではないぞ。あれは、山本アンナだ」

「山本アンナ」

梢田は、急いで記憶をたどった。

山本アンナは、明央大学構内のロッカーを利用して、同学の内海紀一郎という学生に、覚醒剤か何かを提供している、と疑われた娘だ。

もっとも、その疑惑を訴える駿河の告発に基づき、内海を連行して取り調べたものの、所持品からは何も出てこなかった。

証拠がない以上、無罪放免にするしかなかった。

アンナについては、芸能プロダクションの社長を父親に持つ娘で、これまで大麻や覚醒剤事件にからみ、警察の事情聴取を受けたことが何度かある、という程度しか知らない。

むろん、梢田はアンナ本人に会ったこともないし、写真を見たこともない。

駿河は、大きくうなずいた。

「そう、あれが山本アンナだ。わたしは、明央大学からここまで、アンナをつけて来た」

「なんのために」

梢田が聞き返すと、駿河はさもあきれたというように、顎を引いた。

「決まってるだろう。アンナは島森のところへ、大麻か覚醒剤を仕入れに来たのさ。だからこそあんたたちも、あのビルを見張ってるんじゃないのかね」

梢田は返答に窮し、携帯電話を握り締めた。

ここは一つ、斉木と小百合を呼びもどして、助けを求めた方がいいだろうか。

「捜査上の秘密を、民間人に漏らすわけにはいかないんでね」

逃げを打つと、駿河はいらだたしげに肩を揺すった。

「今さら、わたしに隠しても始まらん。すぐにも島森のところへ踏み込んで、大麻だか覚醒剤だかの取引現場を、押さえるべきだ」

駿河は、あれからあともアンナの動向を調べたり、尾行したりしているようだ。

美少年、といいえなくもない内海に対して、駿河は特別な感情を抱いているらしい。

その内海をわがものにするため、ライバルと思われるアンナを逮捕させて、邪魔者を除去するつもりなのだろうか。

どうも、この男の考えていることが、よく分からない。

梢田は、携帯電話の短縮番号を押した。

斉木が出るまでに、コール音が五度も鳴った。

「なんだ。まだコーヒーを、飲み終わってないぞ」

「それどころじゃない」

梢田は、駿河とのやりとりをかいつまんで、説明した。

「分かった。すぐ行く」

一分としないうちに、斉木と小百合が〈ドリーズ〉から、出て来た。

二人がそばに来ると、駿河はにやにやしながら口を開いた。

「これでおなじみの、三ばかトリオがそろったわけだな」

それに取り合わず、斉木が嚙みつくように言う。

「いったい、どういうつもりだ。公務執行妨害で、逮捕するぞ」

駿河は、おおげさに驚いてみせ、両手を広げた。

「おいおい、穏やかじゃないな。わたしは妨害どころか、協力しようとしてるんだぞ」

「何が協力だ。前にも、あんたの密告で内海紀一郎を取り調べたら、覚醒剤なんか持ってなかった。出てきたのは、ただのダイエットシュガーだったじゃないか」

「たまには、そういうこともあるさ。今度こそ、間違いない。島森を逮捕する、絶好のチャンスだ」

「なんの容疑で、逮捕するんだ」

「言うまでもなかろう。島森は、自分のクリニックの中で大麻の栽培か、覚醒剤の密造をやっとるんだ。しかも、それを山本アンナやほかの連中を通じて、売りさばいておる。製造、所持、取引、いずれも禁止事項違反だろう。島森の有罪は、わたしが保証する」

斉木は唇を引き結び、つくづくと駿河を見た。

おもむろに言う。

「島森、島森と、ずいぶん気安いじゃないか、先生。あんた、このあいだ神保町の路上で、路上喫煙禁止条例違反を理由に、島森から二万円巻き上げたな。あのとき、やっと会ったのが最初で最後、じゃなかったのか」

駿河はぐいと顎を引き、答える前に三秒ほど間をおいた。

「あのときまで、口をきいたことはなかったが、島森のことは知っておったよ。山本アンナのあとをつけて、ここへ来たのは今日が初めてではない」

斉木は、梢田の顔をちらりと見てから、駿河に目をもどした。

「それじゃ、あのとき路上禁煙にかこつけて、島森から金を巻き上げたのは、なんのためだ」

「むろん、探りを入れるためだ。そばに行ったら、妙なにおいがした。香水とか、オーデコロンのたぐいではない。悪臭を消すための、芳香剤のにおいだ。それで、ぴんときたのさ。覚醒剤を製造すると、ひどいにおいがすると聞いていたからな」

梢田は、口を挟んだ。

「なぜ、そこまでやるんだ。島森に、恨みでもあるのか」

「いや、別に恨みはない。ただ、社会正義の実現に向けて、だな」

言い終わらないうちに、突然小百合が割り込む。

「わたしたちに、山本アンナを逮捕させたいのでしょう。内海紀一郎を、独り占めするために」

駿河はたじろぎ、小百合に目を向けた。

「そ、それはどういう意味だね、五本松君」

さすがに、声が上ずる。

「先生は、お気に入りの内海がアンナと親しくするのを、見ていられないんですよね」

珍しく、駿河の顔が赤くなる。

「妙なことを言うじゃないか。まるで、わたしと内海が不適切な関係のように、聞こえるぞ」

「そうじゃないんですか」

小百合の突っ込みに、駿河は目を白黒させて絶句した。

梢田は、雲行きが怪しくなるのを察して、口を開いた。

「まあまあ、路上でそんな話をしても、始まらない。当面の問題をどうするか、考えようじゃないか」

斉木がそれを引き取り、駿河に言う。

「山本アンナが、島森のところへ覚醒剤を仕入れに行くと考える、あんたなりの根拠はなんだ」

駿河は、不機嫌そうに小百合を睨んでから、斉木に目を移した。

「アンナは月に一、二度あのペットケージを持って、このクリニックにやって来る。中にはいっているのは、毛の長い真っ白なチワワとかいう小型犬だ。授業があるとき、アンナはその犬をケージごと、コインロッカーに預ける」

小百合が、眉をぴくりと動かす。

「ケージごと、ですか」

「そうだ。考えられんことだろう」

梢田は、首をひねった。

確かに、生きた犬をコインロッカーに預ける、というのは奇妙だ。使用規則に違反するはずだし、へたをすると窒息する恐れがある。

駿河は続けた。

「しかも、アンナがケージを持って移動するとき、チワワは一度も吠えたことがない。歩くときも、電車に乗るときも、だ」

「アンナのあとを、ずっと追い回してるのか。ほとんど、ストーカー状態だな」

斉木が皮肉を言うと、駿河はきっとなった。

「それもこれも、社会正義の実現のためだ。チワワは、吠えないだけじゃない。ケージの中で、暴れたこともない。もっと言えば、動く気配もない」

小百合が、気乗りのしない口調で聞く。

「つまり、チワワは死んでいるのではないか、とおっしゃりたいんですか」

「いや。死ねば、それこそ悪臭が出るはずだ」

「それじゃ」

梢田が言いかけると、駿河は自信ありげにうなずいた。

「そう。あれは、本物のチワワではない。ただの、縫いぐるみだ」

12

「縫いぐるみ」

梢田威はおうむ返しに言い、斉木斉と五本松小百合の顔を見た。

小百合が肩をすくめ、駿河博士に聞き返す。

「縫いぐるみでも、病気になるんですか」

駿河は笑った。

「ばかを言うな。縫いぐるみが、病気になるものか」

梢田もうなずく。

「そうとも。転んで、どこかにほころびができたのを、縫ってもらいに来ただけさ」

小百合は、にこりともしない。

「冗談を言ったつもりですけど」

すかさず、梢田も言い返した。

「おれもだ」

駿河が、あきれたように首を振る。

「くだらぬ冗談はやめて、わたしの話を聞きたまえ。縫いぐるみには、それなりに意味があるんだ。中が空洞になっていて、そこに島森から買った覚醒剤を詰め込む、という寸法さ。その現場を押さえれば、二人を現行犯逮捕できるだろう」

梢田は、また斉木と小百合の顔を、順繰りに見た。

二人とも、困惑した表情だ。

斉木が駿河を見て、疑わしげに言う。

「あんた、映画の見すぎか、小説の読みすぎじゃないか、先生」

「わたしは、映画も見なければ、小説も読まないよ。愛読するのは、国語辞典だけだ。そんなことより、さっさと島森ビルに突入したらどうかね。ぐずぐずしてると、手遅れになるぞ。わたしの推測は、今や確信の域に達しておるんだよ」

斉木は腕時計に目をやり、少しのあいだ考えた。

それから、意を決したように言う。

「よし。だめもとで、押し込もうぜ。管内ビルの保安点検に来た、という口実を使えばいい。保安点検は、おれたちの、ルーティンワークだからな」

「この格好で、ですか」

小百合が、自分たち三人のトレーナー姿を見比べて、消極的な意見を述べる。

斉木は、取り合わなかった。

「入居者に緊張感を与えぬよう、くつろいだ格好をして来たと言えばいい」

「入居者といったって、あそこには島森しかいないだろう」

梢田が言ったとき、駿河がさっと自動販売機の陰に、身を隠した。

あわてて背後を見ると、島森ビルの中から例の女が出て来るのが、目にはいった。

梢田たちには見向きもせず、足早に水道橋駅の方へ歩き出す。

右手に、例のペットケージをさげている。

駿河が、身を隠したまま三人に中指を突き立てて、ささやいた。

「ほらみろ。もたもたしてるから、後手を引いてしまったじゃないか」

「あれが、山本アンナか」

梢田が確認すると、駿河は二度うなずいた。

「そうだ、アンナだ。こうなったら、職質をかけて所持品検査をするしか、手がないぞ」

梢田は斉木と、目を見交わした。

迷っているのが分かる。

駿河は、じれたように手をひらひらさせ、急き立てた。

「何をしとるのかね。ケージの中を、あらためるんだ。縫いぐるみの腹から、きっとブツが出てくる。さっさと、追いたまえ」

梢田は、小百合を見た。

小百合も、躊躇している。

斉木は、一瞬考えるそぶりを見せたが、にわかに断固とした足取りで、歩き出した。

途中から小走りになり、さらに全力疾走して女の背後に迫る。

しかたなく、梢田も小百合に合図して、あとを追った。

斉木が、走りながら振り向いて、小百合に顎をしゃくる。

小百合から声をかけろ、という合図らしい。

斉木は、そのまま走って女を追い越した。

十メートルほど先で足を止め、くるりと向き直る。女の逃げ道を、ふさぐかたちになった。

小百合は、いかにも気の進まぬ様子で、女の背に声をかけた。

「すみません。ちょっとよろしいですか」

女が、自分のことかという不審げな面持ちで、振り向く。

「わたしですか」

「はい。御茶ノ水警察署の者ですが」

小百合は、ウエストポーチから警察手帳を取り出し、開いてみせた。

女は、驚いたというよりとまどった顔で、トレーナー姿の小百合と梢田を、交互に見比べた。

「ほんとに、警察のかたですか」

「そうです。生活安全課の所属で、わたしは五本松、こちらは梢田といいます。仕事で、こんな格好をしていますが、別に偽刑事ではありませんから、安心してください」

警察手帳を、ポーチにしまう。

女は、なおも疑いを消さぬ顔で、小百合を見返した。

「それで、なんのご用ですか、わたしに」

「その前に、差し支えなければ、お名前を教えていただけませんか」

小百合の問いに、女は少しためらう様子を見せたが、結局口を開いた。

「山本です。山本アンナといいます」

駿河の言ったとおりだ。

梢田は山本アンナの、外国人のように彫りの深い顔立ちを、じっと見つめた。

小百合が、質問を続ける。

「このあたりに、お住まいですか。それとも、お勤め先がこのあたり、とか」

「自宅は渋谷です。わたし、お茶の水にある明央大学の、学生なんです」

山本アンナはそう言って、ショルダーバッグからパス入れを取り出し、学生証を提示した。

梢田は小百合と一緒に、それをのぞき込んだ。

確かに、明央大学文学部三年生、山本アンナ、二十六歳とある。

住所は、渋谷区猿楽町になっている。

牛袋サトの調べによれば、アンナは三年生のまま、五回も留年を繰り返しているそうだから、年齢的には計算が合う。

小百合は、アンナがパス入れをしまうのを待って、話を続けた。

「実は、お茶の水にある某マンションの住人から、犬の捜索願いが出ていましてね。具合の悪くなった飼い犬を、新宿のかかりつけのペット病院へ運ぶ途中、ケージごと盗まれたというのです。御茶ノ水駅で、スイカをチャージしているあいだに、足元に置いたはずのケージを、だれかに持ち去られてしまった、ということでした」

なるほど、うまい作り話をするものだ、と梢田は感心した。

アンナが、見るみる不快げな表情になる。

「それが、この犬だとおっしゃるんですか」

梢田は、そこで助け舟を出した。

「いえ、念のため、です。盗まれたというケージと、おたくが持っておられるケージと、色や形が似ているものですから。管内の動物病院、ペット・クリニックを手分けして、チェックしているところなんです」

すらすらと、嘘が出てくるのに自分でも驚きながら、さらに続ける。

「それで、あなたが島森ビルから出て来るのを、たった今お見かけしたので、お声をかけさせてもらった、というわけです。島森ペット・クリニックに、行かれたんでしょう」

「そうですけど」

「どういうご用だったんですか」

「ジステンパーの、予防接種をしてきたんです」

予防接種ときたか。

ケージの中の犬が、実は縫いぐるみだとばれたとき、アンナはどう弁解するつもりだろう。

それを考えると、梢田はうきうきした。

小百合が聞く。

「話を続けます。盗まれたのは毛足の長い、真っ白なチワワなんですけど、そちらの犬種は」

アンナは、むっとしたように唇を引き締め、きっぱりと言った。

「毛足の長い、白のチワワです。偶然ですね」

「見せていただけますか」

「今、睡眠剤を注射したばかりで、眠ってるんですけど」

そうだろうとも、と梢田はにやにやした。

「ちょうど、いいじゃないですか。自分たちも、わんちゃんを無理に起こす気は、ありませんから」

アンナはさりげなく、ケージを背後に隠した。

「ええと、これは職務質問ですか」

「そうですよ」

梢田が愛想よく答えると、アンナは小百合に目を移した。

「応じるかどうかは、任意ですよね」

小百合は、しぶしぶのようにうなずいた。

「ええ、任意です。でも、何もやましいことがないのでしたら、ケージの中を見せていただいた方が、お互いにすっきりすると思いますけど」

アンナが鼻の穴を広げ、決然とした口調で言う。

「こちらが見せたくないものを、無理やり見る権利はありませんよね、刑事さんに」

確かにその権利はないので、梢田も小百合も口をつぐんだ。

そのとき、アンナの向こう側にいた斉木が、足音を忍ばせながら近づいて来た。

梢田は、アンナに据えた視線をそのまま固定し、斉木の接近を悟られないようにした。

明るい口調で言う。

「もちろん、自分たちに無理じいする権利は、ありませんよ。あくまで、協力を求めているだけでしてね」

しゃべっているあいだに、斉木がアンナの背後でケージの中を、外からのぞくのが見える。

「でしたら、お断りします」

アンナが答えたとたん、背後で甲高い鳴き声がした。

「わん」

梢田は驚き、飛び上がりそうになった。

アンナが、あわててケージを前に回し、格子の隙間から中をのぞき込む。

「あらあら、起きちゃったわ」

ケージの中で、何かがごそごそ動く気配に、梢田と小百合は顔を見合わせた。

アンナの背後で、斉木が言う。

「お手間をとらせました。もう、行っていただいて、かまいませんよ」

それを聞くと、アンナはくるりと振り向いて、斉木を見た。

それから、また向き直って、梢田を睨む。

「刑事さんたちも、ずいぶんお暇なようですね」

そう捨てぜりふを残し、アンナは斉木を押しのけるようにして、通りを歩き出した。

梢田は言葉もなく、その場に立ち尽くした。

斉木も小百合も、所在なげにアンナの後ろ姿を見送る。

「くそ」

われに返った梢田は、もといた自動販売機のところへ、猛然と駆けもどった。

しかし、駿河の姿はどこにもなかった。

おそらく、自分の推理がはずれていたことを悟り、風を食らって逃げ出したのだろう。

首を振りふり、二人のところへもどる。

「まったく、逃げ足の速いじじいだ」

斉木のこめかみが、ぴくぴくしている。

「あのじじい、おれたちをこけにしたのは、これで二度目だぞ。今度会ったら、ただじゃすまさん。ブ告罪で、ぶち込んでやる」

あれだけ用心しながら、つい口車に乗って恥をかいたことから、かなり頭にきているようだ。

梢田自身も、ケージの中の犬は縫いぐるみに違いないと、ほとんど信じ込んでいただけに、斉木の気持ちはよく分かった。

それでもなお、頭にきた斉木の様子を目《ま》の当たりにすると、おかしさが先に立つ。

小百合が、梢田の背後に目を向けた。

「ちょっと、見てください」

振り向くと、喫茶店〈ドリーズ〉を出て来た駿河が、携帯電話でだれかとしゃべりながら、こっちへやって来るのが見えた。

斉木が、とがった声で言う。

「あのじじい、おれたちが恥をかいてるあいだに、コーヒー飲んでたのか」

小百合も、あきれたように続けた。

「まったく、いい度胸してますね」

梢田は、自分でも気がつく前に駿河に向かって、どどっと突進していた。

「おい、じいさん。あんたってやつは」

そばへ行って、思い切り嚙みつこうとするのを、駿河は左手を上げて制した。

そのまま、携帯電話を相手に、しゃべり続ける。

梢田は、出端をくじかれた格好で、たたらを踏んだ。

しかたなく、口をつぐんで待つ。

駿河はなるほどとか、そりゃそうですとか言いながら、なおも少しのあいだ、話し続けた。

それから、急に携帯電話を耳から離し、梢田を見る。

「梢田君。じいさんはないだろう、じいさんは。わたしには駿河博士という、れっきとした名前があるんだぞ」

「名前なんか、どうでもいい。あんたのおかげで」

勢い込んで、文句を言おうとする梢田を、駿河は手で制した。

携帯電話を開いたまま、鼻先にひょいと突きつけてくる。

「話したまえ」

梢田は反射的に、それを受け取った。

しかし、駿河がだれと話していたのか分からず、一瞬うろたえる。

「さあ、話すんだ」

駿河に急かされて、梢田はしかたなく携帯電話を耳に当てた。

「もしもし。そちら、どなたさん」

呼びかけると、電話の向こうで息を吸う音が聞こえ、野太い声がもどってきた。

「あなた、梢田さんね。わたし、牛袋です」

13

「は」

梢田威は驚いて、気をつけをした。

駿河博士が話していた相手は、管理官の牛袋サト警視だったのだ。

サトの声が、耳いっぱいに広がる。

「何が、は、ですか。駿河先生を、じいさんなんて呼んだら、失礼ですよ。あんなに、お若くていらっしゃるのに」

そう決めつけられて、梢田はこめかみを掻いた。

「ええと、申し訳ありません。自分としては、親しみを込めて駿河先生にじいさん、と呼びかけたつもりなんですが」

サトはすぐさま、話題を変えた。

「そんなことより、あなたたちは先生のアドバイスを無視して、どじを踏んだそうじゃないの。どういうつもりですか」

梢田は、直立不動のまま、駿河を睨みつけた。

「アドバイスですって。駿河先生が、管理官になんと言ったか知りませんが、今度ばかりは先生の勘違いです。おかげで、自分たちは大恥をかきました」

そのとき、後ろから斉木が肩を叩く。

梢田はそれを無視して、なおも続けた。

「堅苦しくいえば、これはブ告罪に当たると思います。警察官に対して、罪もない女子学生を麻薬所持の疑いあり、と告発したわけですから」

また肩を叩く手を、梢田は振り払った。

駿河が、笑いを噛み殺しているのに気づき、ひやりとする。

あわてて向き直ると、携帯電話を持った牛袋サトが怖い顔をして、梢田を睨み上げていた。

てっきり、斉木だとばかり思っていたが、肩を叩いたのはサトだったのだ。

「これはどうも、管理官。ご無沙汰しています」

サトの背後で、五本松小百合が必死に笑いをこらえている。

梢田は、頭が熱くなるのをぐっと抑え、神妙な顔でサトに言った。

「ええと、駿河のじいさん、というか先生がですね、こうけしかけたんです。山本アンナが、犬の縫いぐるみに覚醒剤を隠し、島森のペット・クリニックから、持ち出そうとしている。すぐに突入して、二人を現行犯逮捕しろ、と。これがつまり、虚偽の告発だったわけです。ケージにはいっていたのは、縫いぐるみではなくて正真正銘、生きた犬でした」

駿河が、横から口を出す。

「待て、待て。嘘ではない。アンナが島森ビルにはいったときは、確かに縫いぐるみだったのだ」

梢田は、駿河を睨みつけた。

「それが、途中で本物の犬に生まれ変わった、とでもいうのか」

駿河は、鼻で笑った。

「ばかな。きみたちが、そんな格好でここにたむろしているものだから、アンナに怪しいと感づかれたのさ。だから、アンナは覚醒剤を入手するのを中止して、島森から本物の犬を借り出したんだ。持ち込んだ縫いぐるみは、島森の診療室に置いてきたに違いない。今からでも突入して、確かめるのが筋だろう」

「あんたは、すぐに突入、突入と言うが、かりに縫いぐるみが見つかったとしても、中に覚醒剤がはいってなければ、ただの縫いぐるみにすぎないんだ。何の証拠もないのに、島森やアンナをしょっぴけるものか」

「縫いぐるみの中になくても、クリニックのどこかに隠匿しているはずだ」

斉木が口を出す。

「かりに島森が、アンナに覚醒剤を渡すつもりだったとしても、とうにトイレに流してしまったさ。あんたの言うとおり、アンナが危険を察して本物の犬を借り出した、とすればだがね」

駿河は、唇をすぼめて少し考えたが、それから急に指をぱちんと鳴らした。

「分かったぞ。アンナは、ビニール袋か何かに包んだ覚醒剤を、島森から借りた犬に飲み込ませて、持ち出したに違いない。それをあとで吐き出させて、回収するつもりだろう。すぐにアンナを追いかけて、犬を押収すべきじゃないかね」

梢田はあきれて、首を振った。

「やれやれ。あんたとは、付き合っていられないよ。牛袋管理官。なんとか、言ってやってくれませんか」

サトは、顎をぐいと喉元に引きつけ、むずかしい顔をした。

「要は、あなたたちがマカク特捜隊の了解なしに、ここに張り込んだのが間違いのもとでした。先日、あなたたちがクリニックへ乗り込んだおかげで、逆に島森を警戒させてしまったことは、分かっていますね」

梢田は、しかたなくうなずいた。

「ええ、まあ」

「そのために特捜隊は、島森が覚醒剤の密造工場開設をあきらめるか、少なくとも延期する公算が大きくなった、と判断しました。それでやむをえず、島森が警戒心を解いてまたその気になるまで、当面張り込みを中止することにしたのよ。それなのに、またぞろあなたたちが首を突っ込んだものだから、ますます島森を警戒させてしまった。これで当分、自粛するでしょうね。まったく、ぶち壊しもいいところだわ」

サトはそう言って、梢田と斉木を交互に睨んだ。

斉木が、口を開く。

「お言葉ですが、管理官。わたしたちは、新任の生活安全課長の立花警部から、麻薬覚醒剤事犯の発見、摘発に積極的に努めよとの厳命を、受けています。専任担当部署の、保安一係に負けないようにがんばれ、と発破をかけられました。マカク特捜隊と牛袋管理官からも、保安二係に対する協力依頼があり、立花課長はその要請に応じる回答をした、とのことでした。違いますか」

梢田も、その尻馬に乗った。

「係長の言うとおりです。自分も、その場に居合わせました。それで、こうして協力している次第です」

サトが、じろりと梢田を見る。

「わたしたちが協力を求めたのは、マカク特捜隊の仕事の邪魔をしないでほしい、という点においてです」

きっぱりと言い、小百合に目を移した。

「五本松巡査部長。あなたがついていながら、この二人に勝手な行動を取らせるとは、どういうことですか。少しは、手綱を引き締めてもらわないとね」

小百合はそれに答えず、下を向いて熱心に爪のささくれを、調べ始めた。

斉木が、咳払いをする。

「保安二係の責任者は、わたしなんですがね、管理官」

サトは、聞こえなかったようなふりをして、駿河に話しかけた。

「先生も先生ですよ。この人たちを見かけたら、けしかけずにむしろ引き留める側に、回ってくださらないと。ともかく、すぐにわたしに、電話していただくべきでした」

一転して、猫なで声になる。

駿河はソフト帽を、目深《まぶか》にかぶり直した。

「あんたは、ふだん警視庁に詰めていると聞いたから、電話しても間に合わんと思ったのさ」

「今日もそうですけど、最近はときどき御茶ノ水署へ顔を出すので、このあたりにいることも、少なくありません。いつでも遠慮なく、お電話してください」

サトの口調が、ますます猫なで声になる。

梢田や斉木と話すときとは、大違いだ。

サトが駿河に示す好意には、ただならぬものがある。

駿河は、わざとらしく腕時計を見た。

「おう、もうこんな時間か。わたしは、ちょっと大学に用事があるので、これで失礼させてもらうよ。山本アンナに、また妙な動きがあったときは、今度こそ牛袋管理官か五本松巡査部長に、連絡します。斉木君と梢田君は、当てにならんからな。失敬」

そう言い残すなり、すたすたと西神田の方へ、歩き去る。

梢田はあっけにとられて、その後ろ姿を見送った。

サトが、咳払いをして梢田の注意を引きもどし、腰に両手を当てて胸をそらす。

斉木と梢田を見比べて、重おもしく言った。

「さて、わたしはこれから五本松巡査部長と、打ち合わせがあります。罰として、あなたたち二人は御茶ノ水署まで、駆け足でもどりなさい」

梢田が口を開く前に、斉木が威勢よく応じる。

「了解」

そのままくるりと向きを変え、さっさと水道橋の方へ走り出した。

梢田は、あわててサトに挨拶し、斉木のあとを追った。

並んで、声をかける。

「おい、どういうつもりだ。ほんとに、駆けて行くつもりか」

「ばかもの。最初の角を曲がって、こっちの姿が見えなくなったら、歩くんだ」

二十分後、二人は御茶ノ水署にたどり着いた。

フロアにはもどらず、道場でトレーナーを脱ぎ捨て、ふだんの服に着替える。

裏階段を使って、一階におりた。

署を出て、御茶ノ水駅前の茗渓《めいけい》通りにある喫茶店〈穂高〉へ行き、線路を見下ろす窓際の席に陣取る。

「おれは、頭にきたぞ。だいたい、あんたが駿河のじじいの言いなりになって、山本アンナに職質をかけたりするから、こんなことになったんだ」

梢田が苦情を言うと、斉木はコーヒーをがぶりと飲んで、眉根を寄せた。

「まあ、そうとんがるな。あのじじいの言うことにも、一理あるような気がするんだ」

梢田は、顎を引いた。

「どこに、一理があるんだ」

「アンナが持ち込んだチワワと、持ち出したチワワとは同じ白い毛でも、微妙に色が違ったように見えた。持ち込んだのは、実際に縫いぐるみだったかもしれん」

「おいおい。遠目にちらりと見たくらいで、ケージの中の犬の違いが分かるか」

「おれはな、おまえの鼻がきかないのと同じくらい、目がいいんだ」

梢田は面食らい、言い返した。

「それを言うなら、おれの鼻がきくのと同じくらい、だろうが」

「外国じゃあ、程度があまりにはなはだしいときは、真逆のことでたとえるんだよ」

梢田はくさり、コーヒーを飲んだ。

「ここは日本だぞ。妙なイタリックはやめろ」

「それを言うなら、レトリックだ」

斉木が、くどく揚げ足をとるので、梢田はうんざりした。

「とにかく、あのじじいには人をたぶらかす、妙な才能がある。あんたが、まんまと口車に乗せられるくらいだから、たいしたもんだ」

斉木は、分別くさい顔をして言った。

「島森ビルにはいるとき、アンナはおれたち三人を見たよな」

「ああ、見た。だからおれは、そっぽを向いた」

「おれも五本松も、同じようにそっぽを向いた。しかし、あそこで三人がばらばらの方向を見たために、アンナもおかしいと思ったかもしれん。それで、急に不安になって覚醒剤を入手せずに、本物のチワワを借りて出た。つじつまが合うだろう」

梢田は、腕を組んだ。

「それじゃまるで、駿河のじじいの言ったとおりじゃないか」

「だから、じじいの言うことにも一理ある、と言ったんだ」

「それなら、アンナは職質をかけられたとき、すなおにケージの中を見せたはずだ。ところが、職質は任意だから無理に見る権利はないとか、ぐずぐず言いやがった。あれは、どういうことだ」

「それが、職質をかけられた一般市民の普通の反応だと、アンナなりに知恵を絞ったんだろう。あるいは、単に気を持たせようとしただけ、かもしれんが」

「しかし、かなり真剣な顔だったぞ」

斉木は下唇をつまみ、むずかしい顔をして言った。

「もしかすると、駿河のじじいが言ったとおり、あの犬の腹に覚醒剤を仕込んでいた、ということかもな」

梢田は、手を振った。

「やめてくれよ。あんたもすっかり、駿河教の信者になっちまったようだぞ。牛袋管理官と、いい勝負じゃないか」

「おれは別に、じじいに惚れたわけじゃない」

斉木がにべもなく言い、梢田は腕組みを解いた。

「管理官は、ほんとにあのじじいに惚れた、と思うか」

「惚れてはいかん、という規則はないだろう。二人とも、独身のはずだからな」

梢田はコーヒーを飲み干し、考えを巡らした。

「あの島森が、自分一人の判断と才覚で覚醒剤の密造、密売に関わっているとは、思えないな。あいつには、そんな大物の風格はない」

斉木も珍しく、すなおにうなずく。

「おれもそう思う。だれか、島森の背後に黒幕がいるに違いない」

「それを確かめる意味でも、島森のやつを四六時中、見張る必要がある。あそこに出入りするのは、山本アンナだけじゃないだろう」

そのとき、梢田の携帯電話がぶるぶる、と震えた。

外でくつろぐときは、連絡がつかないように電源を切っておくのだが、つい忘れてしまった。

表示を見ると、立花信之介だった。

14

新任とはいえ、相手が生活安全課長となれば、出ないわけにいかない。

梢田威は、しぶしぶボタンを押した。

「はい、梢田です」

「立花です。今どちらですか」

立花信之介の、ひときわ元気のいい声が、耳に飛び込んでくる。

「ええと〈穂高〉、じゃなくて御茶ノ水駅前の通りを、署に向かう途中ですが」

「よかった。〈穂高〉を出たら、すぐに署へもどってください。来客があるので」

「分かりました。すぐに出ます。というか、ちょうど〈穂高〉の前を、通りすぎたところです」

「了解」

通話が切れる。

どうやら立花に、すっかり読まれたらしい。

「おぼっちゃまくんか」

問いかける斉木斉に、梢田は首を振った。

「違う。新任の、生活安全課長さまだ」

二人は急いで署へもどり、生活安全課のフロアに上がった。

課長の席に、立花の姿はなかった。

隣の保安一係のブロックから、係長の警部補大西哲也が斉木を露骨に無視し、梢田に声をかけてくる。

「課長は、A会議室に詰めておられる。おまえさんたちがもどったら、すぐに来いとのおおせだ。本部から、来客らしいぞ。せいぜい、お説教を聞いてくるんだな」

相変わらず、いやみたっぷりだ。

斉木は、まるで聞こえなかったようなふりをして、梢田に顎をしゃくった。

「飯に行くぞ」

「ほいきた」

梢田も調子を合わせ、斉木のあとを追ってフロアを出た。

A会議室に向かいながら、斉木に声をかける。

「だれかな、本部から来客ってのは」

「知ったことか」

機嫌が悪い。

A会議室にはいると、テーブルの向こう側に牛袋サトと二人の男、手前に立花と五本松小百合が、すわっていた。

サトも小百合も、早ばやと署にもどったらしい。

サトと並んでいるのは、以前島森ビルで三崎町町会の自警団員を詐称した、警視庁麻薬覚醒剤特捜隊の、二人組の刑事だった。

確か鈴木、田中と名乗った。

あのときはラフな服装だったが、今日は二人ともスーツを着ている。

「どうも」

「その節は」

梢田は、斉木と前後しながら口の中でもごもごと挨拶し、小百合と並びの席に着いた。

サトが口火を切る。

「ご紹介しましょう。こちらが本部マカク特捜隊の、鈴木ヨシヒコ警部補。ヨシは善良の良、ヒコは比べるに古い、と書きます。それから、そちらは同じく特捜隊の、田中タクマ警部補。タクマは、セッサタクマのタクマです」

どっちにしても、梢田には思い出せない字だ。

小百合が横から、そっと名刺を見せてくれる。

田中琢磨、とあった。

自警団員は偽りだったが、ともかく鈴木と田中という名字だけは、ほんとうのようだ。

背の高い方が鈴木、小太りの方が田中、と分かる。

サトは続けた。

「あなたがたは二人とも、鈴木警部補と田中警部補を、知っているわね」

斉木は、愛想よくうなずいた。

「知ってますとも。最後にお会いしたときは、お二人とも三崎町の自警団員の、アルバイトをしておられました」

鈴木良比古はいやな顔をしたが、何も言わなかった。

少し間をおいて、田中琢磨がおもむろに口を開く。

「すでにご承知と思いますが、あれは島森に対する内偵を台なしにされないための、苦肉の策でした。しかし結局、内偵は失敗に終わりました。島森は、あのあとガードを固めてしまい、少なくとも当面は密造工場の計画を、中止したようだ。やむなく、わたしら特捜隊も島森の監視を、しばらくストップすることにしました。むろん、島森が警戒を解くころを見計らって、監視を再開する予定でした。ところが、またあなたたちがよけいな手出しをして、わたしらの計画をぶち壊しちまった。いったい、どういうつもりなんですか」

かなり頭にきたという口調だが、声だけは抑えられている。

梢田は、斉木がどう答えるか興味津々で、横顔をちらりと見た。

斉木は、まったく動じる様子もなく、淡々と応じた。

「もし、御茶ノ水署の管内で内偵を進めるつもりなら、最初の段階で生活安全課にその旨通告するとか、前任の松平課長には、挨拶をしていただきませんとね」

「ほう。少なくとも、わたしは聞いていませんよ。保安一係の大西係長も、おそらく聞いてないでしょう。彼は物分かりの悪いやつだから、こんな話を聞いたら荒れ狂いますよ。なんなら、ここへ呼びましょうか」

サトが、割ってはいる。

「まあまあ、落ち着いて。わたしは一応、新任課長の立花警部に話を通しておいた、と承知していますが」

立花は、サトの方に身を乗り出した。

上背のある体が、デスクにかぶさる。

サトは、驚いたように体ごと椅子を引いて、立花を見上げた。

立花が、はきはきと言う。

「確かに、お話はうかがいました。しかし、そのときわたしはまだ御茶ノ水署に、着任していませんでした。それに管理官からは、五本松巡査部長の力を借りたいので、了解してほしいと言われただけです。業務の中身については、説明がありませんでした」

サトが、ちょっとたじろぐ。

「それは、極秘を要する事項だったからです」

小百合も、言葉を添えた。

「五本松も、管理官から口止めされたため、ご報告できませんでした」

それは、極秘の任務だということを強調するためではなく、斉木や梢田に黙っていたことに対する、弁解のように聞こえた。

梢田は、小百合が珍しくサトに反発する気配を感じて、ちょっと驚いた。

立花が、押しかぶせるように言う。

「着任の前に、牛袋管理官の協力要請にOKを出したのは、わたしの判断ミスだったかもしれません。どちらにせよ、五本松巡査部長を個人的に協力させるのは、好ましくないと思います。そのため、保安二係全員でマカク特捜隊に協力するよう、指示したわけです。わたしは、麻薬覚醒剤事犯の取り締まりや摘発を、保安一係だけに任せておくつもりはありません。保安二係にも、同様の成果を挙げてもらいたい。その方針を容《い》れてくださるなら、今後も特捜隊の極秘任務に協力するよう、二係に指示しましょう。ただし、捜査方針等をすべて共有する、という条件つきです。さもないと、また今回のようなトラブルが、発生します。いかがですか」

梢田は、立花の長広舌《ちょうこうぜつ》にほとんど呆然《ぼうぜん》として、斉木と小百合の様子をうかがった。

斉木も、さすがに毒気を抜かれた体《てい》で、口をつぐんだままだ。

小百合は、徒競走で一等賞をもらったように頰を赤くし、目をきらきらさせている。

だれしも、立花がサトを相手にそのような、堂々たる論陣を張るなどとは、思っていなかったに違いない。

田中が、気まずい沈黙を破るように、口を開く。

「そういうことでしたら、当方から御茶ノ水署に協力を要請するかどうか、もう一度検討させてもらいます。これまでの苦労が、水の泡になるといけませんのでね」

それを合図のように、鈴木が立ち上がった。

田中とサトも、席を立つ。

「それでは、これで失礼」

鈴木が言い、三人はそそくさと戸口へ向かった。

立花をはじめ、だれも三人を見送らなかった。

四人だけになると、斉木が妙にはずんだ声で言った。

「課長。なかなか、いい演説でしたよ」

梢田も小百合も、同感だとばかりにうなずく。

立花は、照れたように頭を掻いた。

「いや。ちょっと、かっこよすぎましたかね」

「とんでもない。おかげで自分たちも、救われました」

梢田が言うと、小百合もそれに続いた。

「五本松もです。島森の一件は、わたしたちが引き継ぎましょう。マカク特捜隊の、鼻を明かしてやろうじゃないですか」

むろん梢田に、異存はなかった。

15

着信音が鳴る。

梢田威は携帯電話を取り出し、相手を確かめた。

生活安全課長の、立花信之介だった。すぐに、通話ボタンを押した。

「はい、梢田です」

立花が、急き込んだ口調で言う。

「今、マカクの二人の刑事を、つけてるところです。二人は、山本アンナを尾行しています。梢田さんの現在地は、どちらですか」

梢田は頭が混乱して、携帯電話を握り締めた。

マカクの二人といえば、例の麻薬覚醒剤特捜隊の鈴木良比古、田中琢磨の両警部補に違いない。

しかし、山本アンナを尾行するマカクの刑事を、なぜ立花がつけているのか。

咳払いをして言う。

「ええと、こちらはですね、御茶ノ水タワービルです。ビルの保安担当者と、防犯上の諸問題について、打ち合わせをしているところですが」

「すみませんが、その続きはあと回しにして、すぐにこちらへ合流してもらえませんか」

「こちら、とおっしゃいますと」

「神保町方面です。マカクの二人は、明央大学のメインタワーからアンナをつけ始めて、南側の富士見坂をくだりつつあります。行く先が分かったら、もう一度電話します」

立花は、押し殺した声でそう言い、通話を切った。

梢田は携帯電話を閉じ、向かいにすわる斉木斉を見た。

「新任課長どののお呼びだ。早く食っちまえ」

斉木は、三分の一ほど残っていたサバランを、一口に頬張った。

もぐもぐやりながら言う。

「なんの用だって」

梢田は、ショートケーキの皿に、手を伸ばした。

「例のマカクの二人組が、山本アンナを明央大学から尾行して、神保町方面へ向かう途中だそうだ。それをまた、課長がつけてるらしい」

斉木が、眉をくもらせる。

「マカクの連中、今度は島森のペット・クリニックに出入りする、アンナを見張ろうというわけか」

「らしいな。牛袋管理官に、知恵をつけられたんだろう」

「アンナに目をつけたのは、おれたちの方が先だ。横取りされてたまるか。行くぞ」

そう言うなり、斉木は席を立った。

梢田は、食べ残したショートケーキを置き、あわてて伝票を取った。

「おい、勘定」

「おまえが払っとけ。あとで清算する」

言い捨てて、斉木は出口へ向かった。

くそ、と毒づいて、梢田はあとを追った。三度に一度は払わされる上に、清算などしてもらったためしがない。

洋菓子喫茶〈近江屋《おうみや》〉を出た二人は、淡路町の交差点へ急いだ。

都営地下鉄の、小川町《おがわまち》駅の入り口へ向かおうとする斉木を、梢田は急いで引き止めた。

「おい。地下鉄に乗ったら、ケータイがつながらない恐れがある。神保町まで、たった一駅だ。歩いて行こうぜ」

「歩くには、遠すぎる。電車の方が早い」

「だったら、走ればいいだろう」

「走りたきゃ、おまえだけ走れ」

行きかける斉木に、梢田は思い切って言った。

「いっそ、タクシーに乗ろうぜ。行くのが遅れて、課長を怒らせたくないからな」

斉木は足を止め、梢田を見返った。

「そんなに、おぼっちゃまくんが怖いか」

梢田は、たじろいだ。

「別に怖くはないが、ともかく上司だからな」

斉木は鼻で笑い、それから小ずるく目を光らせた。

「タクシー代は、おまえがもつんだろうな」

「一時、立て替えておくよ。あとで精算すりゃいい」

「おれは、ハンコを押さんぞ。乗りたいと言ったのは、おまえだからな」

言い返そうとしたとき、携帯電話が鳴った。

「はい、梢田です」

「これから神保町の交差点を渡って、九段下《くだんした》の方へ向かうところです。今、どこですか」

立花だ。

「車を拾うところです。五分で、その界隈に行けます」

そのときには、斉木はもうタクシーを呼び止めていた。

梢田も、斉木のあとから乗り込み、携帯電話で報告した。

「ただ今、搭乗しました」

斉木が、頭をこづいてくる。

「このやろう、飛行機に乗ったつもりか」

「またかけます」

立花はそう言って、通話を切った。

「交差点を右折して、神保町へ行ってくれ」

斉木が言うと、運転手は仏頂面を振り向かせ、苦情を言った。

「勘弁してくださいよ。こんな風に、交差点の左折車線で停められたら、急に右折なんかできっこない。このまま一度左折して、どこかでUターンしないと」

斉木は、警察手帳を開いて見せた。

「御茶ノ水警察だ。つべこべ言わずに、右折しろ」

運転手は首をすくめ、左折車線から無理やり斜めに車を動かして、右折車線に割り込んだ。

周囲から、激しくクラクションを浴びせられる。

斉木は、窓から警察手帳を振りかざして、それを沈黙させた。

車が靖国通りを走り出すと、また携帯電話が鳴った。

「はい、梢田です。ただ今、靖国通りを走っています。どうぞ」

うっかり、トランシーバーと混同してしまう。

「アンナは、さくら通りに回りました」

立花が、急に女の声を出したので、ぎょっとする。

すぐに、五本松小百合の声だ、と気づいた。

「ご、五本松。課長と、一緒だったのか」

「はい。アンナをマカクがつけて、五本松がマカクの二人をつけて、課長はいちばん後ろにいます」

「どういうことだ、いったい」

「課長は背が高いので、すぐ後ろでは分かってしまいます。五本松なら、目立ちませんから」

目立たないといっても、小百合は御茶ノ水署で鈴木、田中の両刑事と、顔を合わせている。

あまり近づけば、気づかれる恐れがある。

「なるべく、そばに寄らないようにしろ。それより」

言いかける梢田を、小百合が突然さえぎる。

「待って。アンナが、どこかの建物にはいりました。〈大丸焼き〉のお店の、斜め前あたりのビルですけど。あれは確か、アルファスペースという、レンタルボックスの店だわ」

〈大丸焼き〉は、どら焼きに似た神保町の名菓だが、アルファスペースの方は知らない。

「レンタルボックスってなんだ」

「今、説明している暇は、ありません。とにかく、来てください。神保町交差点から、靖国通りを九段下へ向かって、二本目を左にはいったところです。さくら通りと交差する、角のビルの下にいます」

「分かった」

五分後、神保町の交差点を渡って二本目の横町で、タクシーを捨てた。

さくら通りに向かうと、角の吹き抜けになったビルの柱に隠れて立つ、立花の後ろ姿があった。

その十字路の向かいは、先日駿河博士が島森誠三から路上禁煙の罰金、と称して金を巻き上げた場所だ。

立花は長身を斜めに傾け、さくら通りをのぞき込んでいる。

「課長。五本松は」

斉木が声をかけると、立花は振り向いた。

「どうも。さくら通りの、向こうの出口に先回りしました。アンナは、まだレンタルボックスから、出て来ません。マカクの二人は、店の向こう側とこちら側で、ぶらぶらしてます」

梢田は、あたりを見回した。

また、どこかから駿河が現れるのではないか、と落ち着かない気分になる。

つい先日も、駿河は山本アンナをつけて島森ビルの前に姿を現し、よけいな口出しをした。おかげで、とんだ恥をかかされた。

まったく、疫病神《やくびょうがみ》もいいところだ。

とりあえず、その近辺にいそうな気配はないので、ほっとする。

立花が左手を上げ、合図した。

「アンナが、出て来ました。さくら通りの、出口の方へ向かっています」

斉木も梢田も、角から首を突き出した。

ピンクのブラウスに、細身のジーンズをはいたアンナが足早に、専大《せんだい》通りの方へ向かうのが見えた。

肩にかけた、ベージュの大きめのトートバッグが、リズミカルに揺れる。

マカクの二人のうち、店の向こう側にいた小太りの田中が、アンナをさりげなくやり過ごしてから、あとを追い始めた。

小百合の姿は見えないが、どこかで待機しているに違いない。

手前にいた長身の鈴木は、アンナを追う田中の後ろ姿を見送る格好で、アンナが出て来た建物に、近づいて行く。

どうやら、鈴木はアンナの尾行を田中に任せて、自分はレンタルボックスを調べるらしい。

立花が言った。

「アンナたち二人は五本松巡査部長に任せて、あのレンタルボックスをチェックしましょう。マカクの連中に、管内を荒らされたくないですからね」

「了解」

斉木は、梢田と同時にそう返事をしてから、ばつが悪そうに咳払いをする。

立花はいっこう無頓着に、さっさとさくら通りにはいった。

斉木と梢田も、あわててあとに続く。

五秒と歩かないうちに、鈴木の姿が建物の中に消えた。

立花は急ぐでもなく、先に立って歩いた。

歩幅が大きいために、ゆったりした動きのわりにスピードが速く、斉木も梢田も小走りになる。

目指す建物の一階に、白地のボードに赤い塗料のグラフィック文字で、〈レンタルボックス・アルファスペース〉と書かれた、ガラス張りの小さな店舗があった。

中をのぞくと、縦横に何段にも積み重ねられた、四十センチ四方くらいの白いボックスが、目にはいった。

どのボックスにも色とりどり、大きさもまちまちな小物が雑然と、並べられている。

奥のカウンターに、一人でコンピュータと取り組む、坊主頭の若者の姿があった。

黒のTシャツを着た、見た目は体育会系らしい若者だ。

客は一人しかおらず、それが鈴木だった。

鈴木は、いかにも何か掘り出し物はないかという風情で、あちこちボックスをのぞき込んでいる。

立花は躊躇なく、ガラスドアを押して中にはいった。

斉木は、しかたないなという顔をしてみせ、梢田に顎をしゃくる。

一緒に、店の中にはいった。

16

なにげなく振り向いた鈴木良比古が、驚いた顔で三人を順に見比べる。

とっさには、言葉も出ないようだ。

立花信之介が、からかうように言う。

「こんなところで、お買い物ですか」

鈴木は顔を赤らめ、唇を引き結んだ。

硬い声で応じる。

「われわれのあとを、追って来たんですか」

「いいえ。アンナのあとを、追って来ましてね。あなたがたお二人が、勝手に割り込んだだけです」

立花の説明に、鈴木はちらりとカウンターの若者を見返り、声を低めて言った。

「われわれの邪魔を、しないでくれませんかね。牛袋管理官から、そのように言われてるでしょう」

牛袋サトの名前を出されて、梢田威はちょっとひるんだ。

一方立花は、気にする様子もない。

「ここは、御茶ノ水署の管内ですよ。勝手に、縄張りを荒らさないでいただけませんか」

年長の刑事に対して、口のきき方はいかにも丁重だが、一歩も引かない物言いだ。

立花の対応に、斉木斉がいかにも感心したというように、唇をとがらせる。

梢田も、口笛を吹くまねをした。

鈴木の顔がゆっくりと、しかしみごとに赤くなった。

「わたしたちは本部の捜査員として、所轄署の担当をリードする立場にあります。よけいな口出しは、控えてもらいましょう」

斉木が割り込む。

「そんな、偉そうな口をきいていいのか、鈴木警部補。立花警部は、いつなんどきあんたの上司になるかもしれれぬ、れっきとしたキャリアの警察官であらせられる。その警部にたてつくのは、自分の首を絞めるのと一緒だぞ」

鈴木は、ぐっと詰まった。

梢田は、立花が斉木をたしなめるだろうと思ったが、あてがはずれた。

立花は、まさにそのとおりと言わぬばかりに、黙ってうなずいたのだ。

唇をちろりとなめて、鈴木が応じる。

「それでは、共同で捜査に当たろうじゃありませんか」

立花は、機嫌のいいときのゲイリー・クーパーのように、おおげさに肩をすくめた。

「いいですね。お手並みを拝見しましょう」

鈴木が、カウンターを振り向く。

カウンターの若者は、コンピュータから目を上げた。

それまでの、立花たちのやりとりを逐一聞いていたらしく、顔に緊張の色がある。

鈴木は、警察手帳を開いて若者に示し、無愛想に言った。

「警視庁の者です。ちょっと、聞きたいことがあるんですがね。あなたの名前は」

若者は立ち上がり、ごくりと喉を動かした。

「吉野です」

「それじゃ、吉野さん。ついさっき、この店にハーフのようにエキゾチックな、背の高い娘が来ましたよね」

「あ、はい」

「彼女は、よく来るのかね」

「よくというか、最近ごくたまに、ですけど」

「何か、買っていきましたか」

「あ、はい。ええと、犬の縫いぐるみを、買っていきました」

梢田と斉木は、顔を見合わせた。

「どのボックスから、買ったんですか」

鈴木の問いに、吉野と名乗った若者はあまり気の進まない手つきで、すぐ左の壁を示した。

「そこの、Aの3番ボックスです」

ずらりと並ぶボックスは、上からABCDの縦四段に分かれており、横にそれぞれ1から5まで、番号が振ってある。

同じく、右側の壁にもEFGHの縦四段が、横に五列並んでいる。

左右合わせて、トータル四十個のレンタルボックス、という勘定になる。

ボックスの中には、革製品やガラス細工、ビーズ細工、ポーチやアクセサリーなど、さまざまな小物が雑然と、展示されている。

どうやら、素人が趣味や手芸教室などで作った手作り品を、このレンタルボックスで売るらしい。

壁に、ボックスの使用料金表が、貼ってある。

分譲マンションのように、ボックスの段によって値段が異なる。

いちばん上は月額三千円、二段目と三段目は五千円、いちばん下は四千円となっている。

手数料は、梱包《こんぽう》代という名目で、一律一〇パーセント。

見たところ、それほど高額の展示品はなさそうだから、一〇パーセントではたいした儲《もう》けにならないだろう。

場所代をまかなえるかどうかも、怪しいものだ。

鈴木が、A3のボックスに近づいて、中をあらためる。

梢田たちも、鈴木の後ろからのぞき込んだ。

出品者の趣味なのか、並んでいるのは種々雑多な動物の、縫いぐるみばかりだった。

布や、明らかにフェイクの革で作られたパンダ、猫、兎《うさぎ》、狸《たぬき》、鹿、象、熊などが、柵《さく》のない動物園さながらに、ぎっしりと並んでいる。

梢田は、それらの動物につけられた値札を見て、少し驚いた。

やけに、価格が高い。

大きさによって、一万五千円から三万円程度まで値段はまちまちだが、抜きん出て高い値づけだった。

ほかのボックスは、高くても一万円どまりなのだ。

鈴木は、吉野を見返った。

「彼女が買った犬の縫いぐるみは、いくらしたんですか」

吉野は、ちょっと言い渋る気配を見せてから、口を開いた。

「ええと、五万円です」

「五万。ずいぶん、高い縫いぐるみだな。そもそも、このボックスのものは見た目のわりに、全部値が高いね」

鈴木の指摘に、吉野は困ったような顔をした。

「それは、出品者がつける値段なんで、うちに言われても」

梢田は縫いぐるみに、目を近づけた。

それほど、値の張る材料を使っている、とは思えない。出来も特別、いいようには見えない。

これでは、めったに買う者はいないだろう。

しかしアンナは、それを買ったのだ。

鈴木が、疑わしげに聞く。

「こんな値段で、売れるのかね」

「は。いや、そんなには、売れませんけど」

斉木が、突然割り込んだ。

「ここで縫いぐるみを買うのは、さっきの女だけじゃないのか」

「あ、はい。いえ、ええと、別に、そんなこともないですけど」

吉野は顎を引いて、しどろもどろに言った。

「このボックスの出品者は、どこのだれだ」

斉木に突っ込まれて、吉野が忙《せわ》しく瞬きする。

「ええと、それはちょっと、教えられないんですけど」

「しゃれたことを言うんじゃない。警察に協力できない理由でもあるのか」

斉木が畳みかけると、吉野は一転してふてくされたように、上目遣いになった。

「そんなこと言われても、最近は個人情報、個人情報とうるさいですからね。いくら警察のかたでも、それだけは勘弁してください」

立花が口を開く。

「あなたは、ここの経営者ですか」

吉野は、首を振った。

「違います。ぼくは、ただのアルバイトです」

「それじゃ、経営者の名前と連絡先を、教えてもらいましょうか」

立花の口ぶりは穏やかだが、うむを言わせぬ響きがあった。

吉野はひるんだように、目を伏せた。

「家主さんに聞いてくれませんか。このビルの二階の、水戸部《みとべ》不動産というのが家主なので」

そう言って、立てた親指で上を示す。

「もちろん、家主に聞いてもいいんだけど、今あなたが教えてくれたら、時間の節約になる。それに、あなたの心証もよくなりますよ」

立花の説得に、吉野は首をかしげて少し考えた。

肚を決めたように言う。

「えっと、ぼくからじゃなくて、家主さんから聞いた、ということにしてもらえれば」

「いいですとも」

立花が請け合うと、吉野はすぐに言った。

「靖国通りの、西沢書店という古書店の、店主です。名前は、西沢一郎といいます」

「西沢一郎」

立花はおうむ返しに言い、斉木に目を向けた。

斉木は、その古書店を知っているらしく、小さくうなずいた。

梢田はさりげなく、ボックスから縫いぐるみの猫を、取り出した。

三毛猫の縫いぐるみで、しっぽを別にすれば全長二十センチほどの、小さなものだ。

腹を返すと、縫い目があった。

軽く押さえてみる。

中に、何か詰め物がしてあるような手ざわりだが、はっきりとは分からない。

主導権を奪われていた鈴木が、失地回復とばかり吉野に言った。

「この縫いぐるみを全部、任意提出してもらえませんかね。預かり証は書くから」

吉野がまた、困惑した顔になる。

「それは、やはり西沢さんか島森さんに、聞いてもらわないと」

梢田は、ぎくりとした。

思わず、横から口を出す。

「今、なんと言った。島森、と言わなかったか」

一瞬、吉野がしまった、という顔をする。

それから、観念したように肩を落とし、うつむいた。

「ええ、言いました。そのボックスの借り主は、島森さんという名前なんです」

鈴木が、様子をうかがうように斉木と梢田の顔を、交互に見る。

梢田はそれを無視して、吉野に視線を据えた。

「フルネームは、島森誠三か」

吉野は、梢田を見返した。

「ええ。水道橋の近くで、ペット・クリニックをやってる人です。ご存じですか」

「ああ、よく知ってるとも。いつも芳香剤のにおいを、ぷんぷんさせている男だ」

吉野が笑う。

「そうそう、その人ですよ。間違いありません」

梢田は斉木と目を見交わし、小さくうなずき合った。

鈴木が、吉野の方に身を乗り出す。

「もう一度言う。そのボックスの中の縫いぐるみを、全部任意提出してもらいたい」

吉野はたじたじとなったが、それでも引かなかった。

「ですから、西沢さんか島森さんの了解がないと、できないんです」

二人がやり合っているすきに、立花は梢田の肘をつついた。

梢田が目を向けると、立花は親指を動かして店の外を示し、右手を耳に当てるしぐさをしたあと、ゴホンと咳をしてみせた。

梢田は、外へ出てゴホン松に電話しろ、という合図だと理解した。

小百合に何を言うべきかは、分かっているつもりだ。

さくら通りに出て、小百合の携帯電話にかける。

「梢田だ。今、アルファスペースにいる。そっちは」

「少し前に、山本アンナが〈きっさこ〉にはいったので、見張っているところです」

「田中警部補は」

「少し離れたところにいます。わたしは、警部補を一度やり過ごしてから、アンナの尾行を続けました。アンナは、専大通りから靖国通りをまっすぐ渡って、〈きっさこ〉にはいったんです」

小百合が言う〈きっさこ〉は、神田神保町二丁目の偶数番地区域にある、古い喫茶店だ。

以前は〈李白《りはく》〉という名前だったが、経営者が郊外の方へ引っ込んだために、新しい店に替わったのだった。

「アンナはアルファスペースで、犬の縫いぐるみを買った。たぶん、バッグの中にはいっている、と思う」

「犬の縫いぐるみですか」

声が緊張する。

「そうだ。しかも、それが置いてあったレンタルボックスは、例の島森誠三が借りたものだ、と分かった。となれば、縫いぐるみの中に何かが仕込んである、と考えてもいいんじゃないか」

小百合は、少し間をおいた。

「さあ、それはどうでしょうか。このあいだのこともありますし、うかつに職質はかけられませんよね」

消極的な口調だ。

「確かに、むずかしいところだ。アンナが、ただコーヒーを飲みたくなって、〈きっさこ〉にはいっただけなら、別にあわてることはない。しかし尾行に気づいて、ブツをトイレに流す気になったとしたら、もう手遅れだぞ」

「そうですね。あ、たった今、アンナが出て来ました。またあとで、電話します」

小百合はそのまま、通話を切ってしまった。

梢田は、店内にもどった。

鈴木と吉野が、まだやり合っている。

「どうしても任意提出しないなら、押収令状を取ってくるぞ。それでもいいのか」

「そうしてください。それだったら、文句は言いませんから」

吉野は、もう脅しにも乗らない様子で、ふてくされてしまった。

鈴木は、それ以上突っ込むこともできずに、口をつぐんだ。

斉木が、おもむろに言う。

「島森の電話番号を、教えてくれ」

急に風向きが変わって、吉野はとまどったようだった。

「ケータイしか、聞いてませんけど」

「それでいい」

斉木は携帯電話を取り出し、吉野が告げる番号を押した。

しかし、梢田がこっそり後ろからのぞいたかぎりでは、押した番号はめちゃくちゃだった。

押し終わると、斉木は携帯電話を耳に当てた。

「ああ、島森先生。わたしは、以前お目にかかった御茶ノ水警察署の、斉木といいます。その節はどうも。実は、先生が借りておられるレンタルボックス、そう、アルファスペースのボックスの展示品を、一両日貸してもらえませんか。署の女性職員が、縫いぐるみを作ってチャリティに出す、というので参考にしたいんですよ。ええ、そうです。今、店の若者に代わりますから、ＯＫを出してください」

そう言って、携帯電話を吉野に突きつける。

「島森と話をしろ」

吉野は、あわててそれを受け取り、耳につけた。

「もしもし。吉野ですが。もしもし」

それから、納得のいかない顔で、携帯電話を見直す。

「おかしいな。切れてますよ」

「もたもたするからだ」

斉木は、携帯電話を引ったくって、ポケットにしまった。

あからさまな一人芝居に、梢田は笑いを嚙み殺すのに苦労した。

斉木は、レジの脇にある大きなビニール袋を取り、ボックスに並ぶ縫いぐるみをどさどさと、無造作に袋に落とし込んだ。

吉野が、あわてて言う。

「ちょ、ちょっと待ってください。島森さんが」

「島森は今の電話で、確かにOKした。もたもたした、おまえが悪いんだよ」

「そう言われても」

「この縫いぐるみは、御茶ノ水署で預かる。明日には、返してやる。何もなければな」

それを聞いて、今度は鈴木があわてる。

「待ってくれ。それはマカクの方で、預からせてもらう」

斉木は、ビニール袋の口をひねって締め、サンタクロースのように肩にかついだ。

「あいにくだが、これはおれが任意提出を受けた、証拠物件だ。マカクには、渡せんよ」

「しかし、今の電話だけで島森が任意提出に同意した、とは証明できないだろう。ともかく、ちゃんとした手続きを踏まないと、裁判所で証拠能力を否定されるぞ」

それに勢いを得たように、吉野までが口を出す。

「そうですよ、ぼくは島森さんのOKを、聞いてませんからね。なんでしたら、ぼくの方からかけて、もう一度ほんとにOKかどうか、確かめますよ」

斉木は、鈴木に食ってかかった。

「よけいな口出しをするな。せっかくの物証を、捨てていけというのか」

鈴木は三秒ほど考え、くるりと吉野の方に向き直った。

「勘定をしてくれ。この縫いぐるみを、全部買うことにする」

一瞬、店内がしんとなる。

だれもが、ポストのように固まった。

鈴木は肩を上下させ、嚙みつくように吉野に言った。

「早くしろ。金を払って買うなら、文句はあるまい。ただし、何かのときはこの縫いぐるみが、確かに島森のボックスの展示品だった、と証言してもらうぞ」

吉野は、その見幕に驚いたように、上体をのけぞらした。

「あ、はい」

鈴木は財布を取り出し、クレジットカードをカウンターに置いた。

「これで頼む」

吉野は、恐るおそるカードを取り上げ、ほっとしたように頬を緩ませた。

「よかった。ここで扱えるのは、このカードだけなんです」

鈴木は、斉木の肩からビニールの袋を奪い取り、中身をカウンターの上にぶちまけた。

吉野が、一つひとつ値札を確認しながら、レジに金額を打ち込んでいく。

おそらく、二十万円を超えるだろう。

それを見ていた立花が、斉木と梢田に声をかける。

「さあ、行きましょう。わたしたちの、負けらしい」

そのまま、大股に店を出て行った。

17

立花信之介を先頭に、さくら通りを白山通りの方へ向かう。

梢田威は、斉木斉に聞いた。

「マカクってのは、そんなに裏金をため込んでるのか。いくらなんでも、あれだけの金額の縫いぐるみを、ポケットマネーで買うとは思えないからな」

　鈴木良比古は、自前らしいクレジットカードで払ったが、むろんあとで精算するに違いない。

「あんなのは、はったりに決まってるさ。カードをなくしたことにして、使用差し止めの手続きをすれば、それでおしまいよ」

　斉木の返事に、立花が振り向く。

「まあ、縫いぐるみから覚醒剤が出てきたら、そんな手続きは必要ないでしょう。金は簡単に、回収できます」

　斉木は、くすくすと笑った。

「ブツなんか、出てきっこないさ」

　立花も笑う。

「ぼくも、というかわたしも、そう思います。マカクの鼻を、明かしてやりましたね」

　梢田は、斉木をつついた。

「おい、どういうことだ。あんただって、さっきは違法を承知であの縫いぐるみを、そっくり押収しようとしたじゃないか」

「あれは、鈴木のやつを引っかけるための、お芝居だよ。あいつだって、縫いぐるみの中にブツが仕込んであると、本気で疑ってたわけじゃないさ。可能性があるとしても、せいぜい数パーセントくらいに、思っていただろう。そこへ、おれが無理やり押収しようとしたものだから、あいつはあせりまくった。それで、にわかに可能性が八〇パーセントくらいに、はね上がったんだ。まったく、お気の毒さまとしか、言いようがないな」

梢田は苦笑したが、まだ納得しきれないものがあった。

「あんな安っぽい縫いぐるみに、とんでもない高値をつけてるってことは、ブツが仕込んである証拠じゃないのか」

「いや、それはないだろう。仕込んであるとしても、そいつはおそらくアンナがいつも買う、犬の縫いぐるみだけだ。安値をつけると、何かの拍子にどこかの物好きの客に、買われちまう恐れがあるからな。といって、犬の縫いぐるみにだけ高い値をつけると、目立って変に思われる。だから、どの縫いぐるみにも同じように、高値をつけたに違いない。別に、売れなくてもいいんだからな」

なるほど、筋が通っている。

白山通りを渡って、すずらん通りにはいった。

立花が、また振り向く。

「五本松巡査部長は、どうしましたか」

「アンナを尾行する、田中警部補のあとを追っています。途中、〈きっさこ〉という喫茶店に立ち寄ったあと、またどこかへ向かっているはずです。どうしますか。アンナに、職質をかけさせますか」

梢田の問いに、立花は軽く肩をすくめた。

「なりゆきで、巡査部長に任せましょう。彼女の判断に、間違いはないと思います」

梢田は、斉木に目をもどした。

「おれにも、読めてきたぞ。島森のやつ、こないだの職質のことをアンナから聞いて、ペット・クリニックに出入りさせるのは危険だ、と判断したに違いない。そこで、新たにレンタルボックスを借りて、そこを取引の拠点にすることにした、というわけだ」

「うむ。展示品の中に、ブツを仕込んだ犬の縫いぐるみを入れておいて、それをアンナに買わせるという寸法だろう。手数料を引かれても、その分上乗せすれば、同じことだからな」

東京堂の前に差しかかる。

そのとき、梢田の携帯電話が鳴った。

五本松小百合からだ。

「どうした」

「今、明央大学のメインタワーの前の、広場にいます。アンナはベンチにすわって、文庫本を読み始めました」

「田中警部補は」

「タワー正面の柱の陰から、アンナを見張っています。今日はなぜか、人がたくさん広場に出ているので、わたしも見張りがしやすいわ」

「よし。おれたちも、すぐに行く。アンナがだれかと接触したら、そいつから目を離すんじゃないぞ。もし、田中がちょっかいを出そうとしたら、すぐに邪魔をしろ。縄張りを、荒らされたくないからな」

「了解。そちらは、どうですか」

「それは、あとで話す。今、東京堂の前だから、五分以内にそっちに行ける」

電話を切って、立花と斉木に報告する。

すずらん通りから、靖国通りへ出た。

通りを渡り、富士見坂から明大通りへ抜けて、明央大学に向かう。

急ぎ足で、御茶ノ水駅につながる坂をのぼって行くと、すぐ左側に高だかとそびえる、大学のメインタワーが見えた。

タワーの前は、タイルの敷かれた広場になっており、かなり広い。

梢田たち三人は、歩道の端に立つ街路樹の陰から、広場の様子をうかがった。

ふだんは、それほど人の数が多くないのに、歩道との境目に置かれたベンチは、学生たちでほぼ埋まっている。

催し物でもあったのか、広場のあちこちに人の輪が見られる。

斉木が、広場の一角を指さした。

「アンナは、あそこにいるぞ」

梢田はその指先を、目で追った。

歩道に近いベンチの一つに、山本アンナが紺のシャツを着た若者と並んで、すわっているのが見えた。

アンナは文庫本を読み、若者は膝に抱えた赤いバックパックの上で、携帯電話を操作している。

「あの若造は、なんだろう。アンナの、友だちかな」

梢田が言うと、立花は首を振った。

「違うでしょう。友だちや知り合いなら、もう少しくっついてすわりますよ。あいだが、あきすぎてます」

背伸びをして、じっとベンチの方を眺めていた斉木が、口を開く。

「ブツの、取引相手かもしれませんよ。アンナは、トートバッグをいかにもさりげなく、二人のあいだに置いている。あの若造が、妙な動きをしないかどうか、よく見ていましょう」

立花はうなずき、梢田にささやいた。

「ところで、五本松巡査部長と田中警部補は、どこにいますかね」

梢田は、あたりに目を配った。

小百合の姿は見当たらないが、どこかに紛れていることは間違いない。

田中琢磨の方は、すぐに見つかった。

タワーの入り口の、角張った円柱の陰でたばこを吸いながら、アンナの方に視線を据えている。

「巡査部長は分かりませんが、警部補はあの柱の陰にいます。あの男、千代田区が路上喫煙禁止地区だってことを、忘れてるらしい。過料を取り立ててやりましょうか」

梢田が言うと、立花は人差し指を立てて振った。

「この広場は、明央大学の敷地内ですから、路上じゃないですよ」

「それにしたって、あそこは禁煙ゾーンでしょうが。灰皿も置いてないし」

ぶつぶつ言って、もう一度広場の中を見渡す。

人が多すぎて、やはり小百合がどこにいるのか、分からない。

斉木が急に、肘をつついてくる。

「おい、見ろ」

あわてて、ベンチに目をもどす。

例の若者が、携帯電話をシャツのポケットにしまい、バックパックのファスナーを開いた。

腕が微妙に動き、何か白いものを中にしまい込むのが、ちらりと見える。

「おい、今のは縫いぐるみじゃないか」

梢田が言ったとき、立花が肩に手をかけた。

「梢田さん、田中警部補が」

見ると、柱の陰から出た田中がたばこを投げ捨て、ベンチに向かって駆け寄る姿が、目にはいった。

「あいつを止めろ」

斉木がどなり、梢田は反射的に広場に飛び込んだ。

田中に向かって、まっしぐらに突進する。

靴音に気づいたらしく、若者はバックパックを小脇に抱えるなり、ベンチから歩道に飛び出した。

御茶ノ水駅の方へ、一目散に走り出す。

梢田は、あとを追いかけようとする田中の腕を、横合いからがっきとつかんだ。

田中を引きもどし、わざと厳しい声で言う。

「警部補。禁煙の構内でたばこを吸った上に、吸い殻の投げ捨てはいけませんよ」

田中は、崩れた体勢をなんとか立て直し、梢田を見上げた。

顔を赤くしてどなる。

「邪魔するな。手を離せ」

しかし、梢田は腕をつかんだ手を離さず、むしろ力を込めた。

「市民の模範たるべき警察官が、エチケットを守らないのはまずいですよ、警部補」

田中は顔をしかめ、しきりにもがいた。

梢田が、なおも力を入れて指を食い込ませると、田中は苦痛の声を漏らした。

ようやくあきらめ、坂を駆けのぼって行く若者を見送りながら、舌打ちする。

田中は、梢田を険しい目で睨みつけた。

「よくも、邪魔してくれたな。現行犯で、逮捕できたのに」

周囲の耳目を気にしたのか、無理に声を抑えつけている。

「現行犯。なんですか、それって」

「とぼけるな。あんたも見ただろう、この広場にいたとすればな」

「いたも何も、ここは御茶ノ水署の管内ですから、毎日のように通ってますよ。しかし今日は、何も見てませんね。いつもより、学生の数が多いなとは思ったけど」

斉木と立花が、そばにやって来る。

アンナの姿は、いつの間にかベンチから、消えていた。

立花が、とぼけた顔で聞く。

「これはこれは、田中警部補。こんなところで、何をしてらっしゃるんですか」

田中は、ようやく梢田の手を振り放し、立花に食ってかかった。

「立花警部。これは、どういうことですか。われわれの仕事を、手伝ってくれるはずじゃなかったんですか、このあいだの話し合いで」

「もちろんです。いくらでも、協力させてもらいますよ」

「だったら、なぜ邪魔をしたんですか。梢田君が止めさえしなければ、わたしはあの学生を取っつかまえて、動かぬ証拠を押さえられたのに」

「このあたりにいるのは、だいたい学生ですよ。どの学生ですか」

「山本アンナと、ベンチにすわっていた学生に、決まってるでしょう」

田中はほとんど、耳の穴から蒸気を噴き出しそうだった。

立花が、のんびり応じる。

「はあ、なるほど。で、動かぬ証拠、といいますと」

田中は、指を振り立てた。

「縫いぐるみですよ、縫いぐるみ。わたしの相方から、連絡があったんです」

どうやら鈴木と、携帯電話で話をしたらしい。

立花は、もっともらしくうなずいた。

「ああ、鈴木警部補ね。さっき、さくら通りのレンタルボックスの店で、お会いしましたよ。なんだか、縫いぐるみのコレクションでもしてるらしくて、たくさん買い込んでおられましたが」

梢田は、笑い出したくなるのをこらえ、立花の後ろにいる斉木を見た。

斉木も、笑うのをがまんしている証拠に、頰の筋をぴくぴくさせる。

田中は唇を引き結び、憤懣《ふんまん》やる方ないという風情で、首を振った。

「あの縫いぐるみの中に、ブツがはいっていたのは、間違いないんだ。この一件は、牛袋管理官に報告させてもらいますよ」

斉木は、こめかみを搔いた。

「縫いぐるみねえ。見た覚えがないな。どうだ、見たか」

梢田は、首をかしげた。

「いや、おれも見てない。目の錯覚じゃないんですか」

田中は、また真っ赤になった。

「錯覚なんかじゃない。このことは、覚えておくぞ」

捨てぜりふを残して、広場を出て行く。

梢田は、アンナがすわっていたベンチを、振り返った。

「アンナは、どこへ行ったんだ」

「おまえが、警部補とやり合ってるあいだに、悠々と立ち去ったよ」

斉木の返事に、梢田は眉をひそめた。

「おとなしく、行かせたのか」

立花が言う。

「引き止める理由がないでしょう。縫いぐるみは、あの若者の手に渡ってしまって、アンナは何も持ってないんだから」

梢田は、首をひねった。

「いつ渡したのか、おれには見えなかったがな」

「アンナは、あの若造がこっそり手を伸ばして、縫いぐるみを抜き取れるように、あいだにバッグを置いたんだ。代わりに若造は、バッグに金を投げ込んだかもしれん」

斉木が言うと、立花は歩道を見た。

「五本松巡査部長が、あの若者を追いかけて行くのが、ちらっと見えました。駅の方へ上がってみませんか」

なるほど、小百合の姿は梢田の目に留まらなかったが、そこに抜かりはないはずだ。

三人は広場を出て、御茶ノ水駅の方へ向かった。

坂をのぼりきり、駅の御茶ノ水橋口まで来たとき、四つ角に小百合の姿が見えた。

変装のつもりか、山歩きのときにかぶるような、明るいグレイの帽子で髪を隠し、薄茶色のサングラスをかけている。

綿パンに、薄手のベージュのコートを着込み、履物は動きやすいスニーカー、といういでたちだ。

右手にぶらさげているのは、さっきの若者が持っていたナイロン製の、赤いバックパックだった。

小百合は三人に気づき、足早にそばへやって来た。

「どうした。逃げられたのか」

斉木が声をかけると、小百合はサングラスをはずした。

「はい、すみません。お茶の水橋を渡る途中で、これを投げつけて逃げ去りました」

そう言って、バックパックを示す。

立花が、人差し指を立てて合図する。

四人は、手近のビルのくぼみに移動した。

斉木が聞く。

「バックパックの中身は」

「古新聞が詰まっているだけで、身元の分かるものは何もありませんでした。そのかわりに」

小百合は、ジッパーをあけて手を突っ込み、犬の縫いぐるみを引き出した。

「これがはいっていました」

梢田はそれを手に取り、腹を引っ繰り返してみた。

縫い目の糸が切られ、詰め物がのぞいている。

指で探ったが、覚醒剤らしきものはおろか不審なものは、何もはいっていなかった。

「あいつ、走りながら縫い目を切って、ブツを取り出したのか」

梢田が言うと、斉木は顎をなでた。

「そんな余裕は、なかったはずだ。アンナがあらかじめ、切っておいたんだろう。〈きっさこ〉にはいったときにでもな」

立花が、腕時計を見る。

「ともかく一度、署へもどりましょう。マカクの二人か牛袋管理官から、連絡がはいるかもしれません」

署へもどると、立花はそのまま署長室へ直行した。

この日のいきさつを、報告するつもりだろう。

斉木は、二階へ上がったものの生活安全課にはもどらず、空いた会議室にはいった。

テーブルに、梢田と小百合を並んですわらせ、自分は向かいの席に着く。

小百合に向かって、人差し指をくいくいと曲げた。

「出せ」

帽子を取り、サングラスをはずした小百合は、きょとんとした。

「は」

「は、じゃない。出せ、と言ってるんだ」

「出せって、何をですか」

「とぼけてもむだだぞ、五本松。さっきは、おぼっちゃまくんがいたから黙っていたが、あの若造に縫い目を切る余裕はなかった。五本松が切ったんだ」

梢田はぽかんとして、斉木と小百合の顔を見比べた。

小百合は、珍しく顔を赤らめた。

それから、いかにもしぶしぶといった感じで、コートのポケットに手を入れた。

取り出したものを、斉木の前に置く。

小さなビニール袋に、白っぽい薄片が何枚かはいっているのが、はっきりと見えた。

梢田は、ぽかんとした。

「こ、これはシートじゃないか」

シート状に薄く延ばした、お手軽な覚醒剤だ。

小百合が、肩をすくめる。

「ええ。あんな若者をつかまえても、たいした事件にはなりません。アンナから島森、島森からその背後へと、ルートをたどる必要があります。証拠物を押収したことで、よしとしなければ」

どうやら、若者が投げつけたバックパックを回収したあと、勝手に縫いぐるみの縫い目を切って、シートを抜き取ったらしい。

「容疑者をつかまえずに、証拠物だけ押収したって、しょうがないだろう」

梢田が指摘すると、小百合は肩をすくめた。

「何かのときに、使えるんじゃないかしら」

梢田は、首を振った。

「よく考えると、きみはそうやってくすねたブツを、だいぶため込んでるよな」

前にも何度か、そういうことがあったのだ。

「ええ。いずれ、役に立つことがある、と思います」

しれっとして言う小百合に、斉木もあきれたように苦笑いする。

「れっきとした、証拠物横領隠匿罪だぞ、五本松」

梢田はうなずいた。

そんな罪名があるかどうか知らないが、確かにそのとおりだ。

斉木が続ける。

「まあいい。そいつは、五本松が預かっておけ」

小百合はにっと笑って、ビニール袋をポケットにもどした。

着信音が鳴った。

斉木が、携帯電話を取り出して、耳に当てる。

「斉木だ。は。ああ、管理官。はい。はい」

梢田と小百合は、顔を見合わせた。

どうやら、鈴木と田中から報告を受けた牛袋サトが、苦情を言い立ててきたらしい。

18

「あなたたちが、マカクの捜査の妨害をしたのは、これで二度目ですよ。いったい、どういうことですか」

牛袋サトの耳は、怒りのあまり真っ赤に染まって、今にも炎を噴き出しそうだった。

テーブルの上には、大小さまざまな動物の縫いぐるみが、積み上げられている。

憮然とした顔で、サトの隣にすわる二人は鈴木良比古と、田中琢磨の両警部補だった。

梢田威は、斉木斉を盗み見た。

斉木は、いかにも困惑したという表情で、おおげさに肩をすくめた。

「どういうことも何も、わたしはレンタルボックスの店員に、この縫いぐるみを任意提出してほしい、と持ちかけただけなんです。しかるに、突然鈴木警部補が全部買い取る、と言い出しましてね。むろん、店としては売れた方が、ありがたいでしょう、わたしも、警部補に買い占められたんじゃ、文句は言えない。それでしかたなく、お譲りしたというわけです」

立花信之介が、大きくうなずく。

「そう、そのとおりです」

鈴木は真っ赤になって、テーブルに上体を乗り出した。

立花を見ずに、もっぱら斉木に食ってかかる。

「あんたは、あのとき出品者の島森誠三に電話して、いかにも了解を取りつけたように、振る舞ったな。しかし、あんたが実際に島森と話をした証拠は、何もない。現に、アルバイトの店員が代わったら、電話は切れていた。あれは、あんたの一人芝居に違いない。そうじゃないというなら、ケータイの発信履歴を見せてもらおうじゃないか」

鈴木のすごい見幕に、梢田はさすがにはらはらして、また斉木の様子をうかがった。

斉木は、少しもたじろがない。

「あいにく、発信履歴は消去しちまった」

田中が口を出す。

「たとえ手元で消去しても、実際にかけたのならケータイのサーバーに、記録が残ってるはずだ。チェックしてみても、いいんだぞ」

斉木は、思慮深い顔をした。

「かりに、だ。いいか、かりに、だぞ。かりにおれが、かかってもいないケータイを相手に、一人芝居を打ったとしても、だれにも苦情を言われる筋合いはない。そうだろうが」

「そんな汚い手を使ったら、文句のつけようがない証拠も違法収集証拠として、公判で排除されるのが落ちだ」

鈴木が決めつけるのを聞いて、梢田はなるほどあれは〈違法収集証拠〉になるのか、とあらためて思った。

よく覚えておこう。

いつか、巡査部長昇進試験の問題に、出るかもしれない。

斉木が、薄笑いを浮かべる。

「金を出して買えば、違法収集証拠にはならん、というわけかね」

鈴木は、唇を引き結んだ。

「当たり前だ。店員をだまして、召し上げたわけじゃないからな」

「そりゃまた、ごりっぱなことで。ちなみに、この縫いぐるみの山の中から、公判で排除されないきれいな証拠は、見つかったのかね」

鈴木は少しのあいだ、妖女ゴーゴンのような目をして、じっと斉木を睨みつけた。

絞り出すように言う。

「見つからなかった。縫いぐるみの中身は、綿屑とオガ屑だけだった。よくも、引っかけてくれたな、斉木警部補」

斉木は両手を立てて、鈴木をさえぎった。

「おっと。人聞きの悪いことは、言わないでもらおう。おれは別に、あんたにこの縫いぐるみを買えと、勧めた覚えはないよ」

「おれはこのがらくたを、自分のクレジットカードで買ったんだ。この始末を、どうつけるつもりだ」

「必要経費で、落とせばいいだろう」

サトが、ぴしりと言う。

「落とせるわけがないでしょう。この中から一つでも、麻薬か覚醒剤のはいった縫いぐるみが見つかれば、処理できないこともないけれど。なんにもなしでは、手の打ちようがありません」

「近所の女の子にでも、配ったらどうです」

梢田が調子に乗って言うと、鈴木はすごい目を向けてきた。

「あんたは、黙ってろ。おれは、警部補と話をしてるんだ」

すると、黙って聞いていた五本松小百合が、口を挟んだ。

「あのレンタルボックスを借りて、再販売したらいかがですか。買い値よりも、高く売れるかもしれませんよ」

梢田は、なんとか笑うのをがまんした。

田中が、椅子をがたんと鳴らして体を乗り出し、梢田に人差し指を振り立てる。

「まだあるぞ。あんたは明央大学の前の広場で、覚醒剤を買った若造を追おうとしたおれを、無理やり引き留めて追跡の邪魔をした。身内とはいえ、あれは公務執行妨害だ」

「買ったって、だれから買ったんですか」

とぼけて聞き返すと、田中は振り立てた指を梢田に突きつけ、嚙みつくように言った。

「分かってるはずだ。若造とベンチに並んですわっていた、山本アンナに決まってるだろうが」

「警部補は、二人が覚醒剤と金をやりとりするのを、その目でごらんになったんですか」

田中が、顎を引く。

「まあ、そこまではっきりとは見えなかったが、状況からして売買が行なわれたことは、明々白々だった。少なくとも、あの若造をとっつかまえて身体捜検をかければ、確実に現行犯逮捕できたんだ」

「しかし、身体捜検をかけて何も出てこなかった日には、目も当てられませんよ」

「出てきたさ。今度のボーナスを、そっくり賭けてもいい」

「賭博はまずいでしょう、警部補。ま、先刻ご承知でしょうがね」

梢田が、大まじめに切り返すと、田中は鼻の穴を広げた。

「ともかく、あんたさえ邪魔しなければ、白黒をつけられたんだ」

サトは、田中が言い負かされると思ったのか、矛先を変えて小百合に話しかけた。

「五本松巡査部長。あなたは最初、鈴木警部補と田中警部補のあとを、つけていた。その途中で、斉木警部補と梢田巡査長に連絡して、呼び寄せたというわけね」

「はい」

小百合はうなずき、立花がそのあとを受ける。

「わたしも、五本松巡査部長と一緒でした。わたしたちは、山本アンナのあとをつけていたのであって、お二人を尾行したわけじゃありません」

「同じことだろうが」

田中はそう言ってから、立花がキャリアであることを思い出したらしく、とってつけたように付け足した。

「というか、同じことだと思いますがね」

立花は、一瞬笑いをこらえるように頬をぴくりとさせ、おもむろに応じた。

「このあいだも申し上げたように、御茶ノ水署生活安全課に正式要請があれば、わたしたちもそちらに協力するのに、やぶさかではありません。しかし、今回もまたなんの連絡もないまま、尾行中のわたしたちと山本アンナのあいだに、そちらが割り込んで来たわけです。こんな風に縄張りを荒らされたのでは、とても協力する気になれませんね」

田中に代わって、鈴木が応じる。

「本部と警察署のあいだで、縄張りもくそもないでしょう、課長。それに、何度も言うようですが、わたしとしては割り込んだ、という意識はない。あくまで、山本アンナを尾行するわたしたちを、そちらがつけて来たと認識しています」

そのとおり、というように田中がうなずく。

梢田が反論しようとすると、サトがわざとらしく咳払いをして、先に口を開いた。

「今回は鈴木、田中の両警部補とも、協力を要請する暇がなかった、と言っています。御茶ノ水署へ向かう途中、たまたま山本アンナの姿を見かけたので、そのまま尾行にはいったということです。そのあたりを、理解していただかないと」

斉木が、うんざりしたように言った。

「どっちにしても、なんの断りもなく御茶ノ水署の管内で、捜査活動を行なったという事実に、変わりはないでしょう」

サトは、いかつい肩をすくめた。

「その点については、お互いに行き違いがあったようですから、これ以上議論をするのはやめましょう。ともかく、両警部補が御茶ノ水署の協力を求めずに、こちらの管内で独自に捜査を行なったのは、行き過ぎだったかもしれません。とはいえ、証拠物や容疑者の確保を妨げるような、非協力的な行動に出たそちらの姿勢にも、問題があります。今後、このようなトラブルが発生した場合は、署長に報告して善処を求めることにします。いいですね」

「望むところです」

梢田は、勢い込んでそう言った。

とたんに、全員の視線が自分に集まるのを意識して、顎を引く。

しらけた雰囲気になり、しかたなく隣にすわる小百合に、同意を求めた。

「だよな」

小百合は、まるで聞こえなかったというように、急いで爪の具合を調べ始めた。

今度は、立花が咳払いをして、口を開く。

「わたしたちはわたしたちで、マカクとは別の視点から捜査を進めますので、その点ご承知おきください。捜査情報が必要な場合は、遠慮なく問い合わせていただいて、かまいません」

鈴木が、眉を吊《つ》り上げる。

「勝手に動かれると、こちらが迷惑するんですがね。前にもそういうことがあって、捜査が滞りました。そのおりも、われわれの邪魔をしないでいただきたい、と申し上げたはずです」

「そちらの、邪魔をしないのが捜査協力だ、という言い分には、応じかねますね。そちらが手の内をさらして、わたしたちに共同捜査を要請されないかぎり、こちらはこちらで独自に捜査を行ないます」

立花は、どうだまいったかというように、腕を組んでふんぞり返った。

梢田は、そこまではっきり言っていいものかどうか、不安になった。

斉木は、われ関せずという顔で天井を眺めているし、小百合は相変わらず爪を調べている。

サトは、たっぷり十秒ほど考えを巡らしていたが、おもむろに言った。

「その件については、特捜隊長の判断もあると思いますから、今日のところは保留にしておきます。では、これまで」

そのまま、巨体を揺すって席を立つ。

鈴木と田中も、あわててそれに続いた。

斉木が、声をかける。

「待て待て。忘れものだ」

振り向いた二人に、斉木はテーブルの上に積み上げられた縫いぐるみを、顎で示した。

鈴木と田中は、もう少しで斉木につかみかかりそうな、険悪な顔をした。

しかし、結局何も言わずに縫いぐるみを袋にもどし、会議室を出て行く。

立花が、こらえ切れぬ様子で笑い出したので、ほかの三人もそれにならった。

19

島森ビルは真っ暗で、人のいる気配はなかった。

斉木斉と梢田威は、明かりのついていない自動販売機の陰から、ビルの入り口を見ていた。

このところ、街路灯も間引きして点灯されているため、どの通りもひどく暗い。おかげで、人目につきにくいのはありがたいが、見通しの悪いのが難点だった。

梢田は、武者振るいをして言った。

「しかし、いくらなんでもブツを仕掛けるのは、まずいんじゃないか。ばれたら、懲戒免職ものだぞ」

「ばれやしないよ。非常手段に訴える以外に、島森を引っ張る口実がないんだから、しようがないだろう」

「かりに島森を引っ張っても、口を割らなかったらどうする。単なる覚醒剤所持じゃ、たいした罪にならんぞ」

「ぶっ叩いてでも、背後関係を吐かせてやる」

「今は、取り調べの可視化が進められつつあるから、そういうわけにいかんだろう」

「とにかく、マカクの連中を出し抜くだけでも、十分お釣りがくる」

「そりゃまあ、そうだが」

腕時計をすかして見ると、午前二時を回ったところだった。

「そろそろ行くか」

梢田が言ったとき、斉木が急に身を引いた。

「おい。だれか、出て来たぞ」

梢田は、あわてて自動販売機の陰にへばりつき、目だけのぞかせた。

一階の出入り口の暗がりから、黒っぽい服にキャップをかぶった人影が、姿を現した。

さりげなく前後に目をやり、こちらの方に歩いて来る。

二人はますます、物陰に身を張りつかせた。

反対側の歩道を、人影が通り抜けて行く。

暗いのと、服の襟を深く立てているのとで、顔は見えなかった。

歩き方で、なんとなく男だろう、と見当がつくくらいだ。

男は右へ曲がり、高速道路の下の川にかかる橋を、渡り始めた。

「島森かな」

梢田がささやくと、斉木は間をおいて答えた。

「分からん。しかし、島森ならあんなせかせかした歩き方は、しないだろう。もっさりした野郎だからな」

「じゃあ、だれだ」

「おれに聞くな。聞きたけりゃ、追いかけて職質をかけろ」

梢田は黙り、少し考えて言った。

「おれたちは、ここで五分ほど待機していた。そのあいだに、だれも中にはいって行くやつは、いなかった。つまり、今の野郎はおれたちより先に来て、少なくとも五分以上は中にいた、ということだろう」

「小学校のころ、それくらい算数ができてたら、よかったのにな」

斉木にからかわれて、梢田はむっとした。

目を細め、橋を渡って消える人影を見送りながら、ぶっきらぼうに言う。

「あのビルの四階より下は、全部空き室だ。あそこから出て来たとすれば、やはり島森以外にないだろう」

「元のテナントのだれか、ということもありうる。どうせ、鍵なんか取り替えちゃいないから、合鍵を作っていればいつでも使える」

「そいつらが、今ごろ前の事務所になんの用で、やって来るんだ」

斉木は、答えなかった。

あのビルには以前、一階から四階までそれぞれ和田製本、北山製函、小祝釣具、灘行政書士事務所が、入居していた。

しかし今は、五階より上の島森ペット・クリニックのほか、全部空き室になっているのだ。

以前の入居者が、こんな時間にもとの事務所を訪ねる用がある、とは思えない。

いったい、今の男はだれだろう。

斉木が、口を開く。

「よし、行くぞ。肝腎《かんじん》のものを、落とすなよ」

梢田はわれに返り、あわてて身を起こした。

「分かってるよ」

薄いゴム手袋をはめた手で、ブルゾンの内ポケットに入れたビニール袋を、上からそっと押さえる。

ビニール袋の中には、三グラムほどの覚醒剤が仕込んである。

五本松小百合が、捜査の合間にピンはねしてため込んだ、押収物の一部だ。

斉木は、ポケットから万能キーオープナーと称する、折れ曲がった針金状の小道具を取り出した。

通販で買ったそうだが、いやしくも合鍵を作れるような鍵で開く錠なら、なんでもあけられるという。

現に斉木は、それで御茶ノ水署の鍵のかかったドアを、片端からあけてみせた。どこかで、かなり習練を積んだらしい。

斉木は通りを横切りながら、万能キーオープナーを振り立てた。

「電子錠はだめだが、島森ビルのドアは古い錠だから、これでＯＫだ」

そう言って、ビルの中にはいる。

築三十五年の古い建物とはいえ、出入り口にシャッターがついてないとは、かなり珍しい不用心なビルだ。

二人は、小型のマグライトを点灯して、小さなエレベーターの前に立った。

押しボタンを試したが、うんともすんともいわない。

表示盤の数字も点灯しておらず、どうやら電源が切られているようだった。

しかたなく、階段をのぼって行く。

あたりには、すでに芳香剤の甘ったるいにおいが、漂い始めていた。

斉木のあとを追いながら、梢田は声をかけた。

「ブツを仕掛ける先が、島森のペット・クリニックじゃ、あまりにも露骨すぎるぜ。ほかの部屋の方が、よくはないか。とにかく、このビルの中で見つかりさえすれば、島森を引っ張る口実になるだろう」

一応意見を述べると、斉木は言下に応じた。

「ばかを言え。やつのクリニックで発見されなきゃ、意味がない。おまえは、いつも最後の最後で弱気になる、悪い癖がある」

「そうさ。おれはもともと、こういうでっち上げには向かない、気の弱い警察官なんだ。今回だって、上司のあんたのうむを言わせぬ命令により、ついて来ただけだからな」

梢田は、マグライトの光を頼りに階段をのぼりながら、そう念を押した。

「今さら、責任逃れをする気か」

斉木の詰問を無視して、話を変える。

「それにしても、あんたがその万能なんとかで、女子ロッカーのドアをこっそり開いて、このブツをかすめたと知ったら、五本松はどう思うかな」

「こんなブツより、ロッカーにバイブレーターを隠しているのがばれた、と知ったときの五本松の顔の方が、見ものだよ」

梢田は、前をのぼる斉木の尻に、パンチを食らわした。

「おい、言いすぎだぞ。あのバイブレーターは、肩凝り用のものじゃないか。五本松は、肩凝りがひどいんだ」

「あんなペンタイプのものを、肩凝り用に使うやつがいるか。間違いなく、ほかの目的に使っているな、あれは」

「ほ、ほかの目的とは」

そう言いながら、梢田はいやおうなくそのシーンを想像して、息をはずませた。

斉木が続ける。

「そんなことより、おれのけつにもう一度さわったら、階段から蹴落とすからな」

五階までのぼると、さすがに息が切れた。

階段のすぐ左手に、トイレのドアがある。

ますます、芳香剤のにおいが強くなった気がして、頭がくらくらした。

島森ペット・クリニックは、五階が島森誠三の診療室ないし執務室、六階が入院加療室になっている。

最上階の七階は空き室だが、島森はいずれは入院加療室として拡充するつもりだ、と言っていた。

牛袋サトと鈴木良比古、田中琢磨の二人は、そこに覚醒剤の秘密製造工場ができる、と読んで監視を続けていたのだ。

そのもくろみは、斉木と梢田が勝手に介入したため、頓挫《とんざ》してしまった。

しかし、意外にも立花信之介がサトたちの抗議を、容赦なくはねつけた。

おかげで斉木も梢田も、すっかり強気になっていた。

とはいえ、梢田にすれば斉木が考え出したたくらみは、いくらなんでもやりすぎのように思える。

斉木は、島森ペット・クリニックに覚醒剤を仕込み、島森を覚醒剤所持の現行犯で、逮捕するつもりなのだ。

梢田は言った。

「島森の診療室より、六階の入院加療室の方が隠し場所に苦労しない、と思うんだがな」

斉木が、いきなりマグライトの光を向けてきたので、梢田はたじろいだ。

「やめてくれ。まぶしいだろうが」

「まったく、おめでたい野郎だな。六階には、犬や猫や猿や狸や狼《おおかみ》が、わんさと入院してるんだぞ」

「待て。少なくとも、狼はいないはずだ。明治のころに、絶滅したからな」

「おう、上等じゃないか。今度の巡査部長の昇進試験に、そういう問題が出るように祈ってろ」

「あんたさえ、おれに勉強する時間をくれたら、いつでも合格してやる」

「とにかく、六階なんかにはいったら、わんわんきゃんきゃん、にゃあにゃあきゃっきゃと、とんでもない騒ぎになる。東京中のお巡りが集まって来るぞ」

「分かった、分かった。六階はやめて、七階をのぞいてみようじゃないか。このあいだ、見そこなったからな。ほんとうに空き室なら、それでよし。万が一、工場開設の準備なんかが整っているようなら、ガサ入れをかける口実になるぞ」

斉木はマグライトを下げ、少しのあいだ考えていた。

「よし。先に七階を、のぞいてみよう」

二人は足音を忍ばせ、さらに階段をのぼって行った。

六階では、ことに音を立てないように注意を払い、マグライトも消した。

入院加療室の中からは、動物のため息のような音が漏れてくるだけで、うなり声や吠え声らしきものは、聞こえなかった。

七階のドアのガラスには、何の表示も出ていない。

「こいつを持ってろ」

斉木はマグライトを梢田に渡し、万能キーオープナーの折れ曲がった先端を、鍵穴に差し込んだ。

驚いたことに、三十秒もたたないうちに軽い音を立てて、錠がはずれた。

「おい、すごいじゃないか」

「当たり前だ。通販で、三千五百円も払ったんだからな」

「しかし、これは違法商品じゃないのか。悪事をそそのかす道具だしな」

「道具が悪いんじゃない。悪用する人間が悪いんだ」

「こういうのは、悪用のうちにはいらないのか」

梢田の問いに答えず、斉木は勝手に続けた。

「よほど練習しなけりゃ、こううまくは使いこなせん。九割があきらめて、販売会社に抗議するらしい。しかし、おれみたいな器用な人間にとっちゃ、お茶の子さいさいのしろものだ」

そううそぶき、手袋をはめた手でノブを回す。

開いた戸口に、マグライトを向けた。

20

がらんとした部屋が、そこに広がっていた。

隅に、洗面台のブロックがあるだけで、ほかにはデスクの一つ、椅子の一つも見当たらない。

おそらく、五階の診療室と同じ広さと思われるが、何もないだけにずっと広く感じられる。

「製造工場の準備は、まったくしてないようだな」

そう言って、梢田威は部屋の中に踏み込もうとした。

それを、斉木斉がさえぎる。

「待て」

しゃがんで、戸口の内側のリノリウムに指を走らせ、マグライトで照らした。

手袋の指先が、黒く汚れている。

斉木は立ち上がり、部屋の床にざっと光を走らせた。

「ほこりが積もってるな。ここしばらく、だれも中にはいってないようだ。おれたちがはいったら、足跡が残る。やめておこう」

斉木の言うとおりだと思い、梢田は後ろへ下がった。

斉木はドアを閉じ、同じ小道具を器用に使って、施錠し直した。

解錠したときより、いくらか時間がかかった。

また足音を忍ばせて、階段をおりる。

五階にもどると、斉木は同じ手口でドアを解錠した。

「マグライトの光を、直接窓ガラスに当てるんじゃないぞ」

斉木が注意するので、梢田はうんざりした。

「分かってるって。おれも、素人じゃないんだ」

診療室は前に来たときと、何も変わっていないように見える。

芳香剤のにおいが充満して、息苦しくなるほどだ。

それに加えて、消臭剤や空気清浄機があちこちに、並べられている。

よく分からないのは、芳香剤と消臭剤が同居していることで、プラスマイナスゼロにならないのが、不思議だった。

空気清浄機は作動中らしく、かすかな音が耳に届く。

例の、時代がかった大きな木のデスクも、そのままだった。

「このブツは、あのデスクの引き出しに入れておこうぜ」

梢田が言うと、斉木は笑った。

「少しは頭を使え。覚醒剤を所持してるやつは、簡単に見つかるような場所に、隠したりしない。絶対に、だれにも見つかりそうもないところに、隠すんだ。そういう場所を、見つけろ」

「あまり妙な場所に隠すと、見つからなくなるぞ」

「ばかめ。おれたちが見つけるんだから、見つからないわけがないだろう」

「おれたちより、だれかほかのやつに見つけさせた方が、効果的じゃないか」

「だれかって、だれだ。マカクの凸凹《でこぼこ》コンビか。それとも、大西の野郎か」

斉木は、保安一係長の大西哲也のこととなると、頭に血がのぼるのだ。

「だれも、そんなことは言ってない。立花課長なんかはどうだ」

「おぼっちゃまくんだと。この、ごますり野郎め」

「だったら、五本松でもいい」

「五本松が見つけたら、ブツはまたぞろストックに逆もどりだ。おまえが見つけりゃいいのさ」

梢田は、闇の中で目をむいた。

「おれが、だと。おれの目は節穴だと、常づね言ってるくせに」

「おれの指導がよくて、節穴に虫眼鏡がはまったんだ。手柄を立てれば、巡査部長も夢じゃないぞ」

その言葉に、気持ちをくすぐられる。

「そうか。それなら、できるだけむずかしい場所に隠して、手柄をいっそう輝かしいものにしてやるぞ」

梢田はマグライトを巡らし、あらためて診療室の中を見回した。

芳香剤の中。消臭剤の中。空気清浄機の内側。

おもしろくない。

デスクの引き出しの奥。椅子の裏側。

ありふれている。

今どき、だれもそんなところには、隠さないだろう。

パソコンのコーナーに、光を当てる。キーボードの裏側、という手はどうか。

これも、おもしろくない。

壁を埋め尽くしている、動物医学の参考書がぎっしり詰まった書棚に、目をやる。

その中に、分厚いケース入りの事典類が何冊かあるのを見て、アイディアが浮かんだ。

「思いついたぞ。あの事典のどれかを抜いて、ビニール袋を適当なページのあいだに、挟み込んでおくんだ」

梢田が言うと、斉木はちっちっと舌を鳴らした。

「だめだ。そんな隠し場所は、だれでも思いつく。もっと、独創的なアイディアを出せ」

梢田は首を振り、島森のデスクに近づいた。

ぐるりと回ってみると、足元に屑籠が置いてあった。

「おい。この屑籠の中、というのはどうだ。どこかで読んだが、けっこう盲点になるらしいじゃないか」

「それも古いな。だいいち、島森のやつが中身をゴミ袋にあけて、回収に出したらどうする。元も子もないぞ」

斉木に決めつけられ、梢田は口をつぐんだ。

自分では何も言わず、人の考えにけちばかりつけるのは、昔からの斉木の悪い癖だ。

カーテンで仕切られた、窓際の診察台をのぞいてみる。

その上に、段ボール箱が置いてあるのが、目にはいった。

縦横五十センチほどの、中型の段ボール箱だ。

ガムテープがはがれ、蓋が開いている。

蓋を持ち上げ、何げなく中をのぞいた梢田は、思わず声を発した。

「おい、見てみろ」

斉木がそばに来て、同じように中をのぞく。

そこには、小犬や小猫、小猿、小兎など、いろいろな動物の縫いぐるみが雑然と、詰め込まれていた。

例の、レンタルボックスで見かけたのと同じような、縫いぐるみだ。

斉木が、いかにも納得した、という口調で言う。

「なるほど。例のやり方を、まだ続けるつもりだな」

「だとしたら、この縫いぐるみの腹の中に、ブツが仕込んであるんじゃないか。そいつを見つければ、おれたちがわざわざ仕込まなくても、覚醒剤所持の現行犯で引っ張れるぞ」

斉木は、少し考えた。

「よし。一つずつ、手ざわりで確かめよう」

そう言って、段ボール箱を乱暴に傾け、中身を診察台の上にぶちまけた。

梢田はマグライトを口にくわえ、小猿の縫いぐるみを取り上げて、腹の部分を両手の親指で押した。

柔らかい詰め物の感触だけで、それ以外のものが仕込まれている気配はない。

段ボール箱にもどす。

小猫の縫いぐるみも、同じだった。

また、段ボール箱に投げ入れる。

斉木も、同じように中身の手触りを確かめ、舌打ちしたり小さくののしったりして、次つぎに段ボール箱に投げもどした。

「どうやらみんな、ただの縫いぐるみのようだな。ブツを仕込むとしても、これからの作業だろう」

斉木が、あきらめたような口調で言い、手の動きを止める。

梢田は言った。

「こいつのどれかに、おれが持って来たブツを仕込む、というのはどうだ。願ってもない証拠になるぞ」

「しかし、一度縫い目を切っちまったら、縫いもどす手立てがない。縫い目が開いたままじゃ、不自然で怪しまれる」

「安心しろ。おれはいつも、携帯用の裁縫セットを持ち歩いてるんだ。いつなんどき、上着やシャツのボタンが取れないとも、限らんからな。そいつで、縫い直せばいい」

少しのあいだ沈黙が続き、梢田は不安になった。

「おい、どうした。息でも詰まったのか」

斉木のため息が聞こえる。

「そこまで、手回しのいいおまえが、いまだに巡査長とはなあ」

梢田は、くさった。

「知ってのとおり、おれは子供のころ国語も算数も、理科も社会もだめだった。しかし、家庭科だけは、得意だったんだ。覚えてるだろう」

「いや。おまえに、何かできる科目があった、という記憶はない。だが、おまえがそう言い張るのなら、そういうことにしておこう」

ますます、気分を害する。

「まったく、口の減らないやつだな、あんたは」

梢田は、最後に一つだけ残った小犬の縫いぐるみを取り上げ、腹の縫い目を探った。親指に、ごわごわした感触があり、ぎくりとする。

「おい。この手ざわりは、なんだ。もしかすると」

みなまで言わせずに、斉木が小犬をひったくる。

三秒ほどさわっただけで、息をはずませて言った。

「こいつは確かに、手ざわりがおかしい。中に、ブツが仕込んであるかもしれん。縫い目を切ってみろ」

「ほいきた」

梢田は、携帯用裁縫セットの小さなケースを、取り出した。

小型のハサミと針、糸がセットになったものだ。

小犬の腹の縫い目を切ると、思ったとおり縦横五センチほどのビニール袋が、仕込まれていた。

取り出して、マグライトの光を近づける。

氷砂糖を砕いたような、白い粉がはいっていた。二グラムほどの量だ。

梢田はうなずいた。

「当たりだな」

「いや。念のため、なめてみろ。万が一にも、ただの氷砂糖だったりしたら、とんだ赤恥をかくからな」

斉木に言われて、梢田はしぶしぶ押し込み式のファスナーをはずし、ビニール袋を開いた。

手袋の小指の先をなめ、白い粉をつけて舌で味わう。

覚醒剤特有の、苦い味がした。

「だいじょうぶ、おなじみの味だ。でっち上げるまでもなく、こいつで島森を引っ張れるぞ。すぐに、署へ行こうじゃないか」

「ばかもの。夜中に、人のビルに無断で侵入して、証拠物を見つけましたなどと、報告できるか。違法収集証拠も、いいとこだぞ」

またまた、違法収集証拠と聞いて、しゅんとなる。

斉木は続けた。

「ブツを中にもどして、縫い直すんだ。あした出直して、たまたまこいつを見つけられるように、うまく算段すればいい」

梢田は、言われたとおりビニール袋を腹にもどし、もとの糸を引き抜いた。

新しい糸で、裂け目を縫い合わせる。

「独り者だけあって、器用なものだな。見直したぞ」

「家庭科が得意だった、と言ったろう。よく覚えておけ」

仕事が終わると、小犬を段ボール箱に投げ込み、かわりに別の小犬を取り上げた。

「こいつにも、おれの持ってきたブツを仕込んでおくか、念のため」

「一つで十分だ。おまえのやつは、あした五本松のロッカーのストックに、こっそりもどしておこう。見つかると、うるさいからな」

それもそうだと思い、小犬を段ボール箱にもどす。

島森の診療室に、覚醒剤を仕込んだ縫いぐるみがあると分かった以上、うまくそれを見つけ出す手立てを考えれば、現行犯逮捕にこぎつけられる。

ともかく、証拠物を仕込んだりせずにすんだことで、梢田はほっとした。

少し黙っていた斉木が、ふと思いついたように言う。

「ちょっと待て。縫いぐるみを、島森があしたの朝どこかへやっちまったら、証拠物を押さえられなくなる。その小犬だけ、どこか別の場所に隠しておいた方が、いいかもしれんな」

一理ある意見だが、もっといいことを思いつく。

「それよりあしたの朝、島森がクリニックへ出て来るのを待ち伏せして、一緒に中にはいるってのはどうだ。そうすれば、やつに細工する余裕を与えずにすむ」

そう提案すると、斉木はすぐに応じた。

「よかろう。やつは、何時に出て来るかな」

「早くても、八時半か九時ごろだろう。どこか、この近くのビジネスホテルにでも泊まって、その時間にまたここへもどればいい」

「そいつは、悪くない考えだ。おまえが、シングルルームの床で寝るのを、がまんするならな」

「けちけちするな。ツインにすりゃ、いいじゃないか」

「上等、上等。ダブルにしてくれ、なんて言い出すんじゃないかと、はらはらしたよ」

「冗談も、休みやすみ言え」

二人は、忍び込んだ証拠を残さないようにあたりを点検し、それから施錠して階段をおりた。

ビルを出て、ＪＲ中央線のガードの方へ、歩き出す。

「しかし、ガサ入れの令状もないのに、診療室に乗り込んでいいものかな」

梢田が言うと、斉木は親指を立てた。

「だいじょうぶだ。診療室を見学しているうちに、あくまで偶然に見つけたというかたちにすれば、問題ない」

「見学ねえ。あくまで偶然に、か」

梢田はつぶやき、しばらく黙って歩き続けたが、やはり気になることがあった。

「それにしても、さっきあのビルから出て来たやつは、何者だろうな」

「あの歩き方には、なんとなく見覚えがある。内海紀一郎か、駿河のじじいのような感じだった、と思わないか」

梢田は驚いて、足を止めた。

「まさか」

斉木も、立ち止まる。

「まさか、とはなんだ。おまえこそ、まさかおれの勘が百発百中なのを、忘れたわけじゃあるまい」

内海紀一郎は、山本アンナからブツを買っていた疑いのある、明央大学の学生だ。

そして駿河博士は、アンナと内海の取引を牛袋サトに密告し、斉木と梢田に島森ビルを捜索するようせっつくなど、おせっかいなことをするいかがわしい男だ。

しかし梢田には、さっきの人影がそのどちらかに似ていた、とは思えなかった。

ただ、自分でも言うとおり斉木には、妙に動物的な勘がある。

したがって、頭から否定することもできない。

「まあ、例えば、の話だ。ただのホームレスかもしれん。忘れようぜ」

斉木はそう言い足して、また歩き出した。

21

翌朝。

水道橋の駅近くの、安いビジネスホテルに泊まった斉木斉と梢田威は、早くも八時半に島森ビルの前に着いた。

念のため、梢田は五階まで上がって確認したが、島森誠三はまだ来ていなかった。いつものように、近くの自動販売機の陰で冷えた茶を飲みながら、島森が現れるのを待つ。

九時を過ぎても、島森は姿を見せなかった。

ときどき、界隈で働いているらしい男たちやOLが、同じ自動販売機で飲み物を買っていく。

そのたびに、斉木も梢田も手持ち無沙汰に空を眺めたり、手帳をチェックしたりするふりをした。

九時十五分に、五本松小百合がJR中央線のガードの方から、歩いて来た。

それを見て、斉木が梢田を睨みつける。

「おい。五本松に知らせたのか」

梢田は、こめかみを掻いた。

「ああ。今朝方《けさがた》、ケータイメールを入れておいたんだ。この一件で、五本松を蚊帳《かや》の外に置いておくのは、気が引けたのでな」

そう白状すると、斉木は苦手のゴーヤを口に突っ込まれたように、渋い顔をした。

「この、おせっかいめ。めんどうなことになっても、おれは知らんからな」

小百合は、まっすぐに自動販売機の前に、やって来た。

茶のトートバッグを、右手にさげている。

「おはようございます。島森誠三は、まだですよね」

斉木が、苦い顔をしたまま、答える。

「ああ、まだだ」

小百合は、グレイのパンツスーツの襟元から、白いブラウスをのぞかせていた。

「たぶん、九時半以降でしょう、出て来るのは。診療開始は、午前十時からですから」

「どうして、知ってるんだ」

斉木の問いに、小百合は肩をすくめた。

「インターネットで、調べたんです」

斉木が、眉を逆立てる。

「あいつ、ブログでもやってるのか」

「ええ。けっこうまめに、書き込みをしています。よっぽど、暇なんですね」

梢田は、島森の診療室にパソコンがあったのを、思い出した。

小百合に、キャップをあけていないお茶のボトルを、手渡す。

そのとき、わけもなくバイブレーターのことを思い出し、どきんとした。

いや、あれは肩凝り用だ。

小百合が、それ以外の目的で使うことなど、考えられない。

「どうしたんですか、梢田さん。顔色がよくないですよ」

梢田はまた、こめかみを掻いた。

「ああ、ちょっとゆうべ、寝不足でな」

「お二人とも、どうしてこんな早い時間に、島森のビルに朝駆けしようなどと、思ったんですか」

「ええと、いや、斉木係長の、動物的勘、というやつだな。何かが、におったらしい」

ちょっと、しどろもどろになる。

小百合は首をかしげ、斉木に目を向けた。

斉木は、ことさらむずかしそうな表情をこしらえ、もったいぶって応じた。

「島森は、間違いなくどこかに覚醒剤を、隠し持っている。そいつを、見つけ出すのさ」

「でも、何か確証がないと、ガサ入れはできませんよ」

「これは、ガサ入れじゃない。単なる、表敬訪問だ。やつの反応を見て、どこに覚醒剤を隠しているか、一発で当ててみせる」

梢田は、笑いをこらえた。

ずいぶん、大言壮語したものだ。

もっとも、どこに覚醒剤が仕込んであるか、先刻承知しているのだから、自信があるのは当然だろう。

　斉木が、梢田を見て言う。

「こんなところで、三人雁首《がんくび》をそろえていたんじゃ、人目につきすぎる。おれは、五本松とあそこの喫茶店で、お茶を飲んでいる。島森が現れたら、すぐにケータイに電話しろ。やつが、ビルの中にはいらんように、実力行使をしてでも引き止めるんだぞ」

「おい、またおれが貧乏くじか。こないだも、あんたたちだけで、お茶を飲んだじゃないか」

「おまえもお茶を飲みたけりゃ、早く巡査部長になるんだな」

　斉木は小百合に顎をしゃくって、例の〈ドリーズ〉という喫茶店の方へ、歩き出した。

　小百合も、軽く梢田を拝むようなしぐさをして、そのあとを追う。

「くそ」

　梢田はののしり、自動販売機を蹴りつけた。

　島森の姿が、直線道路の遠くに現れたのは、九時四十分過ぎのことだった。

　小太りの体に、薄茶色の型崩れしたスーツを着込み、もっさりした足の運びでやって来る。

　黒縁の眼鏡をかけ、薄い髪を風になびかせている。

　梢田は、一度携帯電話を取り出したが、すぐにポケットにもどした。

いつも、自分だけ貧乏くじを引かされるので、今日こそは抜け駆けしてやろう、という気になる。

〈ドリーズ〉の方を見返り、二人の姿が見えないのを確かめると、梢田は自動販売機の陰から出た。

やって来る島森の方へ、急ぎ足で歩いて行く。

島森はそれに気づかず、携帯電話をチェックし始めた。

近づく梢田に目もくれず、そのまま島森ビルの中にはいってしまう。

梢田は、急いでそのあとを追い、島森に呼びかけた。

「島森さん、おはようございます」

狭いエレベーターホールで、島森はくるりと振り向いた。

いぶかしげに、梢田を見返す。すぐには、思い出せないようだった。

「梢田ですよ、御茶ノ水署の。その節は、どうも」

島森は、目をぱちぱちさせて、顎を引いた。

携帯電話をしまい、軽くうなずき返す。

「ああ、梢田さんね。おはようございます。こんなところで、何をしてらっしゃるんですか」

「あなたを、お待ちしてたんですよ。ちょっと、世間話をしたいと思いましてね」

島森は、わざとらしく腕時計を見た。

「しかし、十時からクリニックを開きますので、あまり時間がないんですよ」

「そんなに、お手間はとらせません。患者さんというか、お客さんが見えたら、すぐに退散しますから」

どうせ、客など来るわけがない、とたかをくくる。

島森は、一度唇をぎゅっと引き結んだが、すぐにうなずいた。

「分かりました。まあ、コーヒー一杯くらいのあいだなら、かまいませんよ」

そう言って、エレベーターに向き直ると、押しボタンの脇のボックスを開き、鍵を使って電源を入れた。

ドアが開き、島森のあとから箱に乗ろうとしたとき、声をかけられた。

「わたしたちも、ご一緒したいんですがね」

振り向くと、斉木が食いつきそうなほど怖い顔をこしらえ、梢田を睨んでいた。

その後ろで、小百合が笑いを嚙み殺すように、こめかみをひくひくさせる。

足を止めた島森は、とまどったように眼鏡に手をやったが、すぐに笑みを浮かべた。

「ええと、斉木さんでしたっけね、確か。いいですとも、お乗りなさい。そちらのお嬢さんも、ご一緒にどうぞ」

何も、後ろ暗いところなどないような、落ち着いた態度だった。

これが強がりなら、たいした役者だ。

お嬢さんなどと呼ばれて、小百合は珍しく赤くなった。

「このお嬢さんは、わたしたちの同僚で五本松小百合、といいます」

梢田が紹介すると、小百合は島森に小さく頭を下げた。

「五本松です。よろしく」

斉木が付け足す。

「こう見えても、梢田より位が上の、巡査部長でしてね」

梢田はもう少しで、斉木の口に靴を突っ込んでやろうか、と思ったほどだ。

ともかく、二人が〈ドリーズ〉から出て来ていた、とは知らなかった。

何か、言い訳を考えておく必要がある。

四人乗ると、エレベーターは満員だった。

島森から、例のアロマ系のにおいが漂ってきて、梢田は鼻を曲げた。

エレベーターは、すごい騒音と激しい揺れを伴いつつ、長い時間をかけて五階に到達した。

島森がドアを解錠し、三人を診療室に入れる。

梢田は、なんとなく後ろめたい気持ちを隠せず、ぎくしゃくした動きで中にはいった。

一方、斉木は平左《へいざ》の平気という顔つきで、真っ先に応接セットのソファに、腰を落ち着ける。

小百合も、芳香剤のにおいに辟易したように、鼻に小さなしわを寄せながら、隣にすわった。

島森が、上着を脱いでコート掛けに掛け、隅の流し台でコーヒーの準備を始める。

梢田は、本を眺めるようなふりをして書棚の前に立ち、少しずつ左に移動した。

島森の目を盗んで、カーテンで仕切られた診察台の方を、ちらちらと眺める。

カーテンの隙間から、段ボール箱の一部がのぞいているのが見え、ほっとした。

夜中に来たときと、何も変わった様子はない。

梢田は、斉木と小百合の向かいのソファに、腰を下ろした。

入れ替わりに、島森が戸口へ向かう。

「どちらへ」

斉木が声をかけると、島森は屈託のない笑みを浮かべた。

「トイレです。いつも、コーヒーができるまでのあいだに、朝の日課をすますんですよ。トイレは、階段のすぐ脇ですから、ご自由に使ってください」

そう言い残し、外へ出て行く。

斉木は、待っていたように指を振り立て、梢田に嚙みついた。

「この野郎。おれに電話せずに、抜け駆けしようとしたな」

梢田は、とうにその言い訳を考えていたので、動じなかった。

「いや、国のおふくろから、電話がかかってきてね。話し込んでるうちに、島森がいつの間にかやって来て、ビルにはいっちまったんだ。それで、あわててあとを追ったわけさ。診療室に上がったら、あらためてかけるつもりだった。あんまり早すぎて、コーヒーを飲み終わってなかったら悪い、と思ってな。モーニングサービスは、なんだったんだ」

斉木は腕を組み、ソファに背を預けた。

「モーニングなんか、どうでもいい。おまえのおふくろが、おまえに電話してきたなどという話は、一度も聞いたことがないぞ」

「だから、たまにかかってくると、話が長くなるわけさ。それより、段ボール箱は無事だぞ」

話をそらそうとして、つい口が滑ってしまう。

斉木が、ちらりと小百合を見る。

その気配に、小百合はたいして興味はないが、という口ぶりで聞いた。

「段ボール箱が無事って、どういう意味ですか」

梢田は、咳払いをした。

「いや、別に。単に、段ボール箱が置いてあるぞ、という意味だ」

「どこにですか」

「カーテンの内側の、診察台の上さ。さっき、ちらりと目の端に、映ったものだから」

「段ボール箱が、どうかしたんですか」

しつこく聞かれて、辟易する。

「別に、どうもしないよ。ただ、おととい例のレンタルボックスの店に、島森の縫いぐるみのコーナーが、あったわけさ。あれを搬入するのに、段ボール箱でも使うんじゃないかな、とか思ったもんだから」

わけの分からない弁解になる。

小百合が、何か言い返そうとしたときドアが開き、島森がもどって来た。

島森は流し台へ行き、煮立ったコーヒーメーカーを手にとって、四つのカップにコーヒーをつぎ始めた。

斉木が、梢田の方に乗り出し、ささやく。

「トイレに行って、中をチェックしろ。物入れとか、トイレットペーパーの芯の中とか。水槽タンクの中も、だぞ」

梢田は、勢いよく立ち上がった。

「それじゃ、わたしもちょっとトイレを、拝借します」

島森の返事を待たずに、そそくさと診療室を出る。

トイレは、近ごろめっきり少なくなった和式のもので、半畳もないほどの狭さだった。水槽タンクも、めったに見かけない上部設置、鎖操作式の年代物だ。

戸棚はない。トイレットペーパーの芯も、異状なし。

窓枠に足をかけ、どうにか水槽タンクまで上体を引き上げて、おざなりに中を探った。

手に触れるものは、水以外に何もなかった。

「くそ」

一人で悪態をつきながら、手をふいて診療室へもどる。

22

島森誠三は斉木斉、五本松小百合と向かい合い、機嫌よくコーヒーを飲んでいた。

梢田威のカップは、島森の隣の席に置いてある。

梢田はそこにすわり、テーブルの上を見回してから、島森に言った。

「ええと、砂糖とミルクはありませんか」

「すみません。両方とも、使わないもので」

梢田はあきらめ、苦いコーヒーを飲んだ。

斉木が、視線を送ってよこしたので、小さく頭を振って異状なし、の合図をする。

斉木はコーヒーを飲み、なんの前触れもなく言った。

「そういえば、おととい神保町のアルファスペースという、レンタルボックスの店に行きましてね」

アルファスペースと聞いたとたん、島森の体が一瞬こわばったように見えた。

斉木が続ける。

「島森さんは、あそこのボックスの一つを、借りてますね。縫いぐるみを、売るために」

島森は、わざとらしい笑いを浮かべた。

「よくご存じですね。確かに、借りてますよ。わたしは、縫いぐるみを作るのが趣味で、それを出品するわけです。まあ、あまり売れませんけどね」

「特定の顧客が、いるんじゃありませんか。例えば、明央大学の山本アンナ、とか」

島森は、がぶりとコーヒーを飲み、聞き返した。

「山本アンナさんを、ご存じなんですか」

「ええ、知ってますとも。このクリニックにも、ときどき犬を連れて来るでしょう」

梢田が応じると、島森はもう一度笑った。

「いやいや、よくご存じですね。あの人は、犬が大好きなんですよ」

小百合が、口を挟む。

「生きている犬ですか。それとも、縫いぐるみですか」

島森は口ごもり、またコーヒーを飲んだ。

「両方ですね。アルファスペースでも、買ってくださいますし」

斉木が、また口を開く。

「それにしても、あのレンタルボックスの縫いぐるみは、いい値づけだ。ちょっと、高すぎやしませんか」

「高いかどうかは、お客さんの判断でしょう。まあ、わたしとしては別に売れなくても、困りはしませんから」

島森は、そう言って少しのあいだ口をつぐみ、あらためて続けた。

「おととい、警視庁の刑事さんがわたしの縫いぐるみを、そっくり買い上げたらしいんですが、ご存じですか」

梢田はうなずいた。

「ええ、知ってますとも。斉木係長とわたしも、その場にいましたからね」

島森が、上目遣いに言う。

「買い上げる前に、別の刑事さんが電話でわたしの承諾を得た、と言って店の縫いぐるみを、そっくり任意提出させようとしたという話も、聞きましたよ。お心当たりが、おありですか」

斉木が、乾いた笑い声を立てる。

「ああ、あれね。あれは、アルバイトの店員の勘違いでしてね。ちょっとからかっただけなのに、本気にしちゃったものだから」

島森は、いくらか余裕を取りもどしたように、肩をすくめてみせた。

「わたしとしても、ただで持っていかれるのは、困ります。買い上げていただいて、よかったです」

小百合が、瞳をくるりとおおげさに回し、言ってのける。

「警視庁では今、縫いぐるみが大人気でしてね。ことに、中に覚醒剤なんかが仕込んであったら、泣いて喜びますよ」

とたんに、診療室の中が、しんとなった。

斉木が、何も聞こえなかったというように、しかつめらしく上着の袖の塵を払う。

梢田は、コーヒーの中にゴキブリがはいっていないか、と疑うような思い入れでぎゅっと眉を寄せ、カップの中をのぞき込んだ。

いったい何を言い出すのだ、五本松小百合は。

島森は取ってつけたような、ひからびた笑い声を漏らした。

「これはまた、冗談がきついですね。何を考えてらっしゃるんですか」

小百合が、しれっとして続ける。

「一度に売れてしまった以上は、また縫いぐるみをまとめて補充しないと、いけませんよね。在庫はあるのですか」

島森は、笑いを消さなかった。

「在庫ですか。ええ、たくさんありますよ。わたしは、作るのが早いですから」

梢田は、気を取り直してカップを置き、診察台の方に顎をしゃくった。

「たとえば、あの段ボール箱の中に、山ほど詰まってるとか」

島森は、ぎくりとしたように振り向き、診察台を見た。

「いや、たまたまカーテンの隙間から、見えたものですからね」

梢田が言葉を継ぐと、島森は一転して屈託のない笑みを浮かべた。

「おっしゃるとおりです。あの中に、わたしの最近作が十五体前後、はいってますよ」

小百合は、笑みを浮かべて言った。

「ぜひ、拝見したいわ。見せていただけませんか」

本心からそう思っている、という口調だった。

島森は、またきざなしぐさで肩をすくめ、あっさりうなずいた。

「いいですよ。そんなに、お好きならね」

立ち上がって、カーテンを開く。

段ボール箱を抱え、テーブルにもどった。

蓋を開いて、縫いぐるみを一つずつ取り出し、並べていく。

全部で十三体あった。例の小犬も、交じっている。

梢田は、百人一首の決まり札を狙うように、そればかり睨んだ。

小百合が、トートバッグに手を入れて、何か取り出した。

「これで、撮影していいですか」

小百合が手にしたのは、小さなビデオカメラだった。

島森は、とまどったように瞬きしたが、別に反対しなかった。

「いいですよ。参考になるんでしたら」

斉木が、梢田をちらりと見る。

梢田は、小さく首を振った。

小百合に、ビデオカメラを持って来るように、とは指示しなかった。

小百合独自の判断に違いないが、考えてみれば映像でこの場面を記録するのは、グッドアイディアだった。

目下話題の、取り調べの可視化の動きにも、通じるものがある。

もっとも、小百合がこの縫いぐるみのどれかに、覚醒剤が仕込んであることを知って、用意したとは思えない。

もしそうなら、いい勘をしている。

斉木が、小兎の縫いぐるみを取り上げて、ビデオを回す小百合が写しやすいように、レンズの前に突き出した。

「確かに、よくできていますな」

わざとらしく、お世辞まで言ってのける。

梢田も、ごく自然に振る舞いながら小猫を手に取り、腹のあたりをなで回した。

それを置き、いよいよ小犬に取りかかろうとしたとき、横合いから斉木がそれをつかんだ。

「ほう、この小犬は、かわいいですな」

島森が、得意そうに胸を張る。

「小犬は、得意中の得意でしてね。犬種に合わせて、二十種類は作れますよ」

「ほう、それはすごい」

斉木はそう言って、腹のあたりを両方の親指で、丹念に押した。

それから、急に眉をひそめる。

「これはどうも、ちょっと手ざわりがおかしいな。何かはいっているようだ」

島森は、たいして驚いた顔もせず、言ってのけた。

「詰め物が、かたよってるんでしょう。よくあることですよ」

斉木は、じろりと島森を見た。

「この、腹の部分の縫い目を切って、中をあらためたいんですがね。いいですか」

島森は、眉根を寄せた。

「それは、勘弁してください。これから、レンタルボックスに入れて、売るんですから」

小百合がカメラを上げ、島森を写している。

斉木が言った。

「それじゃ、これを買おうじゃないですか。買うなら、文句はないでしょう」

島森の顔に、初めて不安の色が浮かぶ。

「ええ、まあ、買ってくださるのなら、好きなようにしていいですけど」

「いくらですか」

「ええと、そうですね。それじゃ、原価でサービスします。五千円でいいです」

安くはないが、レンタルボックスでの値づけに比べれば、ましな方だ。

斉木が、梢田を見る。

「おまえが、出しておけ」

「おれが」

梢田は抗議しようとしたが、斉木が怖い顔をして睨みつけるので、不承不承財布を取り出した。

五千円札を、島森に渡す。

「領収書をくれませんか。ついでに、ハサミを貸してほしいんですが」

「いいですよ」

島森は、ソファを立った。

自分のデスクで領収書を書き、ハサミを持ってもどる。

その動きは自然で、中に覚醒剤がはいっていることなど、まるで忘れたような風情だった。

梢田は、何か落ち着かないものを感じたが、今さらやめるわけにいかない。

領収書をしまい、斉木から小犬を受け取って、腹の縫い目を切る。
七、八時間前に、自分で縫い直した糸だ。
縫い目を広げる。そこに、ビニールの小さな袋が、顔を出した。

目を近づけると、それらしき白い粉がはいっている。

梢田は、自分の指紋をつけないように用心しながら、その袋を島森に突きつけた。

「こいつは、珍しい詰め物だ。素材はなんですか」

それを見た島森は、しんそこびっくりしたように口をあけ、眼鏡を指で押し上げた。

「こ、こんなものを入れた覚えは、ありませんよ。何かの間違いだ」

「見たところ、詰め物というより覚醒剤のように、見えますがね」

「ま、まさか。わたしは、知りませんよ」

まるで、それまでの落ち着きぶりが嘘のように、ひどくうろたえていた。

その一部始終を、小百合が撮影する。

斉木が、重おもしく言った。

「あいにく、覚醒剤かどうかを判定する試薬を、持って来なかった。任意で、御茶ノ水署へ同行していただくよう、お願いします。署で判定しますから」

島森は、ソファに背をへばりつかせ、梢田の膝をつかんだ。

「これはほんとに、何かの間違いです。この縫いぐるみの中には、何もはいっていないはずだ」

梢田は、島森の前に鼻面を突き出した。

「それは、まだはいっていないはずだ、という意味か。つまり、これから入れるつもりだった、ということかね」

島森は体をこわばらせ、悲鳴を上げるように言った。

「と、とにかくこれは、で、でっち上げだ。わたしが入れたんじゃないぞ」

しかしそのときには、小百合はもうカメラを回すのを、やめていた。

23

島森誠三は、取調室のテーブルに、上体を乗り出した。

「勘弁してくださいよ、刑事さん。ほんとうに、あの縫いぐるみには詰め物以外、何も入れた覚えはないんですから」

ほとんど、泣かぬばかりだ。

梢田威は、少しばかり島森がかわいそうになり、紙コップにペットボトルの緑茶を、注《つ》いでやった。

「まあ、あのビニール袋の中身が何か分かるまで、もう少しの辛抱だ。あれがただの氷砂糖なら、このまま帰ってもらっていいから」

隣にいる斉木斉が、逆に脅しをかける。

「ただし覚醒剤だったら、めんどうなことになる。そのときは、覚悟しておいた方がいいぞ」

「たとえ覚醒剤だとしても、わたしが仕込んだんじゃありませんよ」

島森は、頑強に言い張った。

実のところ、今朝ほど来《らい》の島森の言動から判断するかぎり、後ろめたいところは感じられなかった。

もし、小犬の縫いぐるみの中に覚醒剤を仕込んだのなら、もっとおどおどしてもいいはずだ。

それに、あれほどあっさりと段ボール箱の中身を、見せたりしなかったのではないか。

あのときの態度にも、そわそわしたりびくびくしたりする様子は、ほとんど見られなかった。

どうも、しっくりしないものがある。

ドアが開いて、取調室に五本松小百合と立花信之介が、はいって来た。

島森を取り囲むように、テーブルの両脇にすわる。

小百合は、小さな三脚をつけた例のビデオカメラを、テーブルにセットした。

録画スイッチを押し、やおら口を開く。

「島森誠三さん。今朝ほど、あなたのペット・クリニックの診療室で、小犬の縫いぐるみの中から発見され、あなたが自主的に任意提出してくださった白い粉末は、本署保安課で試薬検査をした結果、覚醒剤であることが判明しました。さらに正確を期するため、同試料を科学捜査研究所に、回付することにします」

まるで、マニュアルでも読み上げるような、そっけない口調だった。

「そ、そんな」

島森は言葉を途切らせ、四人の顔を順繰りに見た。

小百合が、無感動に続ける。

「また、覚醒剤がはいったビニール袋から、指紋はいっさい検出されませんでした。ただし、それが発見された場所や経緯等を考慮した結果、あなたを覚醒剤取締法違反事件の重要参考人として、事情聴取を行ないます。その結果によっては、逮捕にいたる可能性もあります。それについて、もしなんらかの説明や弁解があるようでしたら、この場で述べてください」

島森は、黒縁の眼鏡を人差し指で押し上げ、手の甲で口元をぬぐった。

こうして、証拠を目の前に突きつけられた以上、もはや言い逃れはできないだろう。

ふと、梢田は血の気を失った島森の顔を見て、急に暴れ出すか大声でわめき出すか、どちらにしても正気を失うのではないか、と危ぶんだ。

しかし、それは杞憂《きゆう》に終わった。

島森は、にわかに落ち着いた声で、しゃべり出した。

「わたしは、わたしに対するこの扱いに、断固抗議します。これは、あなたたち警察官による、でっち上げであると主張します」

梢田は、ひやりとした。

斉木が言う。

「ほう。でっち上げとは、穏やかでないですな。詳しく、お聞きしましょう」

ビデオカメラを意識してか、言葉遣いが妙にていねいになった。

「今朝、あなたがた三人はなんの前触れもなく、わたしのクリニックに押しかけて来ました」

立花が割り込む。

「三人というのは、御茶ノ水署生活安全課保安二係の斉木警部補、五本松巡査部長、梢田巡査長のことですか」

「そうです。捜索令状もなしに、いきなりの訪問でした」

梢田は、つい口を出した。

「わたしらは、そのときあなたのクリニックへ捜索に来た、と言いましたか」

「いや、そうは言いませんでしたが、目的はそうだったと思います」

「わたしは確か、世間話をしに来たと、そう申し上げた覚えがありますが、違いますか」

われ知らず、ていねいな言葉遣いになっているのに気づき、少し照れ臭くなる。

島森は、唇をへの字に曲げた。

「まあ、口ではそうおっしゃいましたけどね。わたしは、十時からクリニックを開くので、あまり時間がないとお断りしたでしょう」

「ですが、わたしは患者さん、というかお客さんが見えたら、すぐに退散する、とも言ったはずです」

「それはそうですけど、何がなんでも中にはいらないではおかない、という口ぶりだったじゃないですか」

「それは、島森さんの誤解ですよ。それとも、いやがるあなたを押しのけて、無理やり中にはいったとでも、おっしゃるんですか」

島森が、たじろぐ。

「い、いや、そこまでは、言いませんが」

「コーヒー一杯くらいのあいだなら、かまわないとおっしゃったでしょう」

梢田が言うと、斉木があとを続けた。

「わたしと五本松巡査部長にも、一緒にクリニックへ上がってもかまわない、と言いましたね」

島森は、頰を紅潮させた。

「分かりましたよ。あなたたちが、無理やりクリニックに押し入ったのでないことは、わたしも認めます」

「つまり、捜索令状が必要だと思われるような、強引なはいり方はしなかった、と」

立花に念を押されて、島森はしぶしぶのようにうなずいた。

「それでは、でっち上げというのはあくまで、あなたの強弁にすぎないわけですね」

立花の指摘に、島森の顔がまた赤くなる。

「いや、強弁じゃありません。それには、ちゃんと理由があるんです」

立花は、椅子の背にもたれた。

「お聞きしましょう」

島森は、もぞもぞとすわり直し、眼鏡を押し上げた。

「ええと、わたしは三人の刑事さんを五階の診療室に、ご案内しました。さっきおっしゃったとおり、コーヒーくらいはごちそうしよう、と思いまして」

小百合が、口を挟む。

「今朝方、何時ごろのことですか」

「確か、午前九時四十分から四十五分のあいだ、と記憶しています」

「ご自分の判断で、つまり警察官の強制にもとづくのではなく、診療室へ案内されたのですね」

島森は、ちょっと不服そうにしたが、うなずいた。

「そうです。でも、そこからが肝腎なんです。部屋に上がったあと、わたしはすぐにコーヒーメーカーをセットして、コーヒーの用意を始めました。それから、朝の日課を果たすために、部屋を出たわけです」

「朝の日課、とおっしゃいますと」

「トイレです。わたしの場合、身を軽くしてからでないと、一日が始まらないので」

「トイレの場所は、どこですか」

「部屋を出た、階段のすぐ脇にあります。そこで日課をすませて、また部屋へもどった直後に、トラブルが発生したわけです」

「トラブルとは、どういうことですか。具体的に、説明してください」

小百合の口調は相変わらず、合成音声のようだった。

「わたしは、神保町のアルファスペースというレンタルボックスに、動物の縫いぐるみを出品しています。その中に、覚醒剤が仕込まれているのではないか、とにおわせるようなことを言われて、大いに気分を害しました」

島森はそう言って、また四人の顔を順に見た。

梢田も含めて、だれも何も言わない。

しかたなさそうに、島森は続けた。

「それにからんで、おとといの夕方でしたか、店番の吉野君から電話で、報告を受けました。刑事さんたちと、縫いぐるみの任意提出を巡って、押し問答があった。そのあげく、警視庁のなんとかいう刑事さんが、そこにあった縫いぐるみを、そっくり買い上げて行った、というんです。妙な話だとは思ったんですが、売れちゃったのはありがたい。

それに、レンタルボックスがからになった以上は、新しい商品を補充しなければならない。そこでわたしは、作り置きの縫いぐるみのストックを、診療室の診察台の段ボール箱に、入れておいたんです。今日にでも、アルファスペースへ持ち込もう、と思いましてね」

一度言葉を切り、さらに続ける。

「診察台は、カーテンで囲ってありますから、中は見えないはずです。ところが、わたしがトイレからもどると、なぜか刑事さんたちは診察台に、段ボール箱が置いてあるのを、知っていました。それどころか、中に縫いぐるみがはいっていることも、ご存じのようでした。その上で、そちらの女性の刑事さんが、縫いぐるみを見せてほしい、とおっしゃったわけです」

梢田は、割り込んだ。

「初めから、知っていたわけじゃありませんよ、島森さん。たまたま、カーテンの隙間から、段ボール箱らしきものが見えたので、お聞きしたまでです。縫いぐるみがはいっているなんて、もちろん知りませんでした。何か言ったとすれば、それは単なるあてずっぽうですよ」

むろん、深夜にチェックしたことなど、おくびにも出さない。

島森が反論する。

「わたしには、そうは聞こえませんでしたね。まして、その縫いぐるみを見せてほしい、と言われたときは、はなはだ困惑しました」

小百合が、口を開く。

「なぜ困惑したのですか。縫いぐるみの一つに、覚醒剤が仕込んであったからですか」

島森は、のけぞった。

「ち、違いますよ。普通、刑事さんが縫いぐるみなんかに、興味を持つわけがないでしょう。にもかかわらず、縫いぐるみを見せてほしい、とおっしゃる。中に、何か違法なものを隠していないかと、疑っておられる様子でした。現にあなたは、それをほのめかすようなことを、口にしたじゃないですか」

「あれは、ほんの冗談でした」

小百合の口調は、これ以上ないほどそっけない。

島森は口をとがらせたが、思い直したように言った。

「とにかく、理由もなしに疑われたと思って、困惑した次第です」

「困惑したようには、見えませんでしたがね」

「それは、疑われるのがいやだったから、平静を装ったんです。本来なら、刑事さんに進んで見せる義務はないのに、疑いを晴らすためにお見せすることに、同意したんです」

斉木が割り込む。

「快く見せれば、中に何か違法なものが仕込んであるとは思わず、チェックもおざなりになる、と期待したからじゃありませんか」

島森は、鼻先にニンニクを突きつけられたドラキュラのように、たじたじとなった。

「とんでもない。早く、疑いを解いてほしい一心で、同意しただけです。まさか、小犬の中に覚醒剤が仕込んであるなんて、夢にも思いませんでした。少なくとも、わたしがあの縫いぐるみを仕上げたとき、そんなものを隠した覚えはありません」

「それじゃ、なぜ覚醒剤が出てきたんですか。小犬が自然にはらんだ、とでもいうんですか」

斉木の皮肉に、島森は赤くなった。

「冗談じゃない。あれは、あなたたちのしわざだ。あなたたちがあれを、仕込んだに違いありませんよ。トイレに行くため、わたしが部屋をあけたあいだに、です」

24

取調室の中が、しんとなる。

梢田威は、ごくりと喉を鳴らしてしまい、あわてて咳払いをした。

覚醒剤を仕込もうとしたのは事実だが、すでに仕込んであったのでやめたとは、口が裂けても言えない。

立花信之介が、沈黙を破る。

「ちょっと、整理してみましょう。トイレからもどったあと、レンタルボックスの話になった。それから、補充のために新しい縫いぐるみを用意した話になり、五本松巡査部長がそれを見せてほしい、と言い出した。そしてあなたは、それに応じたわけですね。そのあとのやりとりを、島森さんの口から聞かせてください」

島森誠三はハンカチを取り出し、眼鏡をはずして顔をふいた。

紙コップに注がれた緑茶を、ゆっくりと飲み干す。

眼鏡をかけ直し、あらためて口を開いた。

「縫いぐるみを調べていくうちに、そちらの斉木さんとおっしゃる刑事さんが、小犬の腹を押して手ざわりがおかしい、と言い出したんです。わたしは、詰め物がかたよっているだけだ、と答えました。すると、縫い目を切って腹の中を調べていいか、とおっしゃるんです。わたしは、それは商品なので勘弁してほしい、と言いました」

立花が、眉根を寄せる。

「すると梢田刑事は、あなたの拒絶を無視して縫い目を切った、というわけですか」

梢田が、すかさず抗議しようとするのを、立花は手で止めた。

促された島森が、おもしろくなさそうに応じる。

「いえ、そういうわけでもないんです。斉木刑事は、その、つまりですね、だったらそれを買おうじゃないか、とおっしゃいました。買えば文句ないだろう、と」

「それで、どうしたんですか」

「まあ、買ってくださるのなら、わたしも縫い直さずにすむし、OKしたわけです」

梢田は、おもむろにポケットから財布を抜いて、領収書を取り出した。テーブルをすべらせる。

「縫いぐるみを購入したとき、あなたに領収書を書いてもらいました。これですね」

島森は、見たくもないものを見たという風情で、眉根を寄せた。

「そうです」

「わたしは、あなたにハサミを貸してほしいと頼みましたが、あなたは貸してくれましたか」

「ええ、まあ、貸して差し上げました」

「わたしはそのハサミで、買ったばかりの小犬の腹の縫い目を切って、中を調べました。そうしたら、詰め物のあいだに小さなビニールの袋が、仕込まれていました。そしてその中に、白い粉がはいっていた。それに、間違いありませんね」

「ですから、それはわたしが仕込んだんじゃない、と」

島森が言うのを無視して、斉木斉が割り込む。

「その白い粉を、署に持ち帰って試薬検査にかけたところ、覚醒剤であることが判明したわけです。一連の、クリニックでのやりとりから、覚醒剤を発見するまでのいきさつは、五本松巡査部長がビデオカメラで撮影、記録しています。状況からして、弁解の余地はないと思いますが、どうですか」

島森は、ビデオカメラのレンズに眼鏡を向けて、皮肉たっぷりに言った。

「わたしが部屋を離れているあいだに、あなたたちが縫いぐるみに覚醒剤を仕込んだところも、撮っておいてほしかったですね」

五本松小百合が、口を開く。

「覚醒剤を仕込むには、まず縫いぐるみの腹の縫い目を切って、押し開かなければなりません。そして、仕込んだのち同じ箇所を糸と針で、縫い直す必要があります。わたしたちは、あなたがトイレに行く前に、ハサミと糸と針を貸してほしい、とお願いしましたか」

島森は、ぐっと詰まった。

「い、いや。別に、お願いはされませんでした。しかし、わたしのデスクの引き出しの中に、ハサミと一緒に糸と針も、はいっています。探せば、すぐに見つかるところです。わたしが、ハサミを取り出したとき、ごらんになったでしょう」

「それは、あなたがトイレから、もどったあとのことです。そもそも、でっち上げをたくらむとき、ハサミや糸や針が現場にあるものと期待して、手ぶらで行くでしょうか。覚醒剤を仕込むつもりなら、最初から必要なものをすべて手元に用意して、その場に臨むのが普通ではありませんか」

島森は少し考え、芝居がかったしぐさでぱちん、と指を鳴らした。

「分かった。おっしゃるとおり、わたしをあてにして何も用意せずに来る、ということはないでしょう。だとすれば、あなたたちのだれかが、糸と針を用意してきたんだ。それに違いありませんよ」

小百合は少し間をおき、話を変えて言った。

「あなたが、トイレに行っていたのは、どれくらいの時間ですか」

島森は天井を睨み、考えながら答えた。

「そうですね、あれはいつもの習慣なので、計ったことはないけど。まあ、五分くらいのものでしょうか」

「五分間で、どこにあるか分からないハサミを探し出し、縫い目を切って覚醒剤のはいったビニール袋を仕込み、また縫い合わせておくなどという芸当が、できると思いますか」

「現に、できたじゃないですか」

島森は決めつけ、どうだまいったかと言わぬばかりに、ぐいとうなずいてみせる。

まるで、それを合図のように取調室のドアに、ノックの音が響いた。

小百合が、ビデオカメラのスイッチをオフにして、戸口に出る。

梢田は、顎を引いた。

開いたドアから、鬼瓦のような顔をのぞかせたのは、牛袋サトだった。

サトは、中にいる五人を一人ずつねめつけ、立花を顎でぐいと呼びつけた。

立花は席を立ち、サトと一緒に取調室を出て、ドアを閉じた。

島森が、いくらか不安そうな面持ちになり、小百合に聞く。

「いつまでここに、いなけりゃいけないんでしょうか。午後三時から、診療の予約がはいってるんですが、それまでに終わりますかね」

「あなたは重要参考人で、まだ逮捕されたわけではありませんから、いつでもお帰りになってけっこうですよ」

小百合の返事に、島森はむしろぽかんとした。

それに押しかぶせるように、斉木が硬い声で言う。

「ただし、すぐにまた呼び出しをかけるから、行き来する時間がむだになるがね」

島森は、瞬きした。

「でも、これで疑いが晴れたはずですよ」

「あんたが、勝手にそう思ってるだけだ。これだけ物的証拠がそろってるのに、無罪放免になるわけがないだろう」

斉木の言葉に、島森はしゅんとなった。

黙って下を向いたまま、しばらく考えている。

それから顔を上げ、決然として言った。

「これ以上の事情聴取には、応じないことにします。何を聞かれても、答えませんから」

「黙秘する、というのか」

梢田が聞くと、島森はうなずいた。

「そうです。これからは、弁護士同席の上でないと、何もしゃべりません」

斉木が、せせら笑う。

「よく言うぜ。アメリカの、刑事ドラマの見すぎだぞ」

島森はそれに答えず、ぐいと唇を引き結んだ。

またまた取調室に、沈黙が漂う。

そのときドアが開いて、立花がもどって来た。

心なしか、表情が硬い。

「牛袋管理官が、お呼びです。お一人だけ、島森さんの話し相手にここに残って、あとはわたしと一緒に来てください」

「それじゃ、自分が残ります」

梢田が言うと、斉木がそれをさえぎった。

「おれが残る。おまえが行ってこい」

「しかし、係長が行かないことには」

「係長代理は、五本松が務める。おれはこの男と、じっくり話を詰めることにする」

要するに、サトと話をしたくないのだ、と解釈する。

梢田は、立花を見た。

「いいですか、それで」

立花は、ちょっと迷うようなしぐさをしたが、すぐにうなずいた。

「いいですよ。それじゃ、五本松巡査部長と梢田さんに、来てもらいましょう」

島森は、斉木と二人きりになることに不安を覚えたのか、救いを求めるように小百合を見上げた。

しかし、小百合はそれを無視して、さっさと戸口に向かった。

梢田も、それに続く。

取調室を出ると、立花は先に立って廊下の突き当たりの、A会議室にはいった。

そこには、テーブルを挟んでサトと一緒に、おなじみの鈴木良比古と田中琢磨の、二人の警部補がいた。

梢田は、三人がなぜタイミングよく姿を現したのか、内心首をひねった。

だれかから、急報を受けたのか。

それとも、たまたま御茶ノ水署に立ち寄って、島森が引致されたことを知ったのか。

どちらにしても、わずらわしい連中だ。

梢田と小百合は、立花と並んで三人の向かいに、腰を下ろした。

鈴木が、上背のある体を折るようにして、口を開く。

「立花課長から聞いたが、島森を引っ張ったそうだな。お手柄だったじゃないか、梢田巡査長」

わざとらしく肩書で呼ばれて、梢田ははなはだ気分を悪くした。

「なに、怪我の功名ですよ」

そう応じると、田中がいやみな口調で言う。

「しかし、捜索令状なしに発見押収したブツは、違法収集証拠と見なされることが多い。検察はともかく、裁判官を納得させるのはたいへんだぞ」

サトは、なだめるように手を上げた。

「まあまあ。今、立花警部からざっと経過を聞きましたが、その場にいたあなたたちからもう一度、細かいいきさつをうかがいましょうか」

「細かいいきさつ、とおっしゃいますと」

梢田の問いに、サトは顎を引いた。

「言葉どおりの意味よ。それも、嘘を交えずにね」

言うことが、いちいち気にさわる。

やむなく梢田は、ときどき小百合に確認を求めながら、朝からの島森とのやりとりを細大漏らさず、サトに報告した。

聞き終わると、サトは細かく書き取っていたメモを読み返し、小百合を見た。

「今の梢田さんの報告に、間違いありませんか」

「ありません」

「補足したいことは」

「ありません」

小気味よいほど、はきはきした口調だ。

「覚醒剤を発見したシーン、およびその後の署内での事情聴取の模様は、ビデオに撮ってあるのね」

「はい」

サトは、むずかしい顔をしてメモを眺め、もう一度小百合を見た。

「覚醒剤を発見したとき、あなたはその場にいたんでしょう」

「はい」

「島森がトイレに行ったとき、斉木さんと梢田さんが何か妙な動きをした、ということはありませんか」

「ありません」

梢田は、黙っていられなくなった。

「お言葉ですが、管理官。島森がトイレに行ってるあいだ、自分も係長もケツに糊《のり》がくっついたように、椅子から立ち上がりもしませんでした」

小百合が、そのとおりだというように、うなずく。

サトは眉をひそめ、何がなんでもあらを探そうという目で、またメモを見下ろした。

「縫いぐるみも、ちゃんとお金を払って買った上で、縫い目を切ったのね」

「もちろんです。領収書もあります」

梢田は請け合ったが、サトはそれを露骨に無視して、小百合に聞いた。

「だれが縫い目を、切ったのですか」

「自分です」

小百合より先に、梢田は答えた。

サトはそれも無視して、なおも小百合に質問する。

「縫い目を切りながら、手の中に隠した覚醒剤入りのビニール袋を、詰め物のあいだに突っ込んだ、というような可能性はありませんか」

　梢田は憤然として、また割り込んだ。

「それは、あんまりじゃありませんか、管理官。自分が、意図的にブツを仕込んで、容疑をでっち上げたとでも、おっしゃるんですか」

　抗議しながら、また冷や汗をかく。

　一つ間違えば前夜、そのとおりのことをしていたのだ。

　サトは、なおも疑わしげにメモを眺めていたが、ふと思いついたように梢田を見た。

「糸はどうしたの」

25

　わけもなく、ぎくりとする。

「糸、とおっしゃいますと」

　梢田威が聞き返すと、鈴木良比古が口を開いた。

「縫い目を開くときに、糸を切ったはずだぞ。その糸をどうした、と聞いておられるんだよ、管理官は」

　牛袋サトがうなずく。

梢田は、体が冷たくなるのを感じた。

あわただしく、考えを巡らせる。

「ええと、だいじなのは縫いぐるみそのものと、中に隠されたブツというか、覚醒剤でありまして、切った糸がどうなったかは、つまりその、よく覚えておりません。というか、単なる切り屑として、現場に散らかしてきたんじゃないか、と」

サトが、ばしりとテーブルを叩き、梢田は背筋をしゃんとした。

「たとえ糸屑一本といえども、証拠は証拠でしょう。そまつに扱う人がいますか」

「しかし、要するにブツが出てきたのは、事実であります。それに、自分と斉木係長だけならまだしも、管理官の信頼厚い五本松巡査部長も、その場に同席していたのでありますから、間違いないのであります」

弁解にこれ努めたが、しどろもどろになる。

確かに、糸のことを忘れていた。

まず、深夜に最初に縫いぐるみの縫い目を開いたとき、切り捨てたもともとの糸がある。

次に、覚醒剤がすでに仕込んであるのを発見して、そのまま自分の裁縫セットの糸を使い、縫い直した。

切った糸屑は、全部引き抜いてポケットにしまい、ビルを出たあと風に吹き散らした。

もっとも、仕込もうと思った覚醒剤が、すでに仕込んであったせいで、かなり頭が混乱していたから、診療室に糸屑一本残さなかったかどうか、あまり自信がない。

さらに今朝方、縫い直した糸を自分でもう一度切り、覚醒剤を取り出した。

そのときの糸屑は、どうしただろうか。

やはり、全部抜き取ってポケットにしまい、同じように処分したつもりだ。

しかし、このときも完璧に糸屑を回収したかどうか、今ではあやふやな気がする。

診療室のテーブルの上か、下の床に一本か二本残っていない、という保証はない。

最初に切り取った糸屑が見つかり、それが問題の縫いぐるみの糸と一致すれば、島森誠三自身が覚醒剤を仕込んだことが、はっきりする。

一方、梢田が縫い直した糸の屑が一本でも回収されれば、もとの糸と一致しないことが判明する。

その場合、島森以外のだれかが縫い目を切り開いて、覚醒剤入りのビニール袋を詰め、別の糸で縫い直したことが、明らかになる。

島森の容疑は、そこで晴れるだろう。

縫い直した糸が、梢田のポケットに今もはいったままの、裁縫セットから出たものだとばれた日には、覚醒剤を仕込んだのも確実に梢田のしわざ、と見なされるに違いない。

でっち上げの動かぬ証拠になり、冷や汗どころの騒ぎではない。

めんどうなのは、深夜に梢田が切り捨てた最初の糸と、縫い直した梢田の糸の両方が回収されて、二つともオリジナルの糸とは別ものだ、と判明した場合だ。

そのときは、梢田たちよりも先に覚醒剤を仕込んだ者がいる、ということになる。

話がややこしくなりすぎ、頭の中がぐるぐる回り出した。

サトは、そんな梢田の様子を見つめていたが、ふと目を隣に移した。

五本松小百合に聞く。

「問題の、小犬の縫いぐるみは」

「押収してあります」

「すぐに、持っていらっしゃい。糸屑が、残っているかもしれないわ」

小百合は席を立ち、会議室を出て行った。

梢田は腕を組み、天井を眺めた。

またまた、冷や汗が出てくる。

縫いぐるみの中に、覚醒剤入りのビニール袋を仕込もうとしたのは、思えば無謀極まりないアイディアだった。

縫いぐるみ全体を縫った糸と、自分の裁縫セットの糸が違うという事実は、鑑識が調べれば一発で分かることだ。

細工したことが、いっさい分からないようにするためには、同じ糸を使ってすべての部分を、同じように縫い直さなければなるまい。

それをしなかった以上、もし細工がばれたら命取りだ。

そのことを、深く考えずに斉木斉の話に乗ったことが、今さらのように悔やまれる。

いや。

自分はともかく、万事抜け目のない斉木までが、その問題をおろそかにして、でっち上げの計画を立てたのは、おそまつだった。

取調室に残った斉木に、そのことを指摘してやりたい。

そもそも、最初に切り開いたときの糸が何色だったか、はっきり覚えていない。

それさえ思い出せれば、いくらか頭の整理がつくのだが。

小百合が、証拠保管用のビニール袋にはいった、例の縫いぐるみを手にもどって来た。

ファスナーをはずし、テーブルに小犬を押し出す。

サトは、ボールペンの先で小犬を裏返し、詰め物がのぞく腹の部分に、目を近づけた。

小百合が言う。

「残っているのは、両端のもとの糸だけです。かりに、だれかが別の糸で縫い直したとしても、その糸は全部取り除かれていますね」

少なくとも、縫いぐるみ本体には残っていないと分かり、梢田はほっとした。

手の汗を、膝にこすりつける。

立花信之介が、おもむろに口を開いた。

「そうだとすれば、切り開いた箇所も両端に残っているのと、同じ糸で縫われていたと解釈するのが、常識的と思いますが」

梢田は大きくうなずき、同感の意を表して言った。

「これで島森の容疑は、動かしがたいものになるでしょう」

サトが、辛抱強く首を振って、小百合に言う。

「あなたが撮影したビデオカメラに、梢田さんが縫いぐるみの糸を切り開くところが、収められているはずよね」

それがあったか、と梢田はまたひやりとした。

小百合は瞬きして、すぐにうなずいた。

「はい。そのシーンは、確かに撮影しました。ですが、梢田さん自身を画面に収めるために、手元のアップは写しませんでした。わたしも、糸のことにまで考えが及びませんでしたし、種類が分かるまではっきり写したかどうか、あまり自信がありません」

それを聞いた田中琢磨が、パイプ椅子を鳴らして立ち上がる。

「わたしが、島森のクリニックへ行って、現場を捜索します。糸屑が、まだ落ちているかもしれません。発見したら、回収してきます」

梢田はあわてて、田中を見上げた。

「そんな必要はないでしょう。落ちていたとしても、縫いぐるみと同じ糸に違いありませんよ」

田中は、梢田を睨んだ。

「送検するためには、どんな小さな証拠もおろそかにしてはならん。あんたも刑事なら、それくらい百も承知だろう」

正論を返されて、梢田はぐっと詰まった。

しかたなく、肩をすくめる。

「それじゃ、好きにしてください」

追い詰められた気分だ。

サトが、立花に聞く。

「クリニックの部屋の鍵は、どうなっていますか」

「鍵は島森が持っていますが、施錠せずに任意同行に応じました。そのため、島森ビルの前で立ち番をするように、駅前交番の巡査に連絡しておきました。巡査に言えば、すぐに中にはいれます」

立花がそう答えると、田中はくるりと体を回した。

「ひとっ走り、行ってきます」

そう言い残して、戸口に向かう。

田中が出て行ったあと、会議室に重苦しい沈黙が流れた。

しばらくして、立花があまり気乗りのしない口調で、サトに言った。

「逮捕状を、請求しておいた方がいいですかね、管理官」

サトは、首を振った。

「まだ、早すぎますよ。田中警部補がもどって来て、もともとの糸と同じ糸だということが、立証されてからの話でしょう」

梢田は腕を組み、また天井を見上げた。

どうも、うまくない。

深夜、あの縫いぐるみの腹を切り開いたとき、どんな色の糸が使われていたか、もう一度思い出そうとした。

糸は白か黒、という思い込みがあるせいで、色など深く考えたことがない。

現に、自分の裁縫セットの糸も白と黒の二種類で、使ったのは白の方だった。

切ったのは、島森が使ったもともとの糸だったのか、それともだれか別人が仕込んだあと、縫い直した別の糸だったのか。

それによって、島森の容疑が晴れるか確定するか、二つに一つだ。

梢田は、わざとらしく咳払いをして、腰を浮かせた。

「すみません。ちょっと、トイレに行ってきます」

全員の視線を背に感じながら、そそくさと会議室を出る。

五歩離れるなり、廊下をダッシュして、取調室に駆けもどった。

ノックもせずに、ドアをあける。

斉木と島森が、テーブルを挟んですわったまま、驚いた様子で梢田を見た。

斉木に、顎をしゃくる。

「ちょっと」

斉木は、仏頂面をして椅子を立ち、戸口に来た。

梢田は、斉木を廊下へ引っ張り出し、ドアを閉じた。

中に聞こえないように、声をひそめて言う。

「おい、めんどうなことになったぞ」

会議室でのやりとりを、ざっと斉木に話して聞かせた。

聞くうちに、斉木の眉がだんだんきつくなる。

「おれが、糸のことを深く考えなかったのは、いつものことだ。しかし、あんたまでがそのことを忘れていた、というのはうかつじゃないか」

梢田が話を締めくくると、斉木は鼻の上にしわを寄せた。

「くそ。まったく、おれとしたことが、どじを踏んじまった」

珍しく、自分の非を認めたので、梢田は逆に不安になった。

「どうする。かりに、田中警部補が残った糸屑を見つけて、それがもともと使われていたのと同じと分かれば、島森の容疑はそのまま確定するから、問題ない。しかし、おれが縫い直した方の糸屑だったら、やつの容疑は晴れてしまう。それと、もう一つある。もとの糸でも、おれの糸でもない別の糸が見つかったら、だれかがおれたちより一足先に、小犬にブツを仕込んだことになる。いや、それだけじゃない。今言った、三種類の糸が全部発見回収されたら、どういうことになると思う。考えるだけで、頭が痛くなってくるぞ」

「少し黙ってろ、おしゃべりめ」

斉木は、最高に機嫌の悪い声でののしり、腕を組んで考え込んだ。

そのあいだに、梢田もあれこれ考えを巡らし、思いつきを口にした。

「おい、こういう筋書きはどうかな。島森が言うとおり、やつは無邪気に縫いぐるみを作っただけで、だれかがひそかにブツを仕込んだのを、知らなかった。今朝からの、やつの言動や反応から推察すると、実際何も知らなかったように見える。つまり、真犯人は島森のあずかり知らぬところで、縫いぐるみを利用してブツを売りさばこうとした、という読みはどうだ」

斉木は、驚いたように目をぱちくりさせて、梢田を見返した。

「おい。どこを叩けば、そんな考えが浮かんでくるんだ。少し、見直したぞ」

　梢田は、まんざらでもない気分になり、鼻をこすった。

「おれだって、この商売は長いからな。むだ飯を食ってるわけじゃない」

　斉木が、ふんと鼻で笑う。

「おまえが、ない知恵を絞るのを目の当たりにして、見直したと言っただけだ。ただし、その筋書きは、的はずれだな」

　梢田は、がっくりした。

「なぜだ。どこが、的はずれなんだよ」

「だれがなんのために、そんなめんどうなことをするんだ。ブツをさばくなら、もっと簡単な方法がいくらでもある。島森が、この一件にからんでることは、間違いないさ」

「しかし、少なくとも今日のやつの対応からすると、そうは見えないんだよな」

　そこまで言ったとき、梢田の頭に天啓のようにひらめくものがあった。

「おい、ちょっと待て。思い出したぞ」

「何を」

「ゆうべ、おれたちが忍び込む前に、島森ビルから怪しい男が出て来ただろう。あんたが気づいたんだから、忘れるわけがないよな」

「ああ、覚えてるさ。しかし、男とはかぎらん」

　虚をつかれる。

「あの歩き方は、男だろう」

「おれは、裸にしてこの目で確かめないかぎり、男か女か判断しないことにしてるんだ」

梢田はうんざりして、手を振った。

「ああ、分かった、分かった。その男か女か分からんだれかが、おれたちより先に島森の診療室に忍び込んで、縫いぐるみにブツを仕込んだ、という筋書きはどうだ。だれが、なんのためにかは、この際おくとしてだな」

梢田が言うと、今度は斉木もまじめな顔になって、顎の下に手を当てた。

「なるほど」

そのまま、少し考え込む。

梢田は、斉木の肩をこづいた。

「どうだ。今度は、見直したか」

斉木はしかし、あっさりと腕組みをほどいた。

「その判断は、田中がもどるまで保留、ということにしよう」

梢田は、ため息をついた。

「あんたもまったく、しぶとい男だな」

「それより、早く会議室にもどった方がいい。あまり長く席をはずすと、管理官がまたあのとき見かけた、怪しい男か女のことを思い出しただけで、少し元気が出る。

「調子のいいこと言うな。あんたこそ、逃げを打ったくせに」

そう言い残して、梢田は会議室に引き返した。

目を三角にするぞ」

26

会議室にはいると、いっせいに視線が飛んできた。

牛袋サトが、いやみな口調で言う。

「ずいぶん、長いトイレだったわね。おなかでも、こわしたの」

立花信之介は、笑いを噛み殺すようなしぐさで、天井を仰いだ。

五本松小百合は、間が持たないときのいつもの癖で、爪の具合を調べるふりをしている。

「すみません。ゆうべ食べた、生ガキがちょっと古かったらしくて」

梢田威は、さりげなくサトに調子を合わせて、自分の椅子にすわった。

田中琢磨がもどったのは、それから十分後のことだった。

席に着くなり、田中はビニールの袋を取り出し、サトの前に置いた。

「診療室の、テーブルの上や周辺に落ちていた、糸屑の残りです。たったの、二本か三本ですが」

サトは、袋の中から糸屑をテーブルに振り落とすと、眼鏡を取り出してかけた。

あまり似合っていない、赤い縁の眼鏡だ。

サトは、縫いぐるみの縫い目の糸と、回収されたケシ粒ほどの小さな糸屑を、ためつすがめつした。

梢田も緊張して、反対側から目をこらす。

しかし、よく見えなかった。

やはり、拾い残しがあったのかと思うと、背筋が冷たくなる。

やがてサトが身を起こし、眼鏡をはずして一同を見回した。

それから、田中に聞く。

「回収した糸は、これ一種類だけですか」

「そうです。ほかの糸は、少なくとも視認したかぎりでは、見つかりませんでした。掃除機で吸引して、細密検査をすれば別でしょうが」

サトはうなずき、おもむろに言った。

「この糸は白で、もともとの糸の薄茶色とは、全然違います。明らかに、別の糸ね」

田中がそのとおり、というようにうなずく。

梢田は、頭を抱えたくなった。

白となれば、自分の糸に違いない。

それにしても、なぜほかの糸が見つからなかったのか。

自分でも無意識のうちに、丹念に拾い集めたのだろうか。

鈴木良比古が、口を開く。

「要するにこれは、だれかがあとで覚醒剤を詰め込んで縫い直した、ということになりますかね」

サトは、頬をぶるんと震わせて、うなずいた。

「そういうことね」

小百合が注意を引くように、いくらか熱心な口調で言う。

「そのように装う目的で、島森自身が別の糸で縫い直した可能性も、排除できないでしょう」

梢田もすかさず、その尻馬に乗った。

「自分も、そう思います。これまでの経緯を見ても、島森が縫いぐるみにブツを仕込んだことは、見えみえですから」

サトが、じろりと目を向けてくる。

「見えみえだろうとなんだろうと、はっきりした証拠がなければ、罪には問えないわ」

そう断定されると、梢田としては一言もなかった。

こうなった以上、やはり島森ビルから出て来たあの不審な人物が、診療室に忍び込んで覚醒剤を仕込んだ、と考えたくもなる。

しかし、それをここで明らかにすることは、できない相談だ。

自分と斉木が、そんな遅い時間に島森ビルの前で何をしていたか、説明できるものではない。

覚醒剤を仕込みに行ったが、だれか別の人間に先を越されたなどと、間の抜けたことを白状するくらいなら、ビルから飛びおりた方がましだ。

サトは、爪の先で糸屑をビニール袋にもどし、封をし直した。

「やむをえません。島森誠三を釈放しましょう」

それを聞いて、梢田は立花の顔を盗み見た。

立花が身を乗り出し、サトを説得にかかる。

「もう少し時間をかけて、事情聴取をした方がいいんじゃありませんか。その結果によっては、島森ビルにガサ入れをかける口実が、見つかるかもしれませんし」

梢田も、それがいいとばかり、うなずいてみせた。

小百合だけが、われ関せずという感じで、相変わらず爪を調べている。

鈴木と田中は、いい気味だとまではいえないにせよ、それに近い表情で押し黙ったままだ。

　サトは言った。

「五本松巡査部長が指摘するように、島森がわざと別の糸を使って縫い直した、という可能性もなくはないでしょう。しかし、それはあくまで可能性の問題に、すぎないわ。普通は、だれか別の人間が縫い直した、と解釈するのが順当ね。別の証拠が見つからないかぎり、検察はそう判断すると思います」

「情況証拠を固めれば、起訴に持ち込めるんじゃありませんか」

　梢田は食い下がったが、サトは首を振った。

「何はさておき、あなたが縫いぐるみの糸を切って調べたこと自体、違法収集証拠と見なされる恐れがありますよ」

「ですからそれは、お金を払ってですね」

　言いかける梢田を、サトがさえぎる。

「かたちはそうでも、任意提出とは認められないでしょう。回収してきた糸屑が、もともとの糸と違うものだったことも、明らかですしね」

　立花がこほん、と一つ咳払いをする。

「その糸屑も、証拠にはならないと思います」

　サトは、目をぱちぱちとさせて、立花を見返した。

「それは、どういう意味ですか」

「田中警部補は、令状なしにクリニックの診療室にはいり、その糸屑を採取してきたのです。これは十中八九公判で、違法収集証拠として排除されます。少なくとも、弁護人は証拠採用に異議を申し立てるはずですし、裁判官もそれを認めざるをえないでしょう」

梢田は感心して、立花の横顔を見つめた。

さすがは、キャリアの警察官だ。

サトもにわかに反論できず、少しのあいだ唇を引き結んでいた。

やがて、重おもしく言う。

「いずれにせよ、現状のまま島森を拘束し続ければ、違法捜査と見なされます。あなたがた、御茶ノ水署のご苦労には敬意を表しますが、ここは涙をのんで島森を釈放するよう、進言せざるをえません。もし不服がおありなら、わたしの方から署長にお話ししますよ」

さすがの立花も、それ以上は反対できないようだった。

鈴木が、さも不思議だという顔をこしらえて、サトに言う。

「それにしても、だれが島森の作った縫いぐるみに細工して、覚醒剤を仕込んだんでしょうね」

いわ」

「だれかが、善意の第三者たる島森を利用して、覚醒剤をさばこうとしたのかもしれないわ」

梢田は、さっそく口を出した。

「だれがなんのために、そんなめんどうなことをしますかね。もっと簡単な方法が、いくらでもあるでしょう。島森が、この一件にからんでいることは、間違いありませんよ」

それはさっき、梢田の推理をしりぞけた斉木の発言を、そのまま口にしたにすぎない。

鈴木が、梢田に目を向ける。

「もう一つ、こういう可能性もある。何がなんでも、島森を覚醒剤がらみでお縄にするために、だれかがでっち上げを試みた、という見方だ」

梢田は、表情を変えずにいるのに、苦労した。

「それほどまでに、島森を恨んでいる人物が周囲にいるなら、何か情報があるはずですがね」

「恨んでいるというより、手柄を上げたがっている人間なら、いるんじゃないかな」

そこまで言われると、黙っているわけにいかない。

「それは、どういう意味ですか。まさかわれわれの中に、でっち上げをたくらんだ者がいる、とでもおっしゃるんですか」

「たとえば、の話だ。だれも、あんたや斉木警部補がやった、とは言ってないよ」

「言ったようなものじゃないですか」

梢田が食ってかかると、田中がそばから言った。

「あんたの机の引き出しに、糸とハサミがはいってやしないかね。それとも、いつも持ち歩いてるとか」

梢田が答える前に、サトが割ってはいる。

「まあ、待ちなさい。三人とも、こんなところで内輪もめして、どうするの。それより、一刻も早く島森を釈放しないと、いざというとき弁護士につつかれますよ。糸の問題は、あらためて検討することにします。さあ、解散、解散」

梢田は、ほっとしたような言い足りないような、複雑な気持ちで口をつぐんだ。

いっせいに、椅子から立ち上がる。

サトは、小百合に声をかけた。

「小百合さん。島森を釈放したら、あなたが撮影したビデオカメラを、一緒にチェックさせてもらいます。あなただけ、もどって来てね」

「分かりました」

梢田は、立花と小百合と一緒に会議室を出て、取調室にもどった。

斉木斉と島森誠三は、テーブルを挟んで互いに腕を組み、にらめっこをしていた。

立花が言う。

「お待たせしました。いつでも、お引き取りいただいてかまいませんよ、島森さん」

斉木が、はじかれたように腕を解き、立花に聞いた。

「無罪放免ですか、このまま」

「そうです。牛袋管理官の判断でもあり、わたしも現状ではそうするのが妥当である、と考えます」

島森が、うれしそうに立ち上がる。

「ありがとうございます。話の分かる刑事さんで、助かりました」

「いや、こちらこそ長時間事情聴取にご協力いただいて、ありがとうございました。ご不快なこともあったと思いますが、これですっかり容疑が晴れたわけですから、ご心配いりません」

島森は、急にむずかしい顔になった。

「それにしても、あの縫いぐるみに覚醒剤を仕込んだのは、いったいだれのしわざでしょうね」

「その件に関しては、わたしたちにお任せください。ただし、島森さんに何か心当たりのある人がいれば、教えていただきたいのですが」

島森は少し考え、首を振った。

「いや、ありませんね。だいたい、敵を作るほど人付き合いのいい方じゃないですから、わたしは」

そのやりとりのあいだに、小百合はテーブルの上にセットされていた、ビデオカメラを回収した。

それを持って、取調室を出て行く。

斉木が、梢田に聞いた。

「五本松は、あれをどうするつもりだ」

「牛袋管理官に、一緒に中身をチェックしよう、と言われたんだ」

島森が、図に乗った口調で言う。

「今さらチェックしても、しょうがないでしょう。疑いが晴れたんだから」

立花が、むずかしい顔をして、それに答えた。

「島森さんの容疑じゃなくて、こちらの側に反省すべき点がなかったか、チェックするためですよ」

島森は、満足そうにうなずいた。

「分かりました。わたしにも、いろいろと言いたいことがあるけど、最終的にこちらの言い分を聞いてくださったので、クレームはつけないことにします。では、失礼します」

立花が、島森のために戸口をあけながら、さりげなく聞く。

「クリニックに、もどられますか」

「ええ。鍵をかける間もなく、こちらへ引っ張られましたからね」

「ビルの入り口で、巡査が立ち番をしています。連絡しておきますから、そのままはいってかまいませんよ」

「だれが、遠慮するものですか。これから、診療を始めるんですからね」

すっかり、強気になってしまった。

梢田は、すっきりしない気分で、出て行く島森を見送った。

立花が、大きく深呼吸をして、おもむろに言う。

「どうも、お疲れさまでした」

「こちらこそ、申し訳ありません。勇み足になっちまいました」

梢田は立花に、頭を下げた。

立花は、急いで手を振った。

「そんなことないですよ、梢田さん。ぼくに、というかわたしにとっても、いい勉強になりました」

腕時計を見て、続ける。

「わたしは、この一件を署長に報告してきますから、お二人とも今日はのんびりと、骨休めしてください」

「恐縮です」

斉木が、しおらしく最敬礼する。

上下関係が入れ替わると、こうも対応が激変するものか。

梢田は、自分のことを棚に上げて、おかしくなった。

生活安全課にもどろうとすると、斉木はそのまま階段をおり始めた。

「おい、どこへ行くんだ」

「昼飯だ。とうに二時を回ってるぞ」

確かに、そのとおりだ。

考えてみれば、島森にも昼食の時間を与えないまま、事情聴取を続けてしまった。

いざというときには、これも違法捜査の一つ、と見なされるだろう。

「五本松はどうする」

「管理官に任せとけばいいさ。おれたちは、骨休めだ。課長のお墨付きが出たからな」

二人は署を出て、神保町へおりた。

すずらん通りを抜け、白山通りを渡ってさくら通りにはいり、うなぎの〈なかや〉に行く。

疲れたときや、馬力をつけたいときはここか、山の上ホテルの鉄板焼ガーデンのどちらかで、栄養をつけることにしている。

昼の営業時間は終わりかけていたが、二人は強引に押し入った。

二階の、六人掛けのテーブルに陣取り、うな重の特上を頼む。

ついでに、ビールも注文した。

たとえ勤務時間中だろうと、飲まずにはいられなかった。そういうところは、梢田も斉木も意見が一致する。

意気の上がらぬ乾杯をしてから、梢田はあらためて言った。

「くどいようだが、糸のことを頭に入れなかったのは、あんたらしくないどじだったな」

斉木は、渋い顔をした。

「あまりにもおあつらえむきに、縫いぐるみの中にブツが仕込んであったものだから、頭に血がのぼったのよ」

「それは言えるな。最初は、どこか別の場所に仕込むつもりでいたから、その必要がなくなったと思ったとたん、何もかも吹っ飛んだってわけだ」

「おまえはともかく、おれまで舞い上がっちまったのは、不覚だった」

「さっきも言ったが、島森ビルから出て来た男だか女だか分からんやつが、おれたちの先手を取ってブツを仕込んだ、と見ていいだろうな」

「まず、間違いあるまい」

「しかし、何者だろうな。もし、おれたちがあれを見つけていなければ、あの小犬はまたレンタルボックスに、出品されることになったわけだろう。そして、それをまた山本アンナが、買い取ると」

斉木は、むずかしい顔をした。

「このところ、島森も自分の身辺があわただしくなったことを、察していたはずだ。縫いぐるみを、鈴木が全部買い取ったりしたしな。しばらくは、様子を見る気になっても、不思議はない。だから、今朝も平気の平左でおれたちに、調べさせたんだ。小犬の中から、よもやブツが出てくるとは思わなかった、という顔をしてただろう」

「ああ、おれにもそう見えた」

「島森がシロかクロかは別として、島森を引っかけようとしたやつがいるのは、間違いない」

「だれだろうな、そいつは。あんたはあの人影を、内海紀一郎か駿河のじじいみたいだったと言ったが、おれにはそうは見えなかった。男か女かと聞かれれば、やはり男だと言わざるをえないな」

「痩せたやつが、詰め物をして体つきを変えたり、ちびが高い靴をはいて背丈を高くするのは、昔からよくある手だ。それに、女が歩き方一つで男のように見せかけるのも、さほどむずかしいことじゃない」

斉木にそう言われると、そんな気もしてくる。

「しかし、女でこの一件に関係があるのは、山本アンナくらいだろう。あの人影は、アンナほど背が高いようには、見えなかったがな。背を小さく見せるのは、その逆よりむずかしいぞ」

うな重がきた。

蓋を取って、食べ始める。

ここのうなぎは、いくら食べても胸にも腹にももたれず、さっぱりしている。

雑誌やテレビには、めったに取り上げられることのない店だが、それがむしろありがたいくらいのものだ。

斉木が、ぽつりと言う。

「この一件にからむ女は、山本アンナだけってわけでもない」

「といっても、まさか牛袋管理官じゃないだろうな。あの体つきなら、真っ暗闇でもだまされないぞ」

気のきいた冗談を言ったつもりだが、斉木はにこりともしなかった。

「女で、縫いぐるみに仕込むブツを調達できるのは、アンナ一人じゃないってことさ」

梢田は、箸《はし》を置いた。

「そりゃ、どういう意味だ」

「分からなけりゃ、無理に考えろとは言わんよ」

「おいおい、謎かけはやめてくれ」

斉木も箸を置き、ビールを飲み干した。

「あまりにも都合よく、ビデオカメラを用意して来た女がいるだろう」

梢田はあっけにとられ、グラスに伸ばしかけた手を止めて、斉木を見つめた。

「おい。あんたは、まさか」

27

梢田威は、肩を落として歩いた。

隣を歩く斉木斉は、どこ吹く風という顔つきだ。

〈なかや〉で、うなぎを食べながら飲んだビールが、急に回ってきた気がする。

げっぷとため息が、一緒に出た。

深夜、島森ビルから出て来た怪しい人影が、こともあろうに五本松小百合ではないか、とほのめかした斉木が憎たらしい。

しかし、よく考えてみればそれもまったく根拠がない、というわけではない。

小百合はこれまで何度か、押収した覚醒剤の一部をピンはねし、ロッカーの中にため込んでいる。

それは斉木も梢田も、承知の上だった。

もっとも、何かのときに役に立てようというだけのことで、別に小遣い稼ぎをするつもりはない。

その覚醒剤の一部を、小百合が島森ペット・クリニックに忍び込み、縫いぐるみの中に仕込んだとしたら、どうなるか。

理由や動機はともかくとして、やろうと思えばできることなのだ。

先刻、証拠不十分で島森誠三を釈放したあと、立花信之介から今日は骨休めしていい、とお墨付きをもらっている。

しかし梢田は、いつものようにパチンコで時間をつぶす、という気になれなかった。

ふだんは、率先してパチンコ屋に飛び込む斉木が、何も言い出さないのも不思議だ。

きっと、同じ気分なのだろう。

二人は、さくら通りから信号を渡って、すずらん通りにはいった。

路地を伝って、三省堂の裏手の喫茶店、〈ラドリオ〉に行く。

開店以来、六十年を超えるこの老舗《しにせ》の喫茶店は、長いあいだかなり年配のウエートレスたちの手で、切り回されていた。

今でいうカフェバーの走りで、最盛期は夜になるとウエートレスと同年配か、それより年上の中高年や初老の男たちで、ずいぶんにぎわったらしい。しかるにあるとき、店の切り盛りが若いスタッフの手に移ってから、微妙に客種が変わってしまった。

常連の、いい年をした男の客たちの足が、遠のいたのだ。年配客にとっては、それまでの年増《としま》のウエートレスの方が、居心地がよかったのだろう。

酔いざましに、ウインナコーヒーを頼む。この店が始めた、と豪語する名物だ。

梢田は、例の話を蒸し返した。

「ゆうべ、島森ビルから出て来た怪しいやつは、ほんとに五本松だと思うか」

斉木は珍しく、自分で買ったらしいたばこに火をつけ、煙を吐いて言った。

「そいつを確かめる、簡単な方法がある」

梢田が禁煙してから、もらいたばこをする相手がいなくなり、斉木もやめたと思っていた。

しかし今は、吸わずにいられない気分なのだろう。

梢田は煙を払いのけ、聞き返した。

「どんな方法だ」

「当人に、ゆうべ島森ビルから出て来たか、と聞くのさ」

梢田はあきれて、椅子の背にもたれた。

「そんなこと、聞けるか」

「聞くだけなら、別にかまわんだろう。答えるかどうかは、当人の勝手だし」

斉木のいいかげんな返事に、梢田はいらいらした。

どうも、事態の深刻さが、分かっていないようだ。

「もし、実際にあれが五本松だったとしたら、縫いぐるみにブツを仕込んだのも五本松、ということになるだろう」

「それも、聞いてみりゃいいさ」

「茶化すのはやめて、まじめに考えろよ。五本松は、ときどき突拍子もないことをやらかすが、そこまでやるとは思えないんだよな」

斉木は、二口ほど吸ったばかりのたばこを、まずそうにもみ消した。

「あれは、五本松じゃない。少なくとも、そう願いたいな」

今度は、まじめな口調だった。

ほっとして、深くうなずく。

「だよな。体型が違うもんな」

「それは、関係ない。詰め物とか、シークレットブーツを使えば、簡単に変えられると言っただろう」

梢田は、かくんとなった。

「おいおい。五本松かそうじゃないのか、いったいどっちなんだよ」

「おれは、五本松だともそうでないとも、言ってないぞ。だが、かりに五本松なら、それなりの理由が、あるはずだ」

「どんな」

「そいつも、聞いてみるさ」

斉木の返事に、梢田はくさった。

ウインナコーヒーに、口をつける。

上に浮いた生クリームが冷たく、その下のコーヒーが熱いのを忘れて、ついがぶりと飲んでしまった。

舌をやけどしそうになり、思わず声を上げる。

「あちちち」

斉木は、いかにも気味がいいというように、笑い出した。

それから、ふと梢田の背後の戸口に、目を向けた。

とたんに、口元を引き締める。

梢田が振り向くと、ガラスのはまった木のドアの外に、ちらりと白いスーツが見えた。

ドアを押して、悠々と中にはいって来たスーツの主は、例の駿河博士だった。

駿河も、すぐに二人の存在に気づいたらしく、回れ右をして店を出ようとした。

すかさず、斉木が声をかける。

「待った」

その鋭い口調に、駿河は動きを止めた。

いかにも、いやいやという感じで、向き直る。

「おう、ご両人。こんなところで、昼間から油を売っていたとは、知らなかった」

しらじらしい顔つきながら、毒舌だけはいつものとおりだ。

「何も、逃げることはないだろう、先生。一緒に、コーヒーでも飲んだらどうだ」

斉木が言うと、駿河は丸めた拳を口に当てて、こほんと咳をした。

「だれが、逃げるものかね。ちょっと、用を思い出しただけだ。もっとも、ごちそうしてくれるというなら、付き合うのはヤブサカではないがね」

そう言って、そばにやって来る。

梢田は、シートの上で体をずらし、席を作った。

駿河はそこにすわって、ウエートレスに合図した。

「お嬢さん。ウインナ・カフェオレをくれたまえ」

斉木が目をむく。

「待て待て。ウインナ・カフェオレをくれたまえ、だと。だれの許しを得て、そんな高いものを発注するんだ」

駿河は動じない。

「どうせごちそうになるなら、好きなものを頼まなければな」

「ごちそうになる側にも、それ相応の節度というものがあるだろう」

梢田は、もじもじしているウエートレスに、うなずいてみせた。

「その、ウインナなんとかでいいよ」

駿河は、テーブルに載った斉木のたばこを抜き、勝手に火をつけた。

「おい。それは、おれのたばこだぞ」

斉木が苦情を言うと、駿河はおおげさに肩をすくめてみせた。

「吸われたくなかったら、置きっぱなしにしないことだな」

斉木は急いで、たばこをポケットにしまった。

駿河が煙を吐き、梢田に目を向ける。

「ところで、わたしがたった今言ったヤブサカという言葉だが、どんな字を書くか知っとるかね」

また、お得意の漢字テスト、ときた。

梢田は、聞こえなかったふりをして、コーヒーを飲んだ。

駿河が、肘をつついてくる。

「聞こえとるのかね、梢田君」

「ああ、聞こえてるとも」

「では、どんな字だ」

どんな字と言われても、ヤブサカの意味さえ分からないのだから、どうしようもない。

「さあ。あてずっぽうでいいから、言ってみたまえ」

駿河に急かされて、梢田はやけになった。

「竹ヤブのヤブに、坂道の坂だろう」

駿河は、にこりともせずに顔をのぞき込み、心配そうに言った。

「きみ、頭はだいじょうぶか」

「だいじょうぶ。先生と同じで、いたって頑丈だ」

梢田が応じると、駿河はほとほと感心したという様子で、首を振った。

盛大に煙を吐き、唐突に聞いてくる。

「そもそも、竹ヤブのヤブという字が、書けるのかね」

梢田は、元阪神タイガースで活躍した投手の名を、頭に思い描いて言った。

「知ってるとも、それくらい。竹冠に、数って字だろう」

駿河が、おおげさにのけぞる。

「おう、よくできたじゃないか。こりゃ、驚いた」

梢田はほっとして、鼻をうごめかした。

「それくらい、なんてことはないさ」

斉木が、割ってはいる。

「ちょっと待て。藪は、竹冠じゃなくて、草冠だぞ。それに数という字も、正式には旧字を遣うんだ。まあ、書けないだろうが」

駿河が人差し指を立て、ちっちっと舌を鳴らす。

「きみこそ、ちょっと待った。きみは部下に対して、ソクインのジョウというものが、ないのかね。竹藪というくらいだから、藪には主として竹が生えとるんだ。梢田君が竹冠だと思うのも、無理はないだろう。それに、実のところ竹冠を書くヤブも、あることはあるんだ。鬼の首を取ったように、いばるんじゃない。梢田君にしたら、上出来じゃないか」

たしなめられて、斉木が鼻白む。

梢田は、ほめられたのかばかにされたのか分からず、耳たぶを引っ張った。

どうも、この駿河という男は、むずかしい言葉を遣いすぎる。

そもそも、ソクインのジョウとは、なんのことだ。

ソクインなるものに、上中下があるのか。

考えるのをやめ、あらためて斉木に聞く。

「ちなみに、あんたはヤブサカって字を、書けるのか」

斉木は、顎を引いた。

「当たり前だ。リンショクのリンという字よ」

また、分からぬことを言う。

「もう少し、分かりやすく説明してくれ」

斉木は、うんざりした顔になった。

「要するに、けちってことだよ。文章の文の下に、口を書くんだ」

梢田は、〈吝〉という字を思い浮かべた。

「なんでそれが、ヤブサカになるんだ」

「知るか。そっちの大先生に、聞いてみろ」

斉木が、駿河に顎をしゃくる。

駿河は、急にそわそわとたばこをもみ消し、腕時計を見た。

「おっと、きみたちの相手をしている場合じゃない。そろそろ行かねばならん。遅れると、まずいからな」

「また、山本アンナのあとをつけよう、というわけか」

斉木が言うと、駿河は顎を引いた。

「そうは言っとらん。だが、かりにそうだとしても、きみたちには関係ないだろう。はなから、わたしの言うことを、聞こうとせんのだからな」

梢田は、口を開いた。

「そんなに、急ぎなさんな。だいたい、まだウインナなんとかが、来てないじゃないか」

そのとき、ウエートレスがそのウインナなんとかを、運んで来た。

駿河が、しかたなさそうに、口をつける。

とたんに、どこからか電子音の音楽が聞こえてきて、三人は顔を見合わせた。

大昔のテレビ西部劇、〈ローハイド〉のテーマ曲だった。

斉木は咳払いをして、おもむろに上着の内側に手を突っ込み、携帯電話を取り出した。

ちらりと液晶画面を眺め、耳に当てる。

「もしもし。ああ、おれだ。うん、うん。なんだと」

あたりかまわぬ野放図な応答に、静かに本を読んでいたほかの客が迷惑げに、こっちを見た。

梢田は、両手を下へ向けて、押さえるしぐさをした。

しかし斉木は、いっこうに頓着しない。

「ほんとか。そいつは、おもしろい。ちょうど今、当人が目の前にいる」

そう言いながら、ちらりと駿河を見る。

駿河は視線をそらし、さりげなく席を立とうとした。

斉木が、空いた方の手で駿河を示し、梢田に目配せする。

梢田はその意を察して、駿河の肘をつかんだ。

「ちょっと、先生。係長の電話が終わるまで、帰らないでもらいたいな」

駿河は、つかまれた肘を見下ろし、それから梢田に目を移した。

「これは、職務質問かね」

「いや、ただの世間話だ」

「世間話に付き合ってる暇はない」

駿河は言ったが、梢田は肘を放さなかった。

斉木が、相手に〈ラドリオ〉の名前を告げて、携帯電話を畳む。

駿河に指を突きつけ、勝ち誇ったように言った。

「世間話も、けっこうおもしろいぞ。山本アンナが、あんたの孫だなんて話を聞いたら、ほうってはおけんだろう」

28

梢田威は、あっけにとられた。

駿河博士を見ると、珍しく頬をこわばらせ、ぽかんとしている。

それから、われに返ったように瞬きすると、硬い声で言った。

「そんな突拍子もない話を、どこから仕入れたのかね」

梢田も、寝耳に水の話にうろたえて、駿河のせりふをほとんどそのまま、繰り返す。

「おいおい。山本アンナが先生の孫だなんて、そんな突拍子もない話を、どこで仕入れたんだ」

「少し待ってろ。すぐに仕入れ先が、やって来るから」

斉木は言い捨て、新しいたばこに火をつけた。

梢田は、頭が混乱した。

初めて山本アンナを見たとき、その風貌《ふうぼう》からもしかするとハーフではないか、と思っていた。

それがよりによって、駿河のような怪しげな男の孫とは、考えもしなかった。

駿河は、腕を組んだり解いたり、もそもそとすわり直したりと、落ち着きがない。

それを見て、梢田は言った。

「その様子じゃ、どうやらアンナが先生の孫だってのは、ほんとのようだな」

駿河はそれに答えず、また腕時計を眺めた。

「約束に遅れそうだ。これで失礼するぞ、諸君」

そう言うなり、バネ仕掛けのように飛び上がって、戸口へ向かった。

「待て」

梢田が、あとを追おうと立ち上がったとき、ドアがさっと開いた。

駿河の前に、ぬっと立ち塞がったのは、立花信之介だった。

その勢いにけおされたように、駿河がもとの席まであとずさりする。

立花の後ろから、五本松小百合もはいって来た。

駿河が顎を引き、虚勢を張るように言う。

「これはこれは、御茶ノ水署のお姫さままでお出ましとは、おにぎやかなことだな」

小百合はそれを無視して、斉木にうなずきかけた。

それを見て、梢田は納得した。

今しがた、斉木の携帯電話にかけてきたのは、小百合に違いない。

斉木の口のきき方からして、立花でないことは確かだ。

その立花が言う。

「ここで話すのは、ちょっとまずいですね。河岸を変えましょう」

それを聞くなり、斉木が梢田に顎をしゃくる。

「おい、勘定をしておけ」

文句を言うより早く、斉木たちは駿河を前後に挟んで急き立て、店を出て行った。

「くそ」

梢田はののしり、勘定を払った。

自分たちの分はともかく、駿河のウインナなんとかの分まで持たされて、最高に気分が悪い。

念のため、領収書をもらっておく。

しかし、経費の精算が認められることは、めったにない。

外に出ると、四人が路地を抜けて左へ曲がるのが、ちらりと見えた。

危なく、まかれるところだった。

梢田は駆け足で、あとを追いかけた。

それにしても、駿河が山本アンナの祖父だとは、驚くよりあきれてしまう。

いったい、小百合はどこからそんな情報を、聞き込んできたのだろうか。

靖国通りと、すずらん通りをつなぐ道に出ると、斉木たちは新しいビルの裏手にある、別の路地にはいるところだった。

駿河は観念したのか、逃げ出すそぶりも見せない。

四人は、すぐ右側に控えるカフェテラス、〈古瀬戸〉のドアを押した。

例の、城戸真亜子《きどまあこ》が壁画を描いたので知られる、大きな喫茶店だ。

追いついた梢田も、続いて中にはいる。

左手の禁煙ゾーンは、たまたまだれも客がいなかった。

五人はそこに、腰を落ち着けた。

立花がだれの意向も聞かず、勝手にコーヒーを五つ頼む。

駿河は口を開いた。

「すまんが、コーヒーをごちそうになったら、わたしはすぐに失礼するぞ。人を待たせているのでな」

その決心が、いかにも揺るぎないものだというように、大きくうなずく。

斉木が言う。

「あんたには、明央大学の駿河台研究室名誉室長とかなんとか、身分を詐称した経歴がある。そのくせ、今度は山本アンナの祖父ではない、と言い張る気か」

「しかし、否定するのは身分詐称ではないだろう、斉木君」

君づけで呼ばれて、斉木は露骨にいやな顔をした。

駿河は、いっこうに頓着する様子も見せず、立花に向かって顎をしゃくった。

「それより、そこのトーテムポールみたいな新顔を、紹介してくれんかね」

梢田は、聞こえなかったふりをして、そっぽを向いた。

考えてみれば、駿河は立花と初対面だから、素性を知らないのだ。

小百合も、いつもの伝でさりげなく下を向き、爪を調べるふりをしている。

斉木は、急にポケットのあちこちに手を突っ込み、たばこか何かを探し始めた。

しかたなさそうに、立花が自分で口を開く。

「わたしは、御茶ノ水署の生活安全課の課長をしている、立花信之介といいます」

それを聞くと、駿河は目をぱちくりさせた。

「課長だって。階級は警部補かね、警部かね」

「警部です」

駿河は、笑いをこらえるような表情で、斉木を見た。

「きみは確か、警部補だったな、斉木君」

斉木は苦い顔をした。

「それがどうした」

「つまり、きみは保安一係だか二係だかの係長で、この若いのがその上の課長、というわけか」

「それがどうした」

斉木が、嚙みつくように繰り返すと、駿河は気の毒そうに首を振った。

「いやはや、すまじきものはなんとやら、だな。きみのようなベテランが、こんな若いのに顎でこき使われるとは、まことにもってお気の毒としか、言いようがない」

立花が、割ってはいる。

「駿河さん。話をそらさないでください。わたしたちは、山本アンナがあなたのお孫さんだということを、なぜ隠していたかをお聞きしたいんです」

そのとき、コーヒーがきた。

気まずい雰囲気がそこで途切れ、攻守ところをかえるかたちになったので、梢田はほっとした。

一息入れて、斉木がうっぷんを晴らそうとばかりに、追い討ちをかける。

「さあ。なぜ隠したか、聞かせてもらおうじゃないか」

駿河はコーヒーを飲み、平気な顔でうそぶいた。

「わたしは、隠したおぼえなどない。だれも聞かなかったから、黙っていただけだ」

梢田は、何か言い返そうとしたが、口をつぐんだ。

確かに、駿河に向かってアンナとの血縁関係を、聞いた覚えはない。

そんな可能性など、考えたこともなかったのだ。

斉木が、念を押す。

「つまり、アンナが孫であることを正直に認める、ということだな」

駿河は、ちょっとたじろいだ。

「これは、取り調べかね。それとも、事情聴取かね」

「どちらでもない。さっきも言ったとおり、ただの世間話だ」

梢田の返事に、駿河は背筋を伸ばした。

「それなら、わたしがどこへ行こうと、止めんでもらおう。任意出頭を求められても、お断りする。だいじな用があるのでな」

梢田は、ようやく考えをまとめて、口を開いた。

「すなおに認めた方がいいぞ、先生。先生は、アンナに関しておれたちに二度、覚醒剤がらみのガセネタを流した。おかげでおれたちは、二度も恥をかいたんだ。それだけでも、先生をお縄にできるんだぞ、ブ告罪で」

駿河が、目を見開く。

「ブ告罪だと。どういう字を書くか、知っとるのかね、きみは」

梢田は、おいでなすったとばかり、にやりと笑った。

「知ってるとも。言偏に、工場の工の縦棒を引き伸ばして書いてだな、左右の空いたところに二つ、人って字を書くのさ。もっとも、今は誣告罪といわずに虚偽告訴の罪、というけどな」

以前、斉木にその字のことでからかわれ、頭にきて調べたのだ。

しかし、駿河はたいして感心する様子もなく、あっさりと応じた。

「字を覚えたのは偉いが、それでわたしを有罪にできる、とは思えんな」

「ついでに、軽犯罪法第一条の十六に、虚構の犯罪や災害を公務員に申し出た者は、拘留または科料に処する、とある。両方合わせれば、ただではすまんぞ、先生」

駿河は、腰を落ち着けてコーヒーを飲み、腕組みをした。

「いったいだれが、アンナがわたしの孫だなどと、言い出したのかね」

なんやかや言いながら、いっこうに腰を上げないところが、いかにも駿河らしい。

斉木が、小百合を見る。

小百合は、口を開いた。

「牛袋管理官です」

これには、梢田も驚いた。

牛袋サトは、いつの間にそんなことを、調べ出したのだろう。

駿河も、意外そうに眉をひそめる。

「あのばあさんか」

梢田は、苦笑した。

ばあさん、などと呼ばれたことがサトに知れたら、ただではすまないだろう。

小百合は、それを無視して続ける。

「あなたは先ごろ、アンナさんが明央大学のロッカーを使って、内海紀一郎と覚醒剤のやりとりをしている、と虚偽の通報をしましたよね。そのあと、牛袋管理官はあなたの身辺をひそかに調べて、いろいろな事実を突きとめたそうです。ただ、個人情報の問題もあるので、ずっとわたしたちに伏せていました。それをついさっき、打ち明けてくださったんです」

梢田は興味津々で、小百合の話に耳を傾けた。

サトが、そんなだいじなことを隠していたとは、信じられなかった。

「それで、どんなことが分かったのかね」

「あなたの一人娘、つまりアンナさんの母親の駿河ケイコさんは、芸能プロダクション〈アルコス〉の社長、山本イズハチさんと二十八年前に、結婚しましたね。ケイコのケイは、慶應義塾の慶。イズハチは、伊豆半島の伊豆に、数字の八ですね」

駿河が、不機嫌そうな顔で黙り込んだので、図星だと分かる。

小百合は続けた。

「〈アルコス〉は、沼尻愛華や竹居美咲などのアイドルを抱える、人気プロダクションですね。でも、それは夫人の慶子さんの手腕によるもので、夫の伊豆八はぐうたらな遊び人に、すぎませんでした。慶子さんが、三年前に急性クモ膜下出血で亡くなったあと、なんとか経営を続けてこられたのは、愛華や美咲の人気と優秀なスタッフのおかげでしょう」

嫁いだ娘が、すでに死んでいると分かって、梢田はそっと駿河を見た。

駿河は、ぐいと唇を引き結んだが、何も言わない。

小百合が、さらに続ける。

「あなたが、山本伊豆八と慶子さん夫婦の一人娘で、あなたの孫に当たる山本アンナを、どれだけかわいがっているか、想像にかたくありません。慶子さんが亡くなる前から、伊豆八は酒は飲むわ博奕《ばくち》は打つわ、女遊びはするわの破滅型人間でした。でもアンナのことは、子供のころから猫かわいがりに、かわいがってきました。アンナの頼みなら、なんでも聞く甘い父親です」

唐突に、駿河が口を開く。

「それがアンナを、だめにしとるのだ」

その、意外に強い口調に気をのまれて、みんな黙り込んだ。

梢田は、咳払いをして聞いた。

「アンナが覚醒剤に手を出したのも、父親が甘いせいだというわけか」

駿河は人差し指を立て、嚙んで含めるように言った。

「アンナが、覚醒剤をやっとるという証拠は、何もないぞ」

「そりゃないだろう、先生。アンナが怪しい、と言い出したのはもとはと言えば、先生じゃないか。へたをすりゃ、アンナは今ごろ後ろへ手が回っていたところだぞ」

小百合が、そのあとを引き継ぐ。

「先生が、ほんとうにアンナさんをかわいがっておられるなら、なぜわざわたししたちに声をかけて、彼女を逮捕させようとなさったんですか」

それは、当然の疑問だ。

梢田はうなずき、駿河の答えを待った。

駿河は、居心地悪そうにすわり直し、コーヒーを飲んだ。

「それはつまり、アンナがかりに、いいか、かりにだぞ、覚醒剤に手を出していたと仮定して、警察に補導されれば少しは懲りるんじゃないか、と思ったわけさ」

「補導は、少年少女の場合ですよ。アンナさんは、りっぱなおとなでしょう」

「精神年齢は、子供みたいなものさ」

「でも、先生の最初の通報も、二度目の職質の強要も、ともにはずれでしたよね」

そのとおりだ。

さらに、駿河がからんでいなかった、もう一回の尾行事件を加えれば、アンナへの容疑は都合三回、スカを食らったことになる。

駿河は、鼻をこすった。

「要するに、わたしの考えすぎというか見込み違いで、アンナは潔白だったわけだ。それについては、率直に誤りを認めるのに、ヤブサカでない。もっとも、あれはわたしに似て頭のいい娘だから、うまくきみたちの目をくらました可能性も、ないではないがな」

そう言って、くっくっと笑う。

梢田は、駿河にいいようにからかわれている気がして、少し鼻白んだ。

それまで黙っていた立花が、おもむろに口を開く。

「わたしが受けた報告によりますと、駿河さんはアンナさんの友人の内海紀一郎、という学生をご存じだそうですね。彼が、ホストのアルバイトをしている店へ、ときどきお出かけになると聞きました。ずいぶん、親しくしておられるようじゃないですか」

ずいぶんに、ずいぶん力がはいっていた。

梢田は笑いをこらえて下を向き、膝のごみを払うふりをした。

内海は、新宿のホストクラブでアルバイトをしており、アンナだけでなく駿河もよく顔を出す、という。

どうやら、駿河は美少年好みらしいのだ。

駿河に一目惚れしたと思われるサトが、自分で調べに行ってそれを探り出したそうだから、間違いない。

駿河はちょっと赤くなり、わざとらしく咳払いをした。

「だれが、そんなことを言ったのかね」

「それも、五本松巡査部長が牛袋管理官から、聞いた話です」

立花が言うと、駿河は渋い顔をした。

「まったく、おせっかいなばあさんだな」

「内海とは、どういうご関係ですか」

立花のストレートな質問に、駿河は少したじろいだ。

「別に、関係などない。単にわたしのアンナを、悪い道に引き込んだら承知せんぞと、店へ行って説教しただけさ。アンナから金を巻き上げて、ゆくゆくヒモになろうという魂胆なのは、分かっとるんだ」

黙っていられなくなり、梢田は口を出した。

「先生は、説教するのにいつも相手の手を握ったり、太ももをさすったりするのかね」

駿河は赤くなり、わざとらしく咳《せ》き込んでみせた。

斉木が、あらためて言う。

「話をもどそう。あんたは最初、内海が明央大学のロッカーを使って、アンナから覚醒剤を受け取っている、という話を持ち込んで来たな。おれたちが内海を取っつかまえて、ロッカーから取り出したブツの中身を調べたら、覚醒剤ならぬダイエットシュガーだった。あんたは、ロッカーの親鍵をコピーしたうえで、中身をすり替えておれたちに通報したんだ。違うか」

駿河は、顎をぐいと引いた。

「何を言っとるのかね。なぜわたしが、そんなマッチポンプみたいなまねを、しなきゃならんのだ。さっきも言ったとおり、あれはわたしの見込み違いだった、ということさ」

「そうすることによって、アンナや内海に危ないまねはやめろと、警告したつもりだろうが」

駿河は答えず、コーヒーをがぶりと飲んだ。

斉木が続ける。

「島森ペット・クリニックの前で、アンナのペットケージを調べろとそそのかしたのも、見込み違いだったというのか」

駿河は、きざに肩をすくめた。

「まあ、そう言わざるをえんだろうな。アンナは、わたしが心配しているほどには、悪い娘じゃなかったということだ」

小百合が割り込む。

「でもつい先日、先生がこの件にからんでいないときに、わたしたちがアンナさんのあとをつけたら、明央大学の前の広場で若い男を相手に、確かに覚醒剤の受け渡しをしましたよ」

駿河がまた、ぐいと顎を引く。

「な、なんだって」

梢田は、そのときのことを、思い出した。

小百合は、若者が逃げる途中投げつけたバックパックを、回収してきたのだった。中から、アンナが持っていた犬の縫いぐるみが出てきたが、すでに腹の部分の縫い目が切られていて、覚醒剤は見つからなかった。

しかし、逃げる若者に縫い目を切る余裕は、なかったはずだ。

斉木は、回収したあとで小百合自身が縫い目を切り、覚醒剤を抜いたのだと指摘した。

すると、小百合は悪びれもせずその事実を認め、抜き取った覚醒剤を提出したのだ。

斉木は、それを何かのときに用立てるためか、小百合が保管しておくのを許した。

ただし、そのことは立花にもサトにも、報告していない。

駿河が、恐るおそるという感じで、口を開く。

「受け渡しの現場を見たのなら、アンナも若者もその場で逮捕されたはずだ。しかし、少なくともアンナがつかまった、という話は聞いておらんぞ。現に昨日も、電話で話したばかりだ」

「逮捕しなかったのは、若者が逃げながら覚醒剤を抜き取って、姿を消したからです。覚醒剤取締法の、所持禁止違反は現物を押さえないかぎり、罪に問えません。それで、アンナさんも若者も、逮捕を免れたんです」

小百合の説明に、駿河は明らかにほっとした表情になり、肩の力を緩めた。

「たぶん、そんなことだろうと思った。きみたちのやることは、どこか一本抜けているからな。だいいち、その若者にまんまと逃げられたとすれば、縫いぐるみに覚醒剤がはいっていたかどうかも、分からんじゃないか」

言われてみれば、そのとおりだ。

小百合も、口をつぐんでしまう。

駿河は、元気よく膝を叩いて続けた。

「さてと、これで疑惑は晴れたわけだ。そろそろわたしは、失礼させてもらうぞ。アンナの祖父だというだけで、逮捕するというのなら別だがね」

疑惑はまったく晴れていないが、あえて引き止める理由もない。

駿河が、立ち上がる。

「では、ごちそうさん」

そう言い残して、そそくさと出口へ向かった。

梢田は、その後ろ姿を見送り、歯のあいだで毒づいた。

「くそ。食えないじじいだ」

だれも、何も言わなかった。

29

すでに午前零時を回り、島森ビルの前に人影はない。

斉木斉と梢田威は、いつものように自動販売機の陰に身をひそめ、あたりの様子をうかがっていた。

梢田は、島森ビルを見上げた。

五階の、〈島森ペット・クリニック〉の診療室の窓から、明かりが漏れている。

「島森が、まだ中にいることだけは、確かだな」

梢田が言うと、斉木は無感動に応じた。

「やつが、明かりを消し忘れたのでなければな」

「しかし、やつは七時ごろにラーメンを食いに出て、もどったあとは一度も外出してないぞ」

「いる、と思わせるためにつけっ放しにして、裏口から出たかもしれんだろう」

「裏口なんか、あるものか。ビルの向こうは高速道路で、その下は川だからな」

「川に、ボートを舫《もや》っておけば、逃げられる」

梢田は、斉木を見返した。

「ほんとに、そう思うか」

「そうだ。川筋は江戸時代、盗《ぬす》っ人《と》の通り道だった。町筋は夜四つ、つまり午後十時を過ぎると木戸が閉じて、怪しいやつは通れなくなる」

梢田は、感心した。

「どうして、そんなことを知ってるんだ。あんたの先祖は、鼠小僧《ねずみこぞう》か」

「ばかを言え。遠山の金さんだ。頭《ず》が高いぞ」

斉木の返事に、あきれて首を振る。

「よく言うぜ。あんたの先祖が、遠山の金さんであるわけがない」

斉木はそれに答えず、軽く身震いした。

「腹が減ってきたな。ラーメン一杯じゃ、やはりもたんな」

「まったくだ」

五時間ほど前、二人はビルから出て来た島森誠三を尾行して、近くのラーメン屋へ行った。

島森が、またビルへもどるのを確かめてから、今度は交替で同じラーメン屋へ行き、腹ごしらえをしたのだ。

もっとも、梢田はこういうこともあろうかと思い、ラーメンのほかに大盛りのチャーハンを頼み、さらに餃子《ギョーザ》も一人前プラスして、二食分を腹に収めてきた。

したがって、まだ空腹感を覚えるにはいたらないが、斉木にそれを悟られないために、調子を合わせたのだ。

斉木が、ため息をつく。

「おでんの屋台でも、通りかからんかな」

「神保町へもどれば、夜明けまでやってる店が、何軒かあるぞ」

梢田は水を向けたが、斉木は乗ってこなかった。

しかたなく続ける。

「それにしたって、一晩中こうしてるわけにも、いかんだろう。島森は、ここに泊まるつもりかもしれん。なんの動きもなかったら、骨折り損のくたびれもうけだぞ」

「やつは、御茶ノ水署でさんざん油を絞られたあげく、やっとこさ無罪放免になったんだ。ほっとして、かならずしっぽを出すに違いない。おれは、朝までだって、待ってみせるぞ」

「そんなに急には、やつも動かないと思うがなあ」

斉木は少し考え、それから言った。

「中にはいって、エレベーターの電源がどうなってるか、見て来いよ。もし切ってあったら、今夜の動きはないとみていい」

そういえば、島森は昨日の朝出勤して来たとき、押しボタンの脇のボックスをあけ、鍵を使ってエレベーターの電源を入れた。

「電源のスイッチは、一階にあったはずだ。たとえ、ここに泊まると決めたにしても、わざわざ電源を切って、階段を五階までのぼるってことは、ないだろう」

「電源のボックスは、一階だけとはかぎらんぞ。ともかく、行って来い」

ふと、島森ビルの五階の窓に目をやって、梢田は声を上げた。

「ちょっと待て」

それまでついていた明かりが、ふっと消えたのだ。

梢田の視線を追って、斉木も五階の窓に目を向けた。

同時に、顔を見合わせる。

梢田は言った。

「寝たのかな。それとも、家に帰るのかな」

斉木の目が、薄暗がりの中できらり、と光る。

「少し、様子を見よう」
二、三分すると、ビルの入り口に人影が現れ、反対の方向へ歩き出した。
例によって、ところどころ街灯が間引きされた街路は、見通しが悪い。

しかし、その歩き方から島森だ、と見当がつく。

「帰るようだな。あとをつけようぜ」

梢田は先に立ち、島森のあとを追い始めた。

斉木が背後で言う。

「急いで、エレベーターの電源を、チェックして来い。切れていたら、もどらないつもりだと分かる」

「よしきた」

梢田は、足音を立てぬよう気をつけながら、小走りにビルに向かった。

斉木はそのまま、島森を追って行く。

ビルにはいり、エレベーターを見た。

表示ランプは、点灯したままだった。

もし、島森が電源を切り忘れたのでなければ、またもどって来ることは確かだ。

梢田はビルを出て、足早に斉木のあとを追った。

島森は、斉木の四十メートルほど先を急ぐでもなく、落ち着いた足取りで歩いて行く。

グレイの、だぶだぶのスラックスに、臙脂《えんじ》のブルゾンというていでたちだ。

斉木も梢田も、事情聴取のときとは服装を替え、ハンチングをかぶってきたから、まともに顔を合わせさえしなければ、見破られる心配はない。

斉木に追いつき、梢田はささやいた。

「電源は、はいったままだった」

「ということは、またもどるつもりだな」

「うん。しかしこんな時間に、どこへ行くのかな」

「とにかく、あとをつけるしかない」

二人は、できるだけ街灯の光を避けながら、島森を追った。

ほどなく、前方にＪＲ中央線のガードが見える十字路に、差しかかる。

少し手前の左側に、ラーメンの屋台が店を出していた。

島森は暖簾《のれん》を掻き分け、勤め人らしい先客が二人いる長椅子の端に、尻を落ち着けた。

うんざりする。

「おい、またラーメンだぞ。今度は屋台だが、さっき食ったばかりじゃないか」

梢田がぼやくと、斉木はすぐに応じた。

「さっきといっても、だいぶ前だ。腹もすくだろう」

心なしか、はずんだ声だ。

「あんたが、何を考えてるか、分かったぞ」

「言ってみろ」

「島森が食い終わったら、おれにまたビルまでつけてもどるように、命令する。そして
あんたは、あそこでラーメンを食うつもりだ」

「当たった。それだけ知恵が回れば、今度の昇進試験は合格だな」

梢田はくさり、足元の排水溝に唾を吐いた。

島森は、三十分かけてラーメンを食べた。ビールも飲んだようだ。

それを待つうちに、減っていないと思った梢田の腹も、妙にすいてきた。

島森が勘定を払う気配に、二人は向かいの駐車場の出入り口に、身を隠した。

予想どおり、島森はもと来た道を、もどって行った。

斉木が、顎をしゃくる。

「一応、確認しろ」

「食い終わったら、すぐもどってくれよ。おれだって、食いたいからな」

梢田は念を押して、島森のあとを追った。

島森は、そのままクリニックのビルへもどり、中へ姿を消した。

一分ほどして、また五階の明かりがつく。

やはり今夜は、診療室に泊まるつもりらしい。

応接セットのソファや、カーテンで囲われた診察台があるから、十分ベッドの代わりになるだろう。

梢田は、自動販売機の陰にはいって、斉木がもどるのを待った。

通りには人影もなければ、走り過ぎる車もない。

わずかに、神田川の支流の上にかかる高速道路を、かすかな騒音と光が流れていくだけだ。

しだいに胃袋が空腹を訴え、しまいにはぐうぐう鳴り出す。

「くそ、遅いな」

口に出してののしり、その場で足踏みした。

いっそ屋台にもどって、島森が今夜はクリニックに泊まることを告げ、引き上げるように進言しようか。

そうすれば、心置きなくラーメンを食べられる。

がまんも限界に達したとき、何かがこすれるようなかすかな物音が、耳に届いた。

気のせいかと思い、もう一度耳をすます。

何も聞こえなかった。

念のため、自動販売機の陰から片目をのぞかせ、そっと通りをうかがう。

空耳ではなかった。

少し離れた横丁から、人影が出て来たのだ。

そのとき、ビルの五階の明かりが消えるのが、目の隅に映った。

まさか、また出て来るつもりとは、思えない。寝るために、消灯したのだろう。

梢田は人影に、注意をもどした。

暗くてよく見えないが、人影はどちらかといえば小柄な背丈で、黒っぽい大きめのブルゾンを着込み、同じような色のジャージーをはいている。

目深にかぶったキャップのせいで、人相も男か女かも分からない。

その、どちらかといえば華奢な体つきから、少なくとも前夜島森ビルから出て来た、怪しい人影とは別人だ、という気がした。

いでたちはよく似ているが、前夜の人影はもっとずんぐりした体型だった。

キャップの人影は、やはり五階の明かりが消えるのを見たらしく、通りを横切って島森ビルにはいった。

梢田は、急いで携帯電話を取り出し、斉木にかけた。

「なんだ」

「なんだじゃない、もどって来い。だれか、ビルにはいって行ったぞ」

「だれが」

「だから、だれかだ。顔が見えなかった」

「よし。もし、逃げ出そうとしたら、とっつかまえろ」

「ラーメン一杯に、どんだけかかるんだ。全力疾走して、もどって来い」

「巡査長の分際で、偉そうな口をきくな」

斉木はそう言って、通話を切った。

「くそ」

梢田はののしり、携帯電話をしまった。

それでも斉木は、三分としないうちに通りの向こうから、小走りにもどって来た。

梢田はそれを、島森ビルの入り口で迎えた。

斉木は、息を切らしながら、ささやいた。

「どんなやつだ」

「ゆうべのやつと、よく似た服を着ていた。ただし、体つきはもっと華奢だったから、別人のような気がする」

「単に、詰め物を取っただけかもな。女みたいだったか」

斉木の問いに、梢田は五本松小百合の顔を思い出し、たじろいだ。

「分からん。裸にして見なけりゃな」

「このやろう、人のせりふを取るな」

「それより、どうする。出て来るまで待つか」

斉木は黙り込み、少しのあいだ考えていた。

「おまえ、上へ行って様子を見て来い」

「一人でか」

「怖いのか」

「怖かないが、あんたはどうする」

「おれはここで、待機する。逃げ出すやつがいたら、とっつかまえる」

「上へ行って、どうすればいいかな。島森と、中にはいったやつが密談してる現場を、押さえるのか」

「ただ、一緒にいるところを見つけただけじゃ、なんの罪にもならん。二人が、覚醒剤を挟んでお茶でも飲んでいたら、その場でふんじばれ」

「捜索令状なしに、いきなり診療室に踏み込むわけには、いかんだろう。たとえブツを押さえても、また違法収集証拠になるぞ」

「たまたま立ち寄った、ということにすればいい」

「夜の夜中にか」

「夜の夜中でも、急にコーヒーを飲みたくなることはある」

　梢田は、少し考えた。

「しかし、さっきの怪しいやつが島森の仲間かどうか、分からんだろう。ゆうべ、島森の縫いぐるみに、ブツを仕込んだのがやつだとしたら、事は油断を許さんぞ」

　斉木が、梢田の胸をこづく。

「それを言うなら、〈ヨダンを許さん〉だ、ばかめ」

「余談を許さん、だと。言われなくても、こんなときに余談を持ち出すやつが、いるものか」

梢田が言い返すと、斉木は両手を広げた。

「もういい。とにかく、様子を見て来い。ただし、エレベーターを使うんじゃないぞ」

「分かった、分かった。息もするな、と言いたいんだろう」

30

念のため上を確認すると、五階の明かりは消えたままだった。

中にはいったが、何かいやな予感がする。

エレベーターの表示ランプは、〈5〉のところで点灯したまま、動く気配がない。五階で停まっているのだ。

おそらく、電源スイッチは一階にしか設置されておらず、泊まるときはつけ放しにするしかないのだろう。

スニーカーをはいて来たので、足音を立てる心配はない。

梢田威は、明かりの消えた暗い階段を壁伝いに、上がって行った。

マグライトを持って来たが、用心のため使わないことにする。

一階ごとに足を止め、耳をすました。

例によって、芳香剤のにおいが強くなるだけで、なんの物音もしない。

四階と五階の踊り場で、しばらく様子をうかがった。
上の方から、かすかに喉を鳴らす音や、うなり声のようなものが、耳に届いてくる。
人の、うめき声のようにも聞こえたが、それは気のせいだろう。
六階の、入院加療室に収容された犬や猫が、漏らす音に違いない。
五階に上がり、診療室のドアを見る。
ガラスに、明かりは映っていない。
踊り場の窓明かりだけでは、まったく様子が分からない。
あの人影は、どこへ行ったのか。診療室の中へ、はいったのだろうか。
それなら、明かりがついていても不思議はないが、真っ暗なままだ。
首筋のあたりが、妙にちりちりする。
やはり斉木斉と一緒に、上がって来るべきだった。
斉木は、万能キーオープナーを持っているから、ドアをあけることができる。
体をかがめ、ドアにすり寄った。
羽目板に耳をつけた。何も聞こえない。
静かなのではなく、むしろ六階から流れてくる動物のため息が、邪魔になるのだ。
どうも、様子がおかしい。
あの怪しい人影は、どこへ消えてしまったのか。

島森は、診療室の中にいるのだろうか。

しばらく考えたあと、梢田は試しにノブを回し、引いてみた。

鍵がかかっている。

どうするか、と首をひねったとたんポケットの中で、何かがぶるるると震えた。

梢田は、胃袋が引っ繰り返りそうになり、あわててポケットを押さえた。

携帯電話だと気づき、急いでドアの前を離れる。

階段の手前に、トイレがあるのを思い出し、手探りで中にはいった。

斉木からだった。

「どうした」

そう聞かれて、梢田は大声を出しそうになるのをこらえ、ささやき返した。

「どうした、はないだろう。こんなときに、電話するやつがいるか」

「なんの反応もないから、心配になったんだ。今、どこにいる」

「五階だ。さっき、中にはいったやつは、どこにもいない。だれか、出て行ったか」

「いや、だれも出てこない。ビルの中のどこかに、隠れているに違いない」

「ボートで逃げたのでなければな」

先刻のかたきを取ると、斉木はうなった。

「診療室を調べてみろ。島森と怪しいやつが、乳繰り合ってるかもしれんぞ」

「冗談言ってる場合か。診療室は真っ暗で、だれもいないように思える。鍵がかかっていて、中にはいれないんだ。あんたも、上がって来てくれ。例の万能キーオープナーで、鍵をあけてみようじゃないか」

少し間があく。

「分かった。待ってろ」

梢田はトイレを出て、診療室の前に身をひそめた。

五分ほどして、斉木が足音を忍ばせながら、五階へ上がって来た。

「何してたんだ。遅いじゃないか」

梢田が苦情を言うと、斉木は低い声で応じた。

「一階から四階まで、調べながら上がって来たんだ。下には、だれも隠れていない」

「ということは、ここか、ここより上に隠れてるってことだな」

「そうだ。とにかく、診療室を調べてみよう」

「その前に、島森が中にいるかどうか、確かめた方がいいんじゃないか」

梢田が言うと、斉木は少し考えた。

「よし。ノックしてみろ」

深呼吸をする。

もし島森が中にいたら、怪しい人影が中にはいるのを目にしたので、様子を見に来たとでも言おう。

ノックした。

返答はない。

もう一度ノックする。同じだった。

梢田は一歩下がり、斉木にささやきかけた。

「返事がない。鍵をあけてくれ」

マグライトを取り出し、鍵穴を照らす。

斉木は、万能キーオープナーを操作して、ドアを解錠した。

体を起こした斉木が、梢田にささやく。

「中の様子を見て来い」

「あんたは」

「おれは、ここで見張る。上からだれか、おりて来ないともかぎらんからな」

危ない役は、いつも自分に押しつけてくる。

梢田は、ぶつぶつ言いながらドアを押しあけ、診療室に踏み込んだ。

拳銃でも、持ってくればよかったと思ったが、ふだん持ち歩く習慣がないから、今さら悔やんでも遅い。

だいいち、拳銃を持ち出すには警務課に理由を告げて、許可を得なければならない。

どう頭をひねっても、島森ビルに侵入する適当な理由など、思いつかない。

窓に光が当たらぬように、マグライトを下に向けて照らす。

一渡り、診療室の床を照らしてみたが、人のいる気配がない。

島森は六階か七階へ、上がってしまったのかもしれない。

だとすれば、六階はうるさくて眠れないはずだから、おそらく七階だろう。

応接セットを回り、大きなデスクに近づいて、周囲を照らす。

すると、デスクの下や横に例の縫いぐるみが、いくつか転がっているのが見えた。

置いてあるというより、取り散らかしたという感じだ。

デスクの上に、ライトを向ける。

「おっと」

思わず、声が出た。

緑色のデスクマットの上に、白い粉の詰まった小さなビニール袋がいくつか、無造作に置いてあったのだ。

梢田は、ライトで一度斉木を照らしてから、光の輪をデスクにもどした。

それで、戸口にいる斉木にもそこに何が載っているのか、見えたはずだ。

袋の中身は、ざらめの砂糖のようにも見えるが、おそらく覚醒剤に違いあるまい。

あわてることはない。あとで、いくらでも調べられる。

デスクの後ろへ回った。

診察台のカーテンが、妙にぴたりと閉じられている。

梢田はそばに行き、まず光を床に向けた。

低く、声をかける。

「島森さん。お休み中ですか」

返事がない。

「怪しいやつが、このビルにはいるのを目にしましてね。様子を見に来たんですが、変わったことはありませんか」

しらじらしい、と思いながら話しかけたが、やはり反応がない。

「失礼しますよ」

そう言って、ざっとカーテンを引きあけ、マグライトの光を浴びせる。

診察台の上に、こんもりと人の形に盛り上がった、茶色の毛布が見えた。

梢田は、また首筋がちりちりするのを感じて、生唾をのんだ。

診察台に近づき、顔のあたりまでかかった毛布に手をかけ、そっとまくってみる。

そのとたん。

島森が、眼鏡をかけたままの目をかっと見開いて、梢田威を睨みつけた。

「し、し」

失礼、と言おうとして、言葉が固まる。

島森は瞬きもせず、視線を宙に浮かしていた。

しばらく様子をうかがったが、どうも生きているようには見えない。

恐るおそる、島森の半開きの口のあたりに、手をかざしてみた。

気のせいでなければ、島森は息をしていなかった。

「どうした」

突然背後から声をかけられ、梢田は文字どおり飛び上がった。

マグライトを振り向けると、デスクの脇に斉木斉がいた。

「おどかすなよ」

「そんなに驚くことはないだろう」

「驚かずにいられるか。島森が、死んでるんだ」

「なんだと」

斉木は梢田を押しのけ、診察台に近づいた。

ぐるりと一回りして、あちこちのぞき込む。

斉木はおもむろに、体を起こした。

「なるほど。首の下のシーツに、小さな血だまりができている。凶器はないが、いわゆる盆の窪《くぼ》をアイスピックか千枚通しで、ずぶりとやられたらしい。体が温かいから、まだ死んで間がないようだな」

その平然とした口調に、梢田は焦った。

「おい、落ち着いてる場合か。御茶ノ水署の管内では、久しぶりの殺しだぞ」

そのとき、診療室の明かりがちかちかと点灯して、梢田は顔をしかめた。

「何してるんだ」

その声に、二人は戸口を振り向いた。

31

梢田威も斉木斉も、ぽかんと口をあけた。

壁際の、蛍光灯のスイッチから手を下ろしたのは、警視庁麻薬覚醒剤特捜隊の捜査官、鈴木良比古警部補だった。

鈴木は、見慣れたハンチング姿ではなく、紺のスーツを着ている。

ただし、履物は革靴ではなく、スニーカーだ。

梢田は、予想外の人物の出現にあっけにとられ、その場に立ち尽くした。

鈴木の相方で、いつも一緒にいる田中琢磨警部補の姿が、見えないことに気づく。

二人組の、どちらか一人が単独で現れたことは、これまで一度もなかった。

あるいは田中は、外で待機しているのかもしれない。

斉木が、われに返ったように、口を開く。

「あんたこそ、何しに来たんだ」

いくらか、虚勢を張るような感じがあった。

鈴木は診療室にはいり、後ろ手にドアを閉じた。

「島森の自宅に電話したら、かみさんが亭主は今夜クリニックに泊まる、と言うんだ。それで、様子を見に来たのさ。島森はどこにいる」

鈴木の問いに、斉木は背後の診察台を、親指で示した。

「そこに転がってるよ。だれかに、息の根を止められたらしい」

「ほんとか」

緊張した声で言うなり、鈴木はまっすぐ奥へやって来た。

デスクを回り、二人の前に立つ。

斉木も梢田も、あわてて道をあけた。

鈴木は、つかつかと開いたカーテンに近づき、診察台をのぞき込んだ。

梢田はその後ろ姿を見ながら、いったいどこから現れたのだろう、といぶかった。

足音は聞こえなかった、と思う。

ついでに、さっきこのビルにはいった怪しい人影を、鈴木に重ねてみる。

一致しない。

あの人影は、鈴木ほど背が高くなかった。

いくら鈴木が器用でも、背丈を縮めることはできないだろう。

相方の、小太りの田中にしてもさっきの人影ほど、スマートにはなれまい。

鈴木は、くるりと向き直って、二人を交互に見た。

緊張した声で言う。

「どっちがやったんだ。それとも、二人でやったのか」

梢田は、目をむいた。

「自分たちがやった、と思ってるんですか。やめてくださいよ、冗談は。自分たちは、ただ様子を見に、上がって来ただけなんですから」

「こんな夜中に、ただ様子を見に上がって来るやつが、いるものか」

嚙みつくような口調だ。

「いや、ほんとですって。キャップをかぶった、妙なやつがこのビルへはいるのを目にして、様子を見に来ただけなんですよ。そうだよな」

斉木を見て、同意を求める。

斉木は、わざとらしく咳払いをしただけで、返事をしなかった。

考えてみれば、斉木は怪しい人影を見ていない。同意するのは、さすがに気がとがめたのだろう。

それにしても、友だちがいのない男だ。

鈴木が、勝ち誇ったように言う。

「すると、少なくともあんたたちはこのビルの近くを、うろうろしていたわけだな。また何か、たくらんでいたんだろう」

梢田が言葉を詰まらせると、斉木がようやく口を開いた。

「そのせりふは、そっくりお返しするぞ。あたりをうろうろしていたのは、あんたも同じだろうが」

鈴木が、ちょっと顎を引く。

「おれは、さっき言ったとおり島森のかみさんに聞いて、様子を見に来ただけだ。あんたたちのように、下心があって来たわけじゃない」

梢田は少し、元気を取りもどした。

「自分たちも理由があって、ここへ来たんですがね」

「どんな理由だ」

梢田は、こめかみを掻いた。

「そいつは、ちょっとね。捜査上の、機密事項ですから」

鈴木の目が、小ずるく光る。

「昨日、島森が無罪放免になったのを逆恨みして、始末をつけに来たんじゃないのか」

「かりにそうだとしても、自分たちは島森に指一本、触れてませんよ。上がって来たときには、もう死んでたんですから」

「ドアの鍵は、かかってなかったのか」

「鍵は、斉木係長が」

言いかけると、斉木がそれに押しかぶせるように、割り込んできた。

「鍵は、かかっていなかった。ノブを押したら、簡単に開いたんだ。そうだろう、梢田」

梢田はしかたなく、こくりとうなずいた。

鈴木は、疑わしげに二人の顔を見比べ、小ばかにしたように言った。

「そりゃまあ、そうだろうな。もしかかっていたら、犯人はそのときまだこの診療室の中に、いたことになるからな」

それを聞いて、梢田はぎくりとした。

ドアの鍵は、確かにかかっていた。

それを、斉木が万能キーオープナーを使って、解錠したのだ。

そのあと、梢田が室内に踏み込んだとき、中にはだれもいなかった、と思う。

かりに犯人が、開いたドアの陰に隠れて梢田をやり過ごし、隙を見て逃げようとしたとしても、戸口には斉木が控えていたから、見つからずにはすまない。

どう考えても、この診療室にはいったときは、だれもいなかった。

となれば、これは密室の殺人ではないか。

いや、ありえないことだ。

「どうした。何か、思い当たることでもあるのか」

鈴木に問いかけられ、梢田はわれに返った。

「い、いや、ありません。さっき、このビルにはいった怪しいやつは、いったいどこへ消えちまったのかと、それが不思議でね。警部補が上がって来たとき、途中でだれかとすれ違いませんでしたか」

鈴木は、鼻で笑った。

「ばかなことを聞くな。いくら暗くても、狭い階段でだれかとすれ違えば、気がつかないはずはないだろうが。エレベーターも、この階で停まったままだしな」

斉木が、閉じた戸口に、顎をしゃくる。

「もしそいつが、ここより上の階に隠れていたとしたら、こうしてるあいだにもそこをすり抜けて、逃げたかもしれないぞ」

梢田と鈴木は、そろって閉じた戸口に、目を向けた。

なんの物音もしない。

鈴木が言う。

「ともかく、すぐに署へ連絡しよう。おれも、まさか覚醒剤が殺しに発展するとは、思わなかった」

そのとたん、どこかで犬が吠え始めた。

とみる間に、それはたちまち複数の犬の吠え声に、広がった。

さらにそこへ、別の動物らしき甲高い鳴き声も、加わり始める。

十秒もしないうちに、さながら阿鼻叫喚《あびきょうかん》の騒ぎになった。

すぐ上の、六階の入院加療室で犬や猫がいっせいに、鳴き出したのだ。

斉木と梢田は、顔を見合わせた。

「だれか、いるんじゃないか」

梢田が言うと、斉木はうなずいた。

「行くぞ」

斉木の掛け声より早く、梢田は戸口に向かって突進した。

斉木と鈴木も、それに続く。

梢田は、真っ先にドアを引きあけて、外へ飛び出した。

上の方で、ガラスの砕け落ちる音がする。

梢田は無我夢中で、狭い階段を駆けのぼった。

踊り場を回ると、診療室から漏れる明かりが途切れて、急に暗くなる。

闇雲に六階に駆け上がり、入院加療室のドアと思われる方向に、頭から突っ込んだ。

犬猫の吠え声や鳴き声が、まともにぶつかってくる。

ドアがあいているらしい。

次の瞬間、梢田は入り口とおぼしきあたりから、勢いよく飛び出しただれかに体当たりを食らい、たたらを踏んだ。

かろうじて踏みとどまり、相手の体をつかまえる。

「警察だ。おとなしくしろ」

梢田はどなり、相手の体を両の腕で力いっぱい、締めつけた。

遅れて来た斉木と鈴木が、背後から折り重なるようにして、梢田を押し支える。

ふと、梢田は相手の胴に回した腕の感触が、妙に柔らかいのに気づいた。

はっとして、力を抜く。

そのとたん、梢田は股間をしたたかに蹴り上げられ、思わず声を漏らした。

同時に、腕の力が緩んだ。

相手は、その腕をするりと擦り抜けて、梢田の体をかいくぐった。

梢田は、コンクリートの床に這《は》いつくばり、その上に斉木と鈴木がのしかかった。

「どけ、どけ。逃げられたぞ」

そうわめいて、二人を押しのける。

斉木がどなった。

「梢田。おまえは上を探せ。おれは、下を見て来る」

そのまま、飛ぶように階段を駆けおりて行く。

くそ、と梢田は悪態をついた。まったく、逃げ足の速い男だ。

体を起こし、鈴木にささやく。

「下へおりて、斉木係長と合流してください。自分は一つ上の、七階の空き室を見て来ます」

「一人で、だいじょうぶか」

「だいじょうぶです」

一人でなければならない。

言葉を継ぐ。

「だれか逃げ出そうとしたら、係長と二人でつかまえてください」

鈴木がおりて行くのを確かめ、梢田は七階へ通じる階段を、のぼり始めた。

たった今、ドアの前で抱きついた相手の体が、妙に柔らかかったのが気になる。

そこから、自分の頭で導き出せる可能性は一つしかないが、それを考えるのはいやだった。

しかし、いやでも考えずには、いられなかった。
七階も、明かりがついていない。
六階の騒ぎが、だいぶ静まってきた。
居場所を知られたくないので、マグライトは点灯せずにおく。
ドアの前に忍び寄ると、靴の裏にじゃりじゃりした感触が、伝わってきた。
砕けたガラスのようだ。
ドアをそろそろと探ると、磨《す》りガラスの一部が割れているのが、手ざわりで分かった。
かなり大きな穴だが、靴に当たるガラスの破片の感触は、わずかなものだ。
おそらく外から割ったので、破片は大半が部屋の内側に落ちたのだろう。
侵入者は、割れたガラスの間から腕を差し入れ、内鍵をはずしたに違いない。
梢田は、ノブを試した。
押してみると、案の定ドアはすっとあいた。
手を離し、様子を見る。
なんの動きもない。
梢田はしゃがみ込み、部屋に体をすべり込ませた。
思ったとおり、靴の裏に大きなガラスの破片が当たり、いやな音を立てる。
ほこりが舞い立っているらしく、危うくくしゃみが出そうになった。

歯を食いしばって、それをこらえる。

その姿勢のまま、ドアの脇の壁を探った。

スイッチに指が触れ、梢田はそれを押し上げた。

しゅっという息の音がして、壁際から鋭い回し蹴りが頭を襲う。

梢田は、とっさに左腕を上げてそれをブロックし、同時に床の上を一回転して逃げた。

ほこりにむせながら、すばやく立ち上がって戦闘体勢を取る。

「やっぱり。ごめんなさい」

すぐ目の前で、身構えた拳を下へおろしたのは、五本松小百合だった。

「き、きみか」

体の力が抜ける。

やはり、あの人影は小百合だったのだ。

小百合は、先刻ビルにはいるのを梢田が見たときと同じ、キャップと紺の大きめのブルゾン、ジャージーに身を固めていた。

梢田は、落ちたハンチングをかぶり直し、ほこりにむせて咳をしながら、指を振り立てた。

「こ、これは、い、いったい、どういうことだ」

問い詰めるのを、小百合は手を上げて制した。

「あとで、説明します。ここには、だれもいません」

あらためて見回すまでもなく、そこは前夜のぞいたときと変わらず、備品一つないまったくの空き室だった。

小百合に、目をもどす。

「まさか、き、きみが島森を殺したんじゃないよな」

梢田が聞くと、小百合の目が丸くなった。

「島森が、殺されたんですか」

「死体を、見てないのか。診療室の、診察台の上で死んでるんだぞ」

小百合は、しばし呆然と立ちすくんでいたが、やがて首を振った。

「鍵がかかっていて、中にはいれなかったんです。それで、六階に上がって部屋の中に忍び込んだら、急に犬や猫が騒ぎ出して」

「おれたちが、五階に上がって来たことに、気がつかなかったのか」

「気がつきませんでした。犬や猫を騒がせないように、神経を集中していたので」

「それにしても、急所を蹴り上げるなんて、ひどいじゃないか」

つい文句を言うと、小百合は頰を赤らめた。

「ごめんなさい。梢田さんが、あまり力を入れて抱き締めるものだから、つい」

小百合には、だれも知らない格闘術の裏わざがあるのだ。

梢田は耳の後ろを掻き、咳払いをした。

「別に、抱き締めたつもりはない。逮捕術にのっとって、捕捉しようとしただけだ」

お互いに気まずくなった感じで、少しのあいだ沈黙が漂う。

「それにしても、なぜ上へ逃げて来たんだ。下へ逃げるのが普通だろう」

疑問を口にすると、小百合は軽く肩をすくめた。

「だれかもう一人、人がいたような気がしたものですから」

「ああ、それは例のマカクの、鈴木警部補だ」

「鈴木警部補。なぜ、警部補がこんな時間に、こんな場所に現れたんですか」

「分からん。島森のかみさんに電話したら、島森は今夜ここに泊まると言われたので、様子を見に来たそうだ」

「今、どこに」

「係長と一緒に、下で待機している」

小百合は眉根を寄せ、少しのあいだ考えた。

「それじゃ、わたしたちも、下へおりましょう。ここには、だれもいません。島森が、ほんとうに死んでいるのなら、署に連絡しないと」

梢田は、ちょっととまどった。

小百合は二度も、ここにはだれもいない、と念を押した。

何か、引っかかるものを感じたが、調子を合わせることにする。

「そうだな。そうしよう」

小百合は、先に立って戸口へ向かい、外へ出た。

梢田も、明かりをつけたままにして、あとに続く。

階段に足を踏み下ろす直前、小百合はちらりと梢田を意味ありげに見返り、脇のトイレを無言で指差した。

「急いでおりましょう」

わざとらしく言い、そのまま階段をおり始める。

梢田は、一瞬小百合が何を伝えようとしたのか、つかみかねた。

しかし、すぐにトイレの中をチェックしろ、という合図だと察した。

「だったら、エレベーターを使った方が、早いだろう」

そう応じながら、トイレのドアに忍び寄る。

梢田は、トイレのドアのノブを回し、引こうとした。

32

まさに、その瞬間。

ドアが内側からすごい勢いではじけ、梢田威は階段まで跳ね飛ばされた。

ごろごろと、逆さになって転げ落ちる梢田の上を、だれかが飛び越える。

梢田はとっさに、その足につかみかかった。

しかし、手がすべった。

「気をつけろ」

転がりながら、夢中で五本松小百合に、警告を発する。

次の瞬間、何かがぶつかったような鈍い音と、くぐもったうなり声が耳を打った。

両手両足を突っ張り、梢田はかろうじて階段の踊り場で、転落を食い止めた。

突然、天井の明かりがつく。

顔をしかめて見回すと、小百合が踊り場の壁のスイッチから指を離し、ぽんぽんと手のほこりを払うのが、目にはいった。

梢田は起き上がり、落ちたハンチングを探して、かぶり直した。

くらくらする頭を振り、六階へ続く階段を見下ろす。

黒いブルゾンを着て、紺のコットンパンツをはいた小太りの男が、頭を下にした格好でぴくりともせず、斜めに伸びている。

どうやら、小百合にやられたようだ。

梢田は体をかがめ、顔をのぞき込んだ。

「こ、こいつは」

そう言ったきり、絶句する。

なんと、その男は鈴木良比古警部補の相方の、田中琢磨警部補だった。

あっけにとられ、口を半開きにしたまま伸びている田中を、つくづくと見る。

小百合が、落ち着いた声で言った。

「そうか、こういうことだったんですね」

梢田は手の甲で、口元をぬぐった。

「こ、こういうこととは、どういうことだ」

「島森が、田中警部補と裏でつながっていた、ということでしょう」

頭が混乱して、うまく働かない。

「ど、どんな風に」

「もちろん、覚醒剤にからんで、ですよ」

梢田は、診療室のデスクに散らばったビニール袋と、目を見開いたまま死んでいた島森誠三の顔を、思い浮かべた。

「すると、こいつが島森と仲間割れでもして、殺しちまったということか」

小百合が、眉をひそめる。

「ほんとうに島森は、死んでいたんですか」

「ああ、間違いない。しかし、そうなると相方の鈴木警部補も、ぐるかもしれんぞ」

急に、下で一緒に待っているはずの斉木斉のことが、心配になった。

小百合は少し考え、そっけなく言った。

「それはいずれ、はっきりするでしょう。とにかく、裏返しにしてください」

意味が分からず、梢田は聞き返した。

「裏返すって、何をだ」

「田中警部補を、です。手錠をかけるので」

「ああ」

梢田は、斜めになった田中の重い体を、苦労して裏返しにした。

そうしながらも、この事件にこんなかたちで、田中が関わっていたことが、まだ信じられなかった。

田中は、警視庁麻薬覚醒剤特捜隊の一員として、鈴木とともに島森の身辺捜査に、当たっていたはずだ。

それがなぜ、島森を手にかけるようなことに、なったのだろう。

いくら頭をひねっても、考えがまとまらない。

小百合が、田中の両手を後ろに引き寄せて、手錠をかける。

田中は馬力があるから、後ろ手錠が相当だろう。

そのとき、田中のブルゾンのポケットから金属製の何かが、階段にすべり落ちた。拾い上げると、それは斉木が使っていたのと同じ型か、よく似た万能キーオープナーだった。

思わず、膝を叩く。

「ははあ、こいつか。それで分かったぞ。診療室のドアに、鍵がかかっていたわけが」

つまり、あれは密室の殺人でもなんでもなかった、ということだ。

小百合が、妙な顔をする。

「鍵がかかっていたのに、梢田さんたちはよく島森の死体を、見つけましたね。どうやって、中にはいったんですか」

「係長が、これと同じようなのを使って、ドアを解錠したんだ」

そう言って、梢田は万能キーオープナーを、田中のポケットにもどした。

とたんに、梢田の携帯電話がぶるるる、と震えた。

急いで取り出すと、斉木からだった。

「どうした。無事か」

ささやき声だ。

「ああ、無事だ。無事で悪かったな」

「その言いぐさはなんだ。上司が、部下の安否を気遣って、何が悪い」

「分かった、分かった。今どこだ」

「ビルの入り口だ」

梢田は、舌を鳴らした。

斉木が、下を見てくると言ったのは、せいぜい五階までのことだろう、と思っていた。

それが、一挙に一階までおりてしまうとは、どういう料簡《りようけん》をしているのか。

「鈴木警部補も一緒か」

「一緒だが、今は橋のたもとへ、立ち小便をしに行った。それより、とっつかまえたか」

「ああ、とっつかまえた」

「相手は、何者だ」

梢田は一呼吸おいて、久しぶりにあだ名を口にした。

「才媛《さいえん》だ」

それを聞くと、斉木はうろたえた。

「才媛だと。ご、五本松か」

「ああ、そのとおりだ」

「まさか、ご、五本松がやったんじゃないだろうな、島森を」

梢田は、いい気分になって、うそぶいた。

「それは、取り調べてみなきゃ、分からんな」

小百合が、なんの話をしているのかというように、顔を見つめてくる。

斉木は、どもりながら言った。

「おい。おれは、い、今の話を、聞かなかったことにする。鈴木を追っ払うから、お、おまえは五本松を連れて、こ、このままどっかへ逃げろ」

「逃げろって、どういうことだ。見て見ぬふりを、しようってか」

もしかして、斉木が部下をかばおうとしているのかと思い、梢田は少し感動した。

「当たり前だ。部下から犯罪者を出したら、おれの出世に差し支えるからな」

携帯電話を、握りつぶしそうになる。

梢田は、ぶっきらぼうに言った。

「ここに、とっつかまえたやつが、もう一人いる。そいつが、島森をやったんだ」

斉木のため息が、やけに大きく聞こえた。

「ばかやろう、早くそれを言え。どこのどいつだ」

「鈴木警部補の相方の、田中琢磨警部補さ」

「なんだと。ほんとか」

よほど驚いたのか、声が半分裏返っている。

「冗談で、こんなことを言えるか。とにかく、署に電話して宿直の連中に、殺しがあったことを報告してくれ。ついでに、管内の交番から巡査を何人かよこすように、指示してもらいたい。現場を、保存しなけりゃならんからな」

「この野郎。巡査長のくせに、偉そうな口を叩くな。それにしても、あの田中がなぜ」

みなまで言わせず、梢田はさらに続けた。

「ついでに署長と刑事課長、それに本部の捜査一課にも連絡するように、手配してくれ」

電話の向こうで、うなり声がした。

「この、おしゃべりめ。それくらい、おまえの指図を受けなくたって、百も承知だ。とにかく、さっさとおりて来い」

斉木は毒づいて、通話を切った。

梢田は携帯電話をしまい、うつぶせに伸びた不格好な田中の背中に、目を向けた。まだ、気を失ったままだ。よほど、打ちどころが悪かったのだろう。

小百合が、田中に顎をしゃくる。

「ほんとうにこの人が、島森を殺したんですか」

「ああ、きみでなければな」

小百合は、むっとしたように梢田を見返し、唐突に言った。

「さっき取っ組み合ったとき、変なところにさわったでしょう」

突っ込まれて、どぎまぎする。

「妙な言いがかりは、やめてくれ。あのときは、相手がだれだか分からなかったから、本気を出したんだ。きみだと分かっていたら、はなから飛びついたりしないさ」

それを聞くと、小百合はにっと笑った。

「別に五本松は、気にしてませんから」

照れ隠しに咳払いして、梢田はもう一度田中の肩口をつかみ直し、仰向けにした。

すると、田中は激しく咳き込みながら、意識を取りもどした。

目を開いたものの、すぐには自分の置かれた立場が分からず、きょろきょろする。

梢田と、小百合の顔を交互に見比べて、一連の出来事を思い出したらしい。

ばつの悪そうな顔をして、小さくののしった。

「くそ」

わずかにもがいたが、後ろ手錠をはめられていることに気づいて、動くのをやめた。

「こいつを、下まで引きずりおろそう」

梢田が言うと、小百合は顎を動かした。

「エレベーターに乗せましょうよ」

そう言えば、エレベーターの電源ははいったままだった、と思い当たる。

「よし。ちょっと、手を貸してくれ」

梢田は、小百合に手伝わせて田中を引きずり起こし、手すりにもたれさせた。

田中は、梢田にこづかれるたびにうめき声を漏らし、体をふらふらさせる。

左の足首か膝を痛めたらしく、手すりにもたれて立つのが、やっとのようだ。

小百合にかなりこっぴどく、痛めつけられたとみえる。

梢田は、田中が苦痛を訴えるのを無視して、六階まで引っ張りおろした。

すると、〈5〉に点灯していたはずのエレベーターの表示ランプが、〈1〉に変わっている。

思わず、ののしった。

「くそ、なんてやつだ」

斉木は、鈴木と一緒に下へおりるとき階段ではなく、エレベーターを使ったのだ。

しかたなく、呼びボタンを押す。

古いエレベーターなので、数字が一つずつ上がるのに途方もなく長い時間がかかり、梢田はいらいらした。

そのあいだに、田中に話しかける。

「何か、言うことはないのか」

田中は横の壁にもたれたまま、ふてくされた顔で梢田を見返した。

「おれも、女にぶん投げられるようになっちゃ、焼きが回ったってことだろうな」

小百合が応じる。

「わたしが出した足に、警部補がつまずいただけですよ」

ていねいだが、そっけない口調だった。

梢田は、田中をこづいた。

「足を痛めただけで、すんだんだ。ありがたく思え」

田中が、梢田を睨む。

「たかが巡査長のくせに、警部補に向かってその口のきき方はないだろう」

「人を殺しておいて、いばるんじゃない」

梢田が言い返すと、田中は天井を仰いだ。

ため息をついて言う。

「まあ、これにはいろいろと、わけがある。おれも、かっとなりやすいたちでな」

否定しなかったからには、実際にこの男が島森を殺したのだろう。

信じられぬことだが、そう考えざるをえない。

梢田は、話を変えた。

「あんた、島森とぐるになって、覚醒剤をさばいてたのか」

田中は、唇をゆがめた。

「おれは、さばいちゃいないよ。山本の野郎が、イラン人や暴力団から仕入れたシャブの一部を、島森経由でアンナに回していたんだ。おれは、山本と島森のあいだの、つなぎをやっただけさ」

あきらめたのか、あっさり白状した。

「山本というのは、アンナのおやじの、山本伊豆八のことか。芸能プロの社長の」

「そうだ」

「伊豆八は、娘に覚醒剤をさばかせていたのか」

田中は、ため息をついた。

「そうじゃない。もともと伊豆八は、移籍したがるタレントを引き留めるために、シャブを利用していたんだ。娘のアンナは、その一部を自分の小遣いがわりに回してくれ、と頼んだ。伊豆八は、アンナが自分で使わないことを条件に、言うことを聞いてやった。アンナは、たまに自分で使うこともあったらしいが、それをさばいて小遣い稼ぎをしていたのさ。おやじの手伝いをしてたわけじゃない」

内海紀一郎や、明央大学前の広場にいた若者の顔が、まぶたの裏に浮かぶ。

「学生たちに売りつけるとは、アンナもずいぶん危ない橋を渡ったものだな」

「おれは伊豆八から、間違ってもアンナがシャブで挙げられないように、うまくガードしてくれと言われていた。アンナの祖父だとかいう、あのへんちくりんなじじいや、あんたたち御茶ノ水署の連中が、何かとちょっかいを出すものだから、やりにくくてしょうがなかったがな」

じじいとは、駿河博士のことだろう。

それにしても、ぺらぺらとよくしゃべる男だ。

もう逃げようがない、と観念したのかもしれない。

ようやく、エレベーターがのぼって来た。

扉が開くと、小百合は先に乗って開扉ボタンを押し、梢田が田中を引きずり込むのを、辛抱強く待った。

扉が閉じて、箱ががくんと揺れる。

まるで、おりているのかいないのか分からない、のろい動きだ。

梢田は、話を続けた。

「そう言えば、アンナが明央大学の前の広場で、覚醒剤を仕込んだ犬の縫いぐるみを、若い男に抜き取らせたことがあったな。あのとき、あんたはそいつをつかまえようとして、ダッシュしたじゃないか。おれが邪魔しなけりゃ、確実につかまえていたよなあ」

田中が、せせら笑う。

「あれは、あんたがおれの邪魔をしたんじゃない。どっちかと言えば、おれがあんたの邪魔をしたんだ。あんたたちが、おれを見張っていることは、とうに分かってたからな」

梢田は、揺れるエレベーターに足を踏ん張り、田中を見た。

「どういうことだ」

「あんたたちが、おれより先にあの若造を取っつかまえて、シャブを押収したらまずいと思ったんだ。アンナと取引したことが、すぐにばれるからな。おれが若造をつかまえて、シャブをうまく取り上げちまえば、証拠がなくなるだろう。狙いどおり、若造は風を食らってどこかへ逃げちまったし、あんたとおれがつかみ合ってるあいだに、アンナもうまくずらかってくれた。おれとしては、万々歳だったわけだ。どっちかつかまってたら、アンナのおやじに合わせる顔がなかった」

梢田はあきれ果てて、天井に目を向けた。

そのままの姿勢で聞く。

「山本伊豆八と、そんなにねんごろだったのか」

田中は、肩をすくめた。

「山本とは、アンナの身辺をかぎ回ってるうちに、いつの間にか親しくなってね。お互いに、いろいろと力になれることがある、と分かったわけさ」

「デカのくせに、なんだってそんなまねを」

「あんた、競輪競馬をやったことがあるか」

いきなり聞かれて、ちょっととまどう。

「まあ、たまにはな」

「やめとけ、やめとけ。そのうち深みにはまって、おれみたいに借金まみれになるのが、関の山だからな」

梢田は、憮然とした。

「借金を返すために、山本のアルバイトをしてたのか」

「まあ、そんなとこだ。山本はアンナがかわいいし、おれは金がかわいいときている」

田中が言ったとき、エレベーターががたんと揺れて、停止した。

33

扉が開く。

そのとたん、扉の前に立ちはだかっていた鈴木良比古が、箱の中の田中琢磨につかみかかろうとした。

「おい。おまえが、島森をばらしたって、ほんとか。いったい」

言い終わるのを待たず、梢田威はあいだに割ってはいった。

「まあまあ、警部補。こいつはまだ、容疑者にすぎないんですから」

鈴木の腕をつかんで、ホールに押しもどす。

田中を、エレベーターから引っ張り出し、狭いホールの壁に押しつけて、なんとか立たせた。

鈴木が背後から、しつこく言う。

「斉木警部補から聞いたぞ。おまえ、ほんとうに島森を、やったのか」

田中は顔をそむけた。

「悪かったな。こんなことになるとは、おれも考えてなかった」

神妙な声だった。

相方に悲痛な声で詰問されて、さすがに身にこたえたようだ。

「くそ、なんてやつだ。おれを、こけにしやがって。いったい、どうなってるんだ」

鈴木は、閉じたエレベーターの扉を、力任せに叩いた。

梢田は、そばに控えていた斉木斉に、声をかけた。

「署に電話したか」

斉木は、いかにもおもしろくなさそうな顔で、口を開いた。

「ああ、した。ついでに、おぼっちゃまくんにも、かけておいた。なんといっても、直属の上司だからな」

生活安全課長の、立花信之介のことだ。

五本松小百合が、梢田に言う。

「わたしもちょっと、連絡してきます」

「だれに」

聞き返すと、小百合は眉をぴくりとさせた。

「牛袋管理官です。御茶ノ水署にいるはずですから、事件のことは、もう知っていらっしゃる、と思いますが」

梢田は、斉木と顔を見合わせた。

「どうして、管理官が署にいるんだ」

梢田の問いに、小百合は軽く肩をすくめた。

「今夜、わたしがここへ来たのは、管理官の指示なんです」

そう言い残し、外へ出て行く。

「どういうことだ、あれは」

梢田はぼやいたが、斉木は首を振っただけで、何も言わなかった。

鈴木は肩を怒らせ、腰に両手を当てたまま何も言わずに、天井を睨みつけている。

その隣で、田中がしょんぼりと肩を落とし、床を見つめる姿が対照的だった。

外の方から、小百合が電話する声が聞こえる。

「もしもし、五本松です。はい、はい。お聞き及びと思いますが、残念ながら死人が出てしまいました。はい、容疑者は確保しました。はい、ご想像のとおりでした。はい、ありがとうございます」

通話を切った小百合が、ホールにもどって来た。

「現場確保のために、巡査を三人回してくださるそうです。おっつけ、刑事課の人たちも駆けつけて来る、と思います。巡査が到着したら、とりあえず署へもどりましょう。五人までなら、乗れますから」

「乗れるって、タクシーでも呼んだのか」

梢田が聞くと、小百合はしれっとして答えた。

「いいえ。この近くに、車が停めてあります。わたし、署の車で来たんです」


未明の、御茶ノ水署の会議室。

ドアが開き、鈴木がはいって来る。

テーブルに近づくなり、一同に深ぶかと頭を下げた。

「申し訳ありません。ずっと一緒にいながら、相棒の田中がブツの運び屋をやっていたのを、今の今まで見抜けなかった。まったくもって、面目ないことでした」

長身の体が、一回り小さく見えるくらいに、しょげ返っている。

牛袋サトは、苦虫を嚙みつぶしたような顔で、鈴木をねめつけた。

「おすわりなさい」

鈴木は、サトと向かい合ってすわる斉木、梢田、小百合の並びに、緊張して腰を下ろした。

サトがテーブルの上で、スキーの手袋のような手を組み合わせ、鈴木に言う。

「負け惜しみを言うようだけれど、わたしはあなたたち二人をそろって怪しい、と思っていたのよ。だから、五本松巡査部長にそれとなく警戒するように、指示しておいたの。今夜、この人を島森ビルへ行かせたのも、わたしです。何か起こるって、勘が働いたのね。つかまったのが、田中警部補一人だけだったから、ほっとしたくらいだわ」

梢田は笑いを嚙み殺し、そっと隣の斉木の顔を盗み見た。

斉木は、ことさら厳粛な顔をこしらえていたが、それは笑いをこらえるいつもの癖だ。

小百合は、島森ビルに忍び込んだときの格好のまま、例のとおり爪の具合を調べるふりをしている。

鈴木は、背筋を伸ばして応じた。

「わたしも、負け惜しみかもしれませんが、日ごろから田中の挙動には不審な点がある、と思っていたんです。相棒のくせに、突然連絡をとれなくなることが、ちょくちょくありました。それに、山本アンナを見張る段になると、なぜか急にやる気が失《う》せたように、動きが悪くなりましてね。御茶ノ水署や、牛袋管理官がからんだときだけは、しゃんとするんですが」

「あなたが、自分の相方の不正を見抜けなかったとすれば、同罪に等しいわよ」

サトに決めつけられて、鈴木は伸ばした背筋を丸めた。

「まったく、わたしまで疑われても、しかたがありません。それどころか、このざまでは田中と一緒に、懲戒免職になるかもしれない。そうなっても、文句は言えないでしょう」

「刑務所行きにならないだけ、まだしもだわね」

サトの口調は、印刷したての六法全書のように重く、冷たかった。

斉木が口を出す。

「あんたが、夜中に島森のクリニックにやって来たのは、かみさんに亭主がそこに泊まる予定だ、と聞いたからだな」

鈴木は、悔しそうに斉木を見た。

「ああ。さっき、そう言っただろう」

「どうして、足を運ぶ気になったんだ。それほど、急ぐ必要があったのか」

「島森が昨日、証拠不十分で無罪放免になったから、何か動きがあるんじゃないか、と勘が働いたんだ」

「動きがあるとは、島森にか」

斉木に突っ込まれて、鈴木はためらいの色を見せたが、しぶしぶ答えた。

「というか、あんたたち御茶ノ水署の連中が、また妙な動きをするんじゃないか、と思ったわけさ」

「あんたもいいかげん、うたぐり深い男だな」

鈴木はたじろいだが、負けずに言い返す。

「しかし、現に動いたじゃないか、あんたたち」

「おれたちも、島森が動くと睨んだから、やつを見張りに行ったんだ。そして現に、動きがあった。島森じゃなくて、田中の方だが」

鈴木は悔しげに、唇を一文字に結んだ。

サトが、腕時計を確かめる。

「ずいぶん、時間がかかるわね」

鈴木は、とりあえず一時間ほどで事情聴取から解放され、この会議室にやって来た。

しかし、田中の尋問は殺人事件がからむだけに、刑事課長の辻村《つじむら》隆三《りゅうぞう》が担当しており、死体を発見した斉木も梢田も、蚊帳の外に置かれた。

わずかに、生活安全課長の立花信之介だけが、オブザーバーとして同席を許された。

そのため、みんな立花がもどって来るのを、待ちかねているのだ。

斉木が、サトに言う。

「ちょっと、整理してみましょう。山本伊豆八は、最初のうちわざわざ島森を経由して、アンナに覚醒剤を回していた。アンナはそれを、内海紀一郎のような学生に売りさばいて、小遣い稼ぎをした。やがて、山本は覚醒剤を大量かつ安上がりに手に入れるため、島森に製造工場を作らせようとした。ここまでは、いいですね」

鈴木が割り込む。

「そこへあんたたちが、よけいなくちばしを突っ込んできた、というわけだ」

斉木はその胸に、人差し指を突きつけた。

「おれたちが、よけいなくちばしを突っ込んだおかげで、事件が解決したんだ。そうでなかったら、田中はいまだにあんたの鼻面をつかんで、好きなように引き回していただろうよ」

鈴木は真っ赤になったが、何も言い返せなかった。

そのとき、会議室のドアが開いて、立花がはいって来た。

全員、立ち上がって迎える。

「お疲れさまです」

口ぐちに声をかけ、疲労の色が濃い立花をねぎらった。

立花が、サトの隣に腰を落ち着けるのを待って、みんなすわり直す。

「どんな具合ですか」

サトに聞かれて、立花は口を開いた。

「今夜のところは、この辺で切り上げることになりました。これ以上、深夜の取り調べを続けると、違法と見なされますから」

梢田はまた、笑いを嚙み殺した。

これ以上も何も、深夜から明け方近くまで取り調べれば、もう十分に違法だ。

しかし、相手が殺人事件の容疑者ともなれば、朝までゆっくりおやすみなさい、とはいかない。

「田中は、犯行を認めましたか」

鈴木が聞くと、立花はうなずいた。

「ええ、認めました。あれでは、逃れようがないでしょう」

梢田は、首をひねった。

「しかし、田中警部補はいつの間に島森ビルへ、忍び込んだんでしょうね。係長とわたしは、ゆうべ六時ごろからずっとビルの近くで、見張ってたんですが」

サトが、じろりと目を向けてくる。

「あなたたち二人して、ちょっとでもその場を離れた瞬間が、あるんじゃないの」

「ああ、そういえばラーメンを食いに、いてて」

言いかけた梢田は、隣にすわる斉木にくるぶしを蹴り飛ばされ、声を上げた。

斉木が続ける。

「七時ごろでしたか、島森がラーメンを食いに出たとき、梢田があとをつけて行きましてね。わたしは、念のため現場に残ったんですが、島森と梢田がもどるまでのあいだ、田中らしき男もほかの人間も、だれ一人あのビルを出入りしませんでした」

梢田は、体をかがめてくるぶしをさすり、斉木を睨みつけた。

文句を言おうとすると、その前にサトが口を開いた。

「島森がビルを出たのは、そのときだけなの」

梢田は、すかさず言った。

「いや、もう一度出ました。午前零時を過ぎていましたが、今度は夜食を取りに出たんです。それが、屋台とはいえまたまたラーメンでして、いててて」

もう一度、くるぶしを蹴られる。

斉木が、強引にあとを引き取った。

「今度は、わたしが島森のあとをつけて、梢田が残ったわけです。島森がビルへもどるまでに、三十分はかかったと思います。そのあいだ、梢田が現場をちょっと離れるか何かしたすきに、田中がビルに忍び込んだんじゃないかと、わたしはそう推測します」

一度言葉を切り、梢田を睨んで続ける。

「そうだよな、梢田。二人そろって、張り込み現場を離れるなんてどじは、おれたちくらいのキャリアになれば、絶対に踏まないよな」

「あ、ああ」

とんでもない嘘と承知しながら、梢田は不承不承うなずいた。

実際は、二度とも二人で島森を尾行して、ビルを離れたのだった。

ただし二度目は、斉木がもう一度ラーメンを食うと言い出し、一人で屋台に残った。

やむなく梢田は、島森をつけてビルへもどったのだ。

そのあいだに、田中は二人がビルに張りついていたとも知らず、ビルにもぐり込んだのだろう。

斉木がため息をつき、わざとらしくつけ加える。

「まあ、二度目におまえを一人で残したおれにも、責任はあるわけだが」

梢田はかりかりしながら、唇の裏を嚙み締めた。

田中が潜入したとき、島森は診療室にいなかった。

やがて島森がもどって来ると、二人のあいだになにがしかの争いが、始まった。

そのあげく、田中が島森を刺し殺すという、とんでもない展開になったのだ。

大筋はおそらく、そんなところだろう。

梢田は、ため息をついた。

ここは斉木に、調子を合わせるしかない。

「そう言われてみれば、自分は急に尿意を催したものですから、橋のたもとへ移動して用を足すあいだ、ちょっとだけビルの前を離れました。田中がビルにもぐり込んだのは、そのときかもしれません」

そう言って、思い切り斉木を睨みつける。

斉木は、鬼の首でも取ったように、指を振り立てた。

「それだ、それだ。田中はそのときを狙って、ビルに潜入したに違いない。おれがもどるまで、おまえが小便をがまんしてりゃ、こんなことにはならなかったんだ」

それを聞いて、斉木を絞め殺したくなる。

しかし、この借りはいずれ返してやると思い直し、梢田は唇を引き締めた。

サトが、立花に聞く。

「田中は、辻村刑事課長の尋問に、どう答えたんですか」

立花は、不精髭《ぶしょうひげ》が出始めた顎のあたりをこすり、おもむろに言った。

「辻村課長は、最初に山本伊豆八と島森の関係について、田中から話を聞きました」

それによると、こういうことらしい。

山本伊豆八の、小学校以来の旧友で獣医になった桜井修太《さくらいしゆうた》、という男がいた。

桜井の弟誠三も獣医で、五年ほど前に島森ペット・クリニックの院長、島森恭一《きよういち》の娘友子《ともこ》と結婚して、養子にはいる。

島森恭一は、それから一年もしないうちに交通事故で亡くなり、誠三がクリニックを引き継ぐことになった。

そうしたいきさつで、山本は誠三を親しい友人桜井修太の弟として、子供のころからよく知っていたという。

サトが、質問する。

「山本が、覚醒剤にからんで島森誠三を利用しよう、と決めたいきさつは」

「山本は、実質的に社を切り回していた妻の慶子が死んだあと、移籍を望む所属タレントを引き留めるため、覚醒剤を利用したそうです。忙しいタレントに、覚醒剤の味を覚えさせて縛りつけ、移籍するなら薬を回さない、場合によっては警察にタレ込むなどと、脅したとか。田中はそれを、山本から直接聞かされた、と言いました」

「でも、覚醒剤を調達するにはそれなりに、お金がかかるわよね」

「そのとおりです。山本も、最初は暴力団関係者やイラン人ルートで、覚醒剤を手に入れていたようです。やがて、山本は十分な量の覚醒剤を安く調達するために、島森に覚醒剤の密造をさせることを思いつき、話を持ちかけたわけです。ご存じのように、獣医は覚醒剤の原料になる薬品を、手に入れやすい立場にありますから」

島森は島森で、そうした実験めいたことが好きなたちらしく、二つ返事で引き受けたという。

もっとも、島森が製造する覚醒剤の量は限られており、アンナの分を賄うほどにも達しなかった。

やむなく、山本は相変わらず暴力団等のルートでも、調達を続けざるをえなかった。しかし、それではあまりにリスクが大きく、効率が悪い上に金もかかりすぎる。

そこで、島森の尻を叩いて、増産を促した。

山本の注文に応じるため、島森はビルの七階の空き室を利用して、大がかりな製造工場を作る計画を立てた。

それを鈴木がかぎつけて、田中が内通しているとも知らずに、内偵を進めていたところへ、斉木と梢田が首を突っ込んで来た、というわけだ。

サトが口を挟む。

「その前後、田中と山本の関係はどうだったんですか。田中はいつごろから、山本に取り込まれていたのかしら」

立花は、手帳を出してチェックした。

「もともと鈴木、田中の両警部補は、〈アルコス〉所属の有名タレントの、覚醒剤の使用疑惑にからんで、山本伊豆八とアンナの父娘《おやこ》に何度か、事情聴取をしていました。ことにアンナは、明らかに覚醒剤使用の疑いがありましたが、所持している現場を押さえられたことがなく、採尿検査にかけるだけの証拠も、出ませんでした」

結局、アンナはそのたびに証拠不十分で、釈放されてしまう。

一方、田中は競輪競馬にどっぷりとはまり込み、当時は顎の先まで借金漬けになっていた。

そうした情報が、暴力団関係者から山本の耳に、はいったとみえる。

ある日、山本は田中を個人的に呼び出して、取引を持ちかけた。

五百万円近い、田中の借金を肩代わりする見返りに、アンナが覚醒剤で逮捕されたりしないよう、ガードしてくれないかというのだ。

借金がばれたら、警察をくびにもなりかねない田中は、二つ返事で取引に応じた。

それに付け込むように、山本はアンナへ回す覚醒剤を島森に届ける役をも、わざわざ田中に引き受けさせた。

そのために、山本は田中に対して裏帳簿の中から、月づき二十万円を支払う、と約束した。

田中を、単なるアンナのお目付役だけでなく、積極的共犯に仕立て上げよう、という魂胆だったのだろう。

田中も、そうした山本の意図を察しはしたが、かさむ借金に首が回らなくなっており、また好きな競輪競馬を続けるためにも、その話に乗らざるをえなかった。

とはいえ、山本が島森に覚醒剤の増産をもちかけたときは、さすがに焦りを覚えた。

あまりに事が大がかりになると、とても自分一人ではカバーできなくなり、わが身に危険が降りかかるからだ。

　何も知らぬ相方、鈴木をどうすかして、島森から目をそらさせるか、頭が痛くなるほど考えた。

　それだけに、斉木や梢田のせいで製造工場計画が中断したときは、ほっと胸をなでおろしたという。

34

　立花信之介の報告が、ひととおり終わった。

　鈴木良比古は、つくづく自分のばかさかげんに愛想がつきた、というように肩を落とした。

　そんな鈴木の様子を見ると、梢田威もいささか哀れを催した。

　立花が続ける。

「話は変わりますが、昨日の朝斉木係長と五本松巡査部長、それに梢田さんが島森のビルの診療室で、小犬の縫いぐるみの中から覚醒剤を発見、回収しましたね」

　梢田は、ひやりとした。

　しかし、斉木斉は平気な顔をして、うなずく。

「ええ。それが、どうかしましたか」

「あれは、やはり田中がその前の晩遅く、診療室に潜入して仕込んだものだ、と白状しました」

梢田は思わず、額の汗をふいた。

あのとき、島森ビルから出て来た怪しい人影は、小百合でもほかのだれでもなく、田中だったのだ。

立花の説明によると、診療室に忍び込んだ田中は、縫いぐるみの縫い目を切り開いて、覚醒剤を仕込んだ。

そのあと、用意してきた別の糸で腹を縫い直し、縫いぐるみを段ボール箱にもどして、ビルを出たという。

「田中によれば、あとで適当な機会にその縫いぐるみを押収して、中から覚醒剤が出てきたことを理由に、島森を逮捕するつもりだったそうです。しかし、よく調べればもとの糸と糸が違いますから、これはだれかが仕組んだ罠《わな》に違いない、という結論になる。結局、島森は証拠不十分で釈放され、当面マカクの捜査対象からはずれるだろう。そうすれば、山本伊豆八とアンナの父娘も、一息つくことができる。少なくとも当面は、むちゃをしなくなるに違いない。それが、田中の狙いだったようです」

梢田は、斉木の様子をうかがった。

斉木は、爪でテーブルを小刻みに、叩いている。

あのとき、田中と同じように覚醒剤を仕込むつもりで、梢田は斉木ともどもペット・クリニックに、潜入した。

そのせいで、話がややこしくなったのだ。

そうとも知らず、田中はわざわざ島森ビルへ出向いて糸を回収し、もとの糸と違うことを立証してみせた。

どちらにしても、島森誠三に対する疑惑をほかへそらす、という所期の目的は達成されたのだ。

立花が続ける。

「今夜、というかゆうべ遅く、田中がまたクリニックに出向いたのは、島森から携帯電話に連絡があって、覚醒剤と手を切りたいと言い出したからだ、ということでした」

島森は、御茶ノ水署の容赦ない取り調べにあって、すっかり縮み上がったらしい。

強がってみせはしたものの、あんな目にあうのはもうこりごりだ、と泣きを入れた。

そこで田中は、島森を脅してでも考えを変えさせようと、夜中に話し合いに出向いたという。

電話をよこしたとき、島森はその夜クリニックに泊まる、と言っていたからだ。

クリニックに着いたとき、島森は二度目のラーメンを食べに出ており、診療室にいなかった。

もどって来るのを待って、田中は島森を説得しにかかった。

しかし、話し合いは長く続かなかった。

島森は、厳しい取り調べにこりごりしたとみえ、手を引くと言って聞かなかった。

それどころか、もし手を引くのを認めてくれないなら、御茶ノ水署に秘密を全部ぶちまける、と言い出した。

そんなことになったら、田中もただではすまなくなる。

月づき、山本からもらう手当がおじゃんになるばかりか、逮捕されて懲戒免職を食らうのは必定だ。

島森は頭に血がのぼったのか、夜中にもかかわらず御茶ノ水署に電話しようと、受話器に手を伸ばした。

同じく頭に血がのぼった田中は、いっそ口を塞いだ方が後腐れがない、と肚を決めた。

とっさに、デスクの上にあった千枚通しを取り、島森の首筋に突き立ててしまった、というのだった。

鈴木が、首を振りながら、口を開く。

「何も、いきなり殺すことはなかったんだ。二、三発ぶん殴りゃ、すぐに言うことを聞いたでしょう、島森なら」

牛袋サトが、ぴしゃりと言う。

「それで万事、うまく収まったはずだ、とでも言うの」

鈴木は、ばつが悪そうに頭を掻いた。

「いや、別にそういうつもりじゃ、ないんです。確かに、田中はかっとなりやすいたちでしたが、何も人を殺さなくても」

途中で言いさし、唇を嚙み締める。

見かねて、梢田は風向きを変えようと、斉木に声をかけた。

「田中が、島森のデスクに覚醒剤の袋を置き散らしたのは、それがらみのいざこざで仲間に殺された、と思わせるためかな」

斉木は、鼻で笑った。

「だとしたら、田中もばかなやつだ。だれにせよ、それが原因で仲間を殺したのなら、覚醒剤をそのままにして、逃げるわけがない。考えすぎたか、考えるだけの頭がなかったかの、どちらかだろうよ」

鈴木がすごい目で、斉木を睨みつけた。

この期《ご》に及んでも、相方の悪口を言われるのが気に入らない、とみえる。

小百合が、口を開いた。

「わたしが五階に上がったとき、診療室のドアは鍵がかかっていて、中にはいれませんでした。六階に上がると、ここは鍵がかかっていなかったので、中に忍び込んでみました。ところが、何かの拍子に犬や猫がいっせいに、鳴き出したんです」

　梢田は、指を振り立てた。

「そりゃ、そうだろう。あそこは患者、というか逗留《とうりゆう》中の犬猫がお泊まりしている、入院加療室だからな」

　小百合が、一息入れて続ける。

「ちょっとうろたえて、まごまごしているうちにどこかで、ガラスの割れ落ちる音がしました。あわてて部屋を飛び出したとたん、駆け上がって来た梢田さんや斉木係長と、闇の中で鉢合わせしたんです。取っ組み合いになったのを、なんとかすり抜けて七階に上がると、やはり割れたのはそこのドアのガラスだ、と分かりました」

「ガラスの落ち方からして、あれは外から割られたものだよな」

　梢田が確認すると、小百合はうなずいた。

「そうです。そのため、だれかが部屋の中に逃げ込むために、割ったようにみえます。でも、それは見せかけだけで、中にはだれもいませんでした。七階に身をひそめていた田中警部補は、ガラスを割ったあとトイレに隠れ、追っ手をやり過ごしてこっそり逃げよう、としたんですね。でも、わたしだけじゃなくて、梢田さんも上がって来たので、逃げられなくなりました。それに気づいて、わたしは梢田さんにトイレを調べるように、合図したわけです」

そのとおり、と梢田はうなずいてみせた。

それまで、黙って聞いていたサトも立花も斉木も、同じようにうなずく。

一呼吸おいて、サトがじろりと斉木を見た。

「そのとき、斉木係長も鈴木警部補もビルの中にいたのに、どこで何をしていたの。小百合さんと梢田巡査長が、殺人犯と対決しようとしているときに」

鈴木は、困った顔をした。

「梢田巡査長が、下で逃げ道を塞ぐようにと言ったので、わたしは五階の診療室の前あたりで、待機しようと思いました。しかし、斉木警部補が五階からエレベーターに乗って、一階へおりようと言い張りましたので、やむなくそれに従ったわけです」

斉木は、咳払いをした。

「ええと、それはつまり、どこに意外な逃げ道があるか、分からないからです。一階におりて、外から見張っていればですね、窓から逃げ出そうとするやつも、見逃さずにすむわけでして」

笑いを紛らすために、梢田もわざと咳をした。

斉木が、これほどしどろもどろになるのは、珍しいことだ。

まったくもって、小気味がよい。

翌朝。

署で仮眠を取ったあと、斉木以下保安二係の三人は立花、サトとともに御茶ノ水タワービルの、地下のカフェへ腹ごしらえに出た。

署にはすでに、殺された島森誠三の妻友子が呼ばれ、遺体を確認している。

子供はおらず、寂しい対面だった。

コーヒーとサンドイッチを囲みながら、このあと今日一日の予定を確認する。

サトが、口火を切った。

「これから、本部捜査一課の取り調べが始まりますが、殺人事件そのものについては、さして時間はかからないでしょう。やっかいなのは、殺人の動機となった背景の解明ね」

立花が言う。

「それも、たいしてかからないでしょう。山本伊豆八が、いずれ署へ引っ張られて来ますから、背景はすぐに明らかになります。同時に、自宅とプロダクションにも家宅捜索がはいるので、証拠保全も完璧です」

斉木が指を立て、口を挟んだ。

「しかし、マカクは身内から犯罪者を出したわけだから、意気が揚がらんでしょうね」

サトは、一度唇を引き結んでから、怖い顔で言った。

「それだけに、徹底的にやると思います。〈アルコス〉は、これでおしまいね」

梢田はこめかみを掻き、さりげなく言った。

「自分たちも、事情聴取されるでしょうね、管理官」

サトが、分かり切ったことを聞くなというように、ねめつけてくる。

「それは十分、覚悟しておくことね。つじつまの合わないことは、絶対に口にしないように」

斉木が、いかにも心外だという顔で、反論した。

「お言葉ですが、管理官。わたしたちの言うことに、つじつまの合わない箇所など小指の先ほどもない、と断言できますよ」

サトは疑わしげに、斉木を見返した。

「そうかしらね。殺人事件発覚の端緒は、あなたたちが島森ビルへだれの許可もなく、潜入したことから始まったのよ。これは、お手柄といえるかしら」

「わたしたちがいなければ、事件の発覚は何日か遅れたでしょう。クリニックへ、診察や相談に来るクライアントの数は、少ないですからね。診療所があいていなくても、不審に思う者はだれもいないでしょうし、一カ月くらいはほったらかしになっていたかもしれません」

梢田もうなずく。

「そう、そのとおりです。芳香剤や脱臭剤のおかげで、死臭も外へ漏れないですしね」

ほかの者たちの、非難がましい視線を一身に浴びて、梢田は下を向いた。

小百合が、急に食欲を失ったように、食べかけのサンドイッチを置いて、口を開く。

「係長と梢田さんは、診療室の鍵をあけるのに、万能キーオープナーを使った、ということですよね。その行為は厳密に言うと、住居不法侵入罪に当たりませんか」

「それを言うなら、島森ビルに一歩踏み込んだ段階で、不法侵入罪が成立するわね」

サトが、にべもなく切って捨てると、斉木が言い返す。

「だったら、五本松が管理官の指示で島森ビルに潜入したのも、同じことじゃありませんかね」

サトが反論するより前に、小百合が割り込んだ。

「牛袋管理官の指示は、島森ビルを外から見張るように、というものでした。中にはいったのは、わたしの独断です」

立花が言う。

「それはつまり、中にはいって調べなければならないような、不審な状況があったからですよね。だとしたら、それは警察官として当然の行為ですから、違法にはならないでしょう」

梢田は、顔を上げた。

「ええと、いわゆる自分と係長の場合も、不審な状況があったから、中にはいったんですがね」

サトが、またガンを飛ばしてくる。

「不審な状況とは」

「それはつまり、怪しい人影がビルにはいったからです。まさか、五本松巡査部長とは、思いませんでしたし」

小百合が、あとを引き取った。

「わたしも、五階の診療室の明かりが、ついたり消えたりするのが窓に映ったので、不審に思ったんです」

ここぞとばかり、調子を合わせる。

「そうそう、ついたり消えたりしたんですよ」

「何回くらい、点滅したの」

サトの追及に、梢田は白目をむいた。

「ええと、確かあれは十回か二十回くらい、ついたり消えたり」

小百合が割り込む。

「三回か四回です。それで、何か異変が起きたのかもしれないと思って、様子を見に上がったわけです」

実際には一回だけだが、梢田も調子を合わせた。

「そうそう、そんな感じでした」

「でもあなたたち、一緒に上がったわけじゃありませんよね」

梢田は、ちらりと小百合を見たが、小百合は知らぬ顔をしている。

「ええと、はい。自分は、斉木係長がもどって来るのを待ってですね、少し遅れて中へはいったんです」

サトの目が、きらりと光る。

「係長は、島森がラーメンを食べてもどったときに、一緒にもどったんじゃないの」

「は」

梢田は、頭が混乱して、口を閉じた。

夜明けの会議室で、斉木にくるぶしを蹴られて調子を合わせたが、どう合わせたか忘れてしまった。

立花が、話を本筋にもどそうとするように、口を開く。

「ポイントは、万能キーオープナーを使って診療室に侵入した、ということですね。結果的に、島森の死体を発見したとはいえ、その端緒に法的な瑕疵《かし》があるとすれば、めんどうなことになるかもしれません」

小百合が言った。

「その点は、心配ないと思います。田中警部補も、同じような万能キーオープナーを使用して、診療室にはいったんです。島森を殺して出るときに、なぜかまた施錠したと言っていますが、そうしなかった可能性も排除できません。梢田さんも斉木係長も、ドアを押しただけで開いたと説明すれば、それですむことでしょう」

「でも、田中警部補は確かに鍵をかけ直して出た、と言い張るかもしれないわ」

サトのチェックに、小百合は動じなかった。

「だいじょうぶです。鍵をかければ、当然密室の殺人になって不自然ですし、そうする必要はありませんでした。どうしてそんなことをしたのか、警部補にも説明できないんじゃないでしょうか。かけずに出た、と考える方がはるかに自然です」

なるほど、と梢田は感心した。

小百合はやはり、見るところが違う。斉木に負けていない。

そのとき、テーブルのそばを通りかかった男が、声をかけてきた。

「これはこれは、おそろいで捜査会議かな」

梢田をはじめ、みんなあっけにとられた顔で、駿河博士を見上げた。

チェックの、派手なジャケットを着た駿河は、白いソフト帽をひょいと持ち上げ、愛想笑いを浮かべた。

サトが、顔を赤くして言う。

「こんなところで、何をしていらっしゃるんですか、駿河先生」

急に甘ったるい声になったので、梢田は背筋がにわかにぞくぞくした。

この期に及んでも、まだこりないとみえる。

駿河は、六人がけのテーブルの一つ残った椅子に、どかりと腰を下ろした。

「テレビで、島森ビルの事件のことを知ったものだから、ちょっと気になりましてね。御茶ノ水署へ、様子を見に来たんですよ」

それを聞いて、斉木が言う。

「こんなところで、油を売ってる場合かね。あんたの、義理の息子の山本伊豆八は十中八九、逮捕されるだろう。そして孫のアンナも、今度は逃げられないぞ」

駿河は、平然と応じた。

「まあ、山本は自業自得だから、どうでもよい。しかしアンナは、覚醒剤など今はどこにも持っておらんし、かりに尿検査されても反応は出ないだろう。日本中の弁護士を総動員してでも、警察がアンナを逮捕するような理不尽なことは、わたしがさせんよ」

自信満々の口調だった。

斉木が言う。

「しかし、山本が逮捕されて懲役をくらえば、〈アルコス〉はつぶれてなくなるだろう。

そのあと、アンナをどうするつもりだ」

「心配いらんよ、きみ。〈アルコス〉は、わたしが引き継いで立て直す。行くゆくは、アンナを社長にするつもりだ。文句あるかね」

そううそぶいて、駿河は梢田の前のサンドイッチをつかみ取り、ぱくりと食いついた。ついでに、梢田の飲みさしのコーヒーまで、がぶりと飲んでしまう。

「おいおい、先生。それはどっちも、おれのだぞ」

「気にしたもうな、巡査長。いわゆる、テンモウカイカイ、ソニシテモラサズ、だ。これは、きみたちの手柄というより、天罰というべきだろうな」

駿河は言い捨てると、席を立った。

「まあ、今後ともがんばることだな、諸君。それと、何か国語問題で分からぬことがあったら、明央大学の駿河台研究室まで、聞きに来たまえ。では、失敬」

そのまま、出口へ向かう。

サト以下、みんな気をのまれた体で、その後ろ姿を見送った。

駿河の姿が見えなくなると、サトが空気の抜けたような声で言う。

「さあ、署にもどりましょう。ここは、割り勘ですよ」

立ち上がった梢田に、斉木が声をかけた。

「おれの分を、立て替えておいてくれ。この次に、清算する」

梢田は、舌打ちをした。

一度だって、清算したことなどないのだ。

「これまで立て替えた分も、一緒だぞ。しめて、一万七千五百三十一円なり、だ」

梢田の反撃に、斉木が目を白黒させる。

ニコライ堂の鐘が、かすかに聞こえてきた。

解説

関口苑生

「逢坂剛はスペインものを書くときは速球を投じ、日本国内に舞台を設定するときは変化球を投げる。(中略)球はぐらぐら揺れながら斜めに曲がり落ちてくる」

集英社文庫『百舌《もず》の叫ぶ夜』(単行本は一九八六年、文庫は一九九〇年)の解説で、船戸与一はそんなふうに逢坂剛を評している。この一文を読んだとき、何と言い得て妙な譬《たと》えかと、船戸与一の炯眼《けいがん》につくづく感心したものだ。それから随分長い時間が経《た》つけれど、逢坂剛に関してこれ以上的確な指摘はいまだに見たことがない。

単行本デビュー作である『裏切りの日日』(一九八一年)——余談になるが、この作品が出る少し前、版元の出版社が当時無名の作家、船戸与一の『非合法員』(一九七九年)をハードカバーで出し、見事に失敗して懲りたいきさつから『裏切りの日日』は、お手軽なソフトカバーで出版されることになったという逸話がある(つまりは最初からふたりの間には因縁があったわけだ)。初版部数も今のような出版不況とは無縁の時代であったにもかかわらず、わずか六千部にとどまり、これまた見事に初版で絶版という結果に終わる――にしてからが、ハードボイルドタッチ風に公安警察の模様を描きながら、実は消失トリックなど、本格ミステリーのテイストをたっぷり盛り込んだ意欲作であった。『百舌の叫ぶ夜』にしても、凝りに凝ったプロットと構成、そしてトリックを駆使した、読んでいて頭がぐらぐらする〝剛〟がつく変化球だった。

これが短篇となるとさらに曲がりの傾向は著しくなる。たとえば『空白の研究』（一九八一年）、『情状鑑定人』（一九八五年）、『水中眼鏡《ゴーグル》の女』（一九八七年）といった初期短篇集に収められた作品は、いずれも〈どんでん返し〉というか、絶対に予定調和ではいかない驚きの結末が用意されている。それも、そこにいたるまでの過程がとんでもなく曲がりくねっているのだ。

いわゆる〈どんでん返し〉というのは、物語の最後の最後で逆転劇が訪れるひねりの効いた作品を言うが、逢坂剛の場合は一度ひねって読者をあっと驚かせたあと、さらにもう半回転ひねって、何だこれは！　と身体《からだ》に震えがくるような衝撃を感じさせるのである。そのために、短い枚数の中でさまざまな仕掛けを詰め込み、意外性をもたらしていく。

御茶《おちゃ》ノ水《みず》署生活安全課保安二係の係長・斉木斉《さいきひとし》警部補と巡査長・梢田威《こずえだたけし》の、小学校での同級生迷コンビが活躍する〈御茶ノ水署〉シリーズもまた、そうした意外性のある作品である。ではあるのだが、こちらの場合は超絶と言えるほどのトリッキーな要素はさほどない。下手《へた》な譬えで申し訳ないが、ツーストライクをとったあとの次の球で、キャッチャーが中腰になるぐらいの高めを、思い切り投げ込んだストレートと言ったらいいだろうか。しかし、これがまた気持ちいいほどの空振りをとってしまうのだ。

ふたりが登場した最初の作品は、一九八三年の『問題小説』二月号に掲載された「暗い川」であった。しかしこの一篇は、シリーズとして刊行されているこれまでの作品集の中には含まれていない（ちなみに、現在読めるもので言えば『情状鑑定人』に収録されている）。そうなった理由は定かではないが、本官が愚考するに、あまりにもぶっ飛んだ内容だったからではないかと想像いたします。

何しろ公安の女性刑事がシャブの運び人であったり、その女と斉木がベッドでの情交場面を熱く濡《ぬ》れ濡れに繰り広げたり、シャブを横取りして取引し、大金をせしめようとしたり……とそれはもう暴力団よりもタチが悪い悪徳警官ぶりを描いているのだった。管内視察と称して飲食店に立ち寄り、只酒《ただざけ》、只飯《ただめし》を喰《く》らうといったチンケな違反、逸脱どころではない。正義なんてものはカケラもない、立派な犯罪である。それを斉木と梢田のふたりは、堂々と、警官としての恥もプライドもなく、欲望のおもむくままにやってのけるのだ（まあ、結果はともかくとして）。かりにこの作品をシリーズ最初の一作として始めた場合、当然ふたりの悪徳ぶりは次第にエスカレートしていき、しまいには凄《すさ》まじいものになっていくに違いなかった。これはこれで当時としては先駆的で、かつ尖鋭《せんえい》的な犯罪小説となったのだろうが、長く続けるにはちょっときつい設定だったかと思う。

だがまあ、このあたりは難しいところで、作者が初めからシリーズを意識して書くときと、そうではないときの違いもあるかもしれない。後に、暴力団顔負けの刑事が主人公の〈禿鷹《はげたか》〉シリーズが始まるが、こちらは相当な覚悟と事前準備があったように思う。

ともあれ現在の〈御茶ノ水署〉シリーズ最大の特色と魅力は、映画で言うとクレージーキャッツの「無責任男」シリーズを彷彿《ほうふつ》させる、何をしても悪びれない主人公たちの、あっけらかんとした態度と行動にある。ただし「無責任男」には、小難しい言い方をすると――あらゆる矛盾を顧みずただひたすらに真っ直《ま》ぐ走《す》ることが理想とされた、高度成長期への皮肉がこめられていた。当時の社会状況に対するアンチ・テーゼが、無責任という言葉に象徴されていたのである。誰から文句を言われようが、誰に迷惑かけようが、俺がよけりゃそれでいい、それが人生楽しく送るコツ……おそらくは誰もがそんな思いだったのではないだろうか。そうした思いはそのまま功利的個人主義へと繋《つな》がり、政官財の腐敗を助長させていった――というのはまた別な次元の問題となるが、実は本シリーズにもこれと似た匂いが感じられるのだった。

それを説明するのに少し回り道になるけれども、ここでちょっと都筑《つづき》道夫のハードボイルド論「彼らは殴りあうだけではない」（『宝石』一九五六年一月号）の一節を紹介したい。

「戦争中はタバコを買うにも菓子を買うにも行列でした。その中で『俺は行列をするのはいやだ』と言つて列を乱す人物に、私たちは反撥《はんぱつ》しながらも、ある種の、痛快さと共感をおぼえたものです。ハードボイルド文学の主人公たちも、行列を嫌う人物です。主人公に Out-law の人物が多く選ばれるのもそのためです。社会の重圧に歪《ゆが》められて、すなおに触れあうことの出来なくなつた個性は、恋愛をするにしても情事というかたちしか取れません。彼らの真情はつねにすれちがい、たがいに傷つけあつて破局に進むのです。

ハードボイルド文学の根底に、表看板の冷酷非情を裏切つて、しみじみとしたセンチメントが漂つていることは、少し小説を読み馴《な》れたひとなら、誰しも気づくところでしよう」

こうした荒涼として寂寞《せきばく》たるセンチメンタリズム、言ってみればやや歪んだロマンチシズムが、ハードボイルド文学の源流だというのである。そしてまた、その源流の背景にある環境が、彼らをして無軌道な行動をとらせる要因となっているというのである。ではその環境とはどういったものか。きわめて簡単に言うと、それは高度に発達し、管理化されようとする文明社会と考えていいだろう。ハードボイルドは、近代社会の要求する人間の組織化に対して、圧迫された個性があげる絶望的な反抗の叫びでもあった。

互いに触れ合うことのなくなった個性と個性が、相手を求めてあげる声なき絶叫と称してもいい。

斉木と梢田の行動と理念は、まさしくこの文脈に沿ったものだ。が、そうは言っても中には彼らの行動が不健全だと非難する人もいるだろう。これもまた頷《うなず》けないこともない思いだが、そこでもうひとつ冷静になって、別な角度からも見ていただきたいのである。確かに彼らは、本来ならあまりおおやけにすべきではない欲望を、遠慮会釈もなくさらけ出している思慮深くない人間かもしれない。しかしながら、小説全体を支配しているモラルは実に健全で、むしろ古風なものである。これが逢坂剛の背骨、絶対的な芯なのだろう。

とはいえ、本シリーズが順調な軌道に乗るまでの過程にも、相当な紆余《うよ》曲折があったように思える。先の「暗い川」はひとまず措《お》いておくとしても、シリーズの実質的な第一作「黒い矢」が書かれたのは一九八四年のことだった。それから一九八六年までの間に『小説すばる』『小説宝石』などで四作――「黒い矢」「公衆電話の女」「裂けた罠《わな》」「危ない消火器」――が書かれたのち、以後はぱったりと途絶えてしまうのだ。ちょうどこれと同じ時期に、同じような場所――御茶ノ水駅から徒歩五分の場所に事務所を構える『クリヴィツキー症候群』（一九八七年）の〈岡坂神策《おかさかしんさく》〉シリーズが書かれていたせいかもしれないが、それにしてもあっけない中断に戸惑った読者も多かったのではないだろうか。

復活したのは十年後、一九九七年になって発表された「しのびよる月」から、ようやく本格的にシリーズが開始されたのであった。その間に何があったのかはわからない。それまで勤めていた会社が神田《かんだ》から芝浦《しばうら》へと移転になったのを機に退職し、神保町《じんぼうちょう》にオフィスを構えて専業作家となったのが、同じ一九九七年だったことも関係があるかもしれない。好きで好きでたまらない神田、御茶ノ水界隈《かいわい》を、好きな時間に好きなように思うさま歩き回れるようになったのだ。そこでもう一度、今度は本腰を入れて、この街を舞台に斉木と梢田のふたりを自由に闊歩《かっぽ》させてみたいと考えた……とはわたしの勝手な思いだが。

ハードボイルド小説の重要な側面のひとつに、背景となる都会、街が演ずる役割というものがある。いや、ハードボイルドとは限らず、ミステリー全般において街が環境として重要であるというのは、エドガー・アラン・ポウの時代から言われてきたことであった。ポウの作中人物C・オーギュスト・デュパンと語り手である友人は、街々へ繰り出して、腕を組み、その日の話題を続けたり、遅くなるまで遠く広くうろつき、繁華な都の入り交じる光と影の間に、静かに観察すれば感得されるあの無限の精神的興奮を求め歩いたものだった。

コナン・ドイルのホームズにしても、二輪辻《つじ》馬車、霧、ベイカー街不正規連隊といった「道具」立てを巧みに使いながら、巨大な都市空間で起こるさまざまな、魅惑的で不可解な事件に取り囲まれて暮らしていた。極端なことを言えば、ミステリーが文化的意義を帯びるのにいたったのは、何よりもまず都会を詩的に扱ったからではないかと、そんなふうにも思われる。それに加えて、都会にはハードボイルドや警察小説に不可欠の状況と、物語の設定に必要欠くべからざる腐敗と魅惑を提供してくれる世界が広がっていた。見かけは良くて、あやしげな魅力もむんむんと発散しているが、その裏側には奈落のような腐敗と頽廃《たいはい》を隠し持っている世界である。

逢坂剛はそれら都会の街が持つ陰と陽の相貌を、このシリーズで余すところなく描いてみせたのだった。つまりは、街がシリーズの隠れた主人公と言ってもよい。

個人的な話になるが、わたしも神保町界隈には深い思い出がある。もう四十年以上も前のことになるけれども、学生時代に足しげく古書店街を歩き回ったものだった。その途中で、美味《おい》しいと評判の店に立ち寄ることもしばしばあった。どこから仕入れた情報だか忘れてしまったが、まだ平屋だった頃のビア・ホール、ランチョンには毎週木曜日の午後になると吉田健一が訪れ、怪鳥のごとき笑い声をあげながらビールを飲んでいると聞きおよび、そっと覗《のぞ》きに行った覚えもある。三省堂裏の木造だったレストラン、パチンコ屋人生劇場へと入る小路《こうじ》の角にあったキッチン・ムサシ、すずらん通りに今もある餃子《ギョーザ》のスヰートポーヅ、その並びの婆《ばあ》さんふたりがやっていた中華の楽々など、挙げていけばきりがないほど懐かしい店々の思い出がある。すでに無くなってしまった店も多い。

そうした思い出の数々が、このシリーズを読んでいると、行間のどこからかふっと立ち上がってくるのだった。

もちろん、本書『大迷走』にもその香りはたっぷりと詰め込まれている。しかも本書はシリーズ初の長篇ということで、常にも増して斉木や梢田が街を縦横無尽に駆けめぐるのだ。

物語の発端は、ある人物から管内の有名大学内で学生が覚醒剤を取引しているという情報がもたらされ、斉木、梢田、それに五本松《ごほんまつ》小百合《さゆり》巡査部長らが内偵を進めていくことから始まる。この三人に加えて、警視庁生活安全総務課の管理官、牛袋《うしぶくろ》サト警視（この女傑もすっかり準レギュラーとして馴染《なじ》んできたようだ）、さらには一年ほど前に現場研修で配属されていたキャリア警官の立花《たちばな》信之介《しんのすけ》警部補が、今度は警部となって御茶ノ水署の生活安全課の新任課長に着任、いずれも斉木らと行動を共にするようになる。

調べていくと、とあるペット・クリニックが覚醒剤の秘密製造工場ではないかとの疑いが浮上、斉木らは後先考えずに踏み込もうとするが、そこに……。今回も読者は二転三転する展開に翻弄されまくるに違いない。Aだと思っていたことが実はBであったり、事実だと信じていたことが、その奥にまたもうひとつの真相が隠されていたりと、読者の読みをことごとくひっくり返し、頭の中をぐずぐずにいたぶってくれるのだった。

そういうわけで、下手に内容を紹介できないキケンな作品なのである。危険な連中が、アブない匂いを醸しだし、キケンな物語を演出する。しかしながら、彼らは「この街は、俺たちが守る！」という気持ちを最優先に行動するのだ。

この傑作を、是非とも堪能《たんのう》していただきたい。


（せきぐち・えんせい　文芸評論家）

初出
「小説すばる」
二〇〇九年九月号、二〇一〇年一〇月号、
二〇一一年三月号、六月号、九月号、一二月号、
二〇一二年三月号、六月号、九月号

本作は二〇一三年三月、集英社より刊行されました。

逢坂剛の本

集英社文庫

しのびよる月

元小学校の同級生、現在御茶ノ水署生活安全課の上司と部下である斉木斉と梢田威。迷コンビが、神田・御茶ノ水界隈で起きる難事件に挑む。スラップスティック警察小説。

配達される女

御茶ノ水署の迷コンビ、斉木と梢田のもとに、とんでもなく優秀な堅物女刑事が配属された。3人の前に巻き起こる奇妙な事件の数々。人気ユーモアミステリーシリーズ第2弾！

恩はあだで返せ

金なし、女なし、出世の目もなし。生活安全課のコンビ刑事が珍事件に挑む——。女性がお金をくれる売春組織、交差点でハンコを売りまくる男等、珍奇な物事に隠された真相とは。シリーズ第3弾。

おれたちの街

行きつけの定食屋に行くと、見慣れぬ柄の悪い客がカウンターを陣取っていた。一体この店に何が……。表題作ほか、東京・神保町近辺を舞台に迷コンビが贈る、人気警察小説シリーズ第4弾。

集英社文庫

大迷走《だいめいそう》

2016年1月25日　第1刷　　定価はカバーに表示してあります。

著者　逢坂《おうさか》　剛《ごう》

発行者　村田登志江

発行所　株式会社　集英社
東京都千代田区一ツ橋2-5-10　〒101-8050
電話　【編集部】03-3230-6095
【読者係】03-3230-6080
【販売部】03-3230-6393（書店専用）

印刷　凸版印刷株式会社

製本　凸版印刷株式会社

フォーマットデザイン　アリヤマデザインストア　　マークデザイン　居山浩二

ISBN978-4-08-745404-8 C0193